U0506419

同声四调

曹乃谦 ∫ 著

人民文学出版社

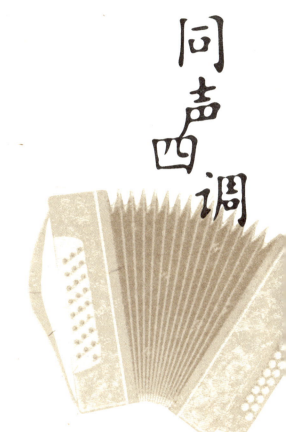

图书在版编目(CIP)数据

同声四调/曹乃谦著. —北京:人民文学出版社,2016
ISBN 978-7-02-011631-7

Ⅰ.①同… Ⅱ.①曹… Ⅲ.①回忆录—中国—当代 Ⅳ.①I251

中国版本图书馆 CIP 数据核字(2016)第 096372 号

责任编辑　付如初
装帧设计　李思安
责任印制　苏文强

出版发行　人民文学出版社
社　　址　北京市朝内大街 166 号
邮政编码　100705
网　　址　http://www.rw-cn.com

印　　刷　三河市鑫金马印装有限公司
经　　销　全国新华书店等

字　　数　190 千字
开　　本　880 毫米×1230 毫米　1/32
印　　张　9.375　插页 10
印　　数　1—10000
版　　次　2016 年 8 月北京第 1 版
印　　次　2016 年 8 月第 1 次印刷

书　　号　978-7-02-011631-7
定　　价　32.00 元

如有印装质量问题,请与本社图书销售中心调换。电话:010-65233595

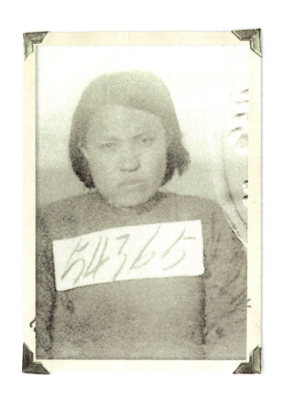

 日伪时期母亲的"良民证"相片。当时母亲的年龄 25 左右。

我真的和我的舅舅有点像

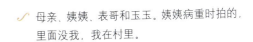
母亲、姨姨、表哥和玉玉。姨姨病重时拍的，
里面没我，我在村里。

表哥结婚那年，我和舅舅、表哥、表嫂、玉玉合影。

我在忻州窑派出所门前

1974 年在县木塔前与成谦兄合影。父亲刚去世，我脚上穿着蒙白布的鞋。

摄于矿务局文工团时。后左二是我，中间左
四是吴福有。

目　录

清风徐来曹乃谦

马悦然读完曹乃谦的中篇小说《换梅》说:"这是一个真正的童话。"

换梅是乃谦的养母。

乃谦是山西应县下马峪村农民之子,小名儿"招人"。招人生来眼眸灵动,大耳招摇,美丽吸人。

曹家的隔壁邻居换梅,膝下无子,丈夫曹敦善在大同北山区打游击,不在村中。换梅常到邻家逗弄娃娃招人,日久生情,竟动起据为己有的念头。一天晚上,她假意照料孩子抱走招人,说第二日早晨送过来,生母不疑有他。

养母偷子的亲情童话,由一场惊天动地的奔袭而展开。

换梅"偷子出村""赤身渡河""智杀恶狼""乞讨寻夫",经历严寒和饥饿的煎熬,终于在三个月后,与丈夫曹敦善相逢。

悦然说他读到娃娃躺吊床里吊在驴肚底下,想起荷马写奥德赛走进羊洞里遇见个大巨人,奥德赛叫巨人瞎眼的那一计。

换梅有智慧有勇气,还有无比的神力,悦然夸奖她说,无论是当今还是古代,都算是十分少见的独特的女性。

宇宙世界之浩大,却有极微小的概率发生这样一个真实的故事在一个作家的童年,而作家必得拥有一支童话之笔,才能将一真实的蕾骨植进文学之境,开出繁花。

乃谦写完《到黑夜想你没办法》,一直想写母亲的故事。而《换梅》就是长篇小说《母亲》的引子。引子业已出版,而正文却迟迟不见问世。原因是,乃谦得了脑血栓。但乃谦并没有放弃对《母亲》的写作,他说写不完《母亲》死不瞑目。养病三年后,他又拿起了手中的笔。怕犯病,他放慢了速度,并说不能写长的,先写短的。照他自己的话说,是在"慢慢腾腾地循序渐进着"。

今年二月,生活·读书·新知三联书店出版了乃谦的《流水四韵》,人民文学出版社也即将出版他的《同声四调》。这两本书皆以四章展开,每章九题,四九三十六,总计七十二题,四十万字。乃谦说,这都是从他的长篇小说《母亲》素材库里,一题又一题地整理出来的、关于母亲的故事。这一题又一题的故事,篇篇都可独立阅读,却又是相互勾连。

乃谦用"我"这种自述散文体样式,借九题系列这种章法结构,用散点透视的笔法,叙写着不同的人生段落。《流水四韵》一书中,从初小报名写到高中毕业;《同声四调》一书从参加工作到了红九矿开始,经历宣传队、下井、文工团、铁匠房、政工办、丧父、结婚。一路写去,看似随笔,娓娓道来。所写都是个人小我、亲族友朋的人生际遇,而这些苦难岁月的陈年往事,都被赋予了审美的意味。

所有篇章其轴心是"我",而所有篇章实际都是在写母亲。

换梅是个文盲,虽也参加过扫盲夜校,可一辈子只认识"曹乃谦"三个字。她不善言辞,有理也不会辩说,必要时只用拳头来说话。

曹雪芹笔下的贾母拥有权力,曹乃谦笔下的曹母拥有拳力。她捅杀过狼、打过警察、打过邻居、打过老师。为保护家人,该出手时就出手。在弱肉强食的社会里,母亲直觉式的出击,必有神效。而为了教育儿子,小招人也没少挨母亲的巴掌。据乃谦的体会,母亲的巴掌有三种形态——耳光、兜嘴、刮刷,在此不细表。最厉害的一刮刷下去,准叫对手人仰马翻。

有趣的是,这个以武促教的文盲母亲,动不动就叫乃谦做作业。乃谦说,我做完了。母亲说,作业还有个做完的?再做!母亲令下,乃谦不敢违抗,只得再做。乃谦的家庭作业常常是写两回三回。

曹母不仅仅是只会用拳力来"修整"招人,她也有心思细腻舐犊情深的一面,甚至是跟孩儿有心灵通感的时候,书中这方面的精彩叙述很多,最让我感动的是《扣子》那一节,当读到这一节的末尾时,我早已是热泪盈眶。

瑞典诗人托马斯·特朗斯特罗姆的散文传记《记忆看见我》中说:"独生子总是发展出收藏的爱好或某些独特的兴趣。"曹乃谦也像托马斯,是由母亲带大的独子,同样发展出音乐的爱好。按照朋友的说法,他啥乐器都能耍。而母亲对他的评价是:"你们当是啥,跟木头说话,难呢。"

乃谦写小说一是爱乐,二是爱人,两者交融,无分先后。

乃谦头一本大书《到黑夜想你没办法》,是以雁北要饭调歌唱作为多个极简篇章韵律而连缀出来的长篇小说;现在的《流水四韵》《同声四调》,连书名都极像是音乐的曲名。

乃谦最早在姥姥村里听放羊的存金唱歌。存金歌声好,乃谦教他写字,也跟他学唱。接着自学口琴、竖箫、秦琴。初恋的女同学萧融爱乐,机缘一起竟改而追逐各种乐器狂练。于是,在校园动荡于政治运动时,乃谦走上了音乐艺术之路,那是他人生很大的幸运,先进入了宣传队,再进入了文工团,还立志要做省歌剧院首席二胡;不幸因为拉奏古典名曲《苏武牧羊》,被冤枉和诬陷为不符合政治路线,遭领导惩罚而被下放到铁匠房,工作一年后有贵人相助,引上警察的职业。以后又因拒绝为领导抄写匿名信,被发配到了雁北的穷山村做知青带队的队长。这一年的生活,让他的人生灾难变成了十二年后的创作礼物。

这两本书的音乐之路,呼应了作者《到黑夜想你没办法》那本大书。

人生的跌宕起伏,行云流水如过眼烟云,不如清唱一曲直上云霄。

于静水深流之中,不动声色地状写时代样貌,是乃谦这两本书的特色。

乃谦在前书《流水四韵》涉及到了新中国成立后的"扫盲运动""爱国卫生运动""取缔一贯道""抗美援朝""大炼钢铁""三面红旗""反美游行""六二年困难时期""阶级斗争天天讲""上山下乡";而后书《同声四调》又写到了"文革"时代的"破旧立新""造反有理""样板戏""林彪事件""农业学大寨""加入联合国""批林批孔"等等的一系列运动和事件。

这些,乃谦虽然是没有着重地细写,但他似乎是把所有的大事,都有意识地却又是很自然地,穿插着布局在家常话语的字里行间,把大量的时代信息,融进孩童、少年、青年真诚的视野里和朴实无华的文字之中,使读者在阅读中回忆着,并了解到了当时的时代特色和史料信息。

读完全书,我了解到乃谦家庭所生活的大时代背景,同时也知道,在那个时代,"担大粪不偷着吃的真心保国"的公社书记曹敦善,终其一生都是在离家一百里的农村工作;一家人一辈子只住着一间不足二十平米的小平房;招人到了结婚的年龄,母亲深谋远虑,动员亲朋,在南大殿屋檐下加盖了五平米的小屋;五舅舅为了给外甥买进口手表,半夜起来排队不说,还和另外也在排队的夫妇二人打了一架,脸上让可恶的妇人抠出一道道的血痂,五舅舅还觉得"值得",因为他给外甥抢购到了一块可以当作定亲礼物的瑞士"百浪多"。

这种真实的时代状貌,让我心酸,让我悲哀。但当我想到现时的乃谦,又不由地为乃谦高兴。

曹乃谦是个爱女性的作家。曹乃谦爱女性的本质跟曹雪芹一样。

乃谦不仅爱母亲、爱姥姥姨姨姊姊妹妹，还爱女老师女同学女同事。其实，也可以反过来说，所有的女性都喜欢招人，喜欢乃谦。

因为留意女人，爱恋女人，书中但凡女人的大小事，在乃谦的笔下都能写出味道来，一种"曹味"。有时天上人间，灵通得不加掩饰。他写女性，总有感知，感性，从不流俗。这种十足的曹味，读者自可细细品阅，这里不详加举例。

乃谦求学过程遭遇巨大的政治运动是个不幸的主题，但是在不幸的时代往往有相同的幸福的理由。那种幸福包含着高贵的品格和质量。

当时曹乃谦求知若渴，同学的友谊在少男少女之间滋长，往来的内容是学琴、棋艺、讨论文学。

欣赏的女同学当中，乃谦因为佩服周慕娅同学对《红楼梦》一书的深度理解而埋下情缘。直到后来乃谦与慕娅结为连理，他们的婚姻是金玉良缘。

乃谦偏爱《红楼梦》，而他的写作手法也受《红楼梦》的影响。他把人物、故事错落了时空来写，成了本书很特别的章法结构。比如，他在前书《流水四韵》里《高小九题·值班》中写到的小毕姨姨，时隔十四年后，在《同声四调》的《政工办九题·缘分》中又出现了，前书骂他"小屁孩"，这次却问他"你是不是也有点喜欢小毕姨姨"；再比如，前书《初中九题·中考》写道："五舅舅跟我讲过，说我妈在年轻时，因为浇地和小山门村的一个后生打起来了，我妈一个刮刷把那后生打得滚下了沟塄,那后生满嘴血,他的牙让给打得掉下两颗。"而这个小山门后生,却在《同声四调》的《文工团九题·二妹妹》里巧遇了,和"我们"居然是坐在了一个小巴车里,"小山门大爷"认出了"我"母亲,可"仇人相见,没有眼红,还笑,还相互问讯后来的情况"。类似这种的趣例,在两本书中出现很多很多。

乃谦书中的这种"隔山探海,天呼地应",无疑是借鉴了曹雪芹撰写《石头记》的"草蛇灰线,伏脉千里"的表现手法。而这种手法,在《到黑夜想你没办法》一书里,也早已经是在成熟地运用着。

2010年马悦然的老学生白山人翻译全本《红楼梦》,瑞典译文出版完成,在斯德哥尔摩的远东图书馆举办一场发表会,会后白山人问悦然:"曹乃谦现在怎么样?"

马悦然的老学生们跟悦然长年有私交、通信。在马老师多年鼓励之下终于完成《红楼梦》的译本,对他一生挚爱的曹雪芹有了一个交代以后,白山人开口居然问了个曹乃谦。

悦然所有的学生里白山人对于文学的审美是最强的一位,须知他读过两个文学博士,是因为爱上《红楼梦》才跟马悦然学习汉学。

白山人对于《到黑夜想你没办法》的评价很高,我无法精准重述他的词汇,他说曹乃谦想做什么没有办不到的,因为《到黑夜想你没办法》的艺术形式已经精准到看起来一切好简单,可他做了所有艺术形式需要的非常复杂高规格的准备。

我以为白山人读了他老师翻译曹乃谦的译文,一定是产生了什么心理作用。当时我没有把白山人的评语太放在心上，就在我读完乃谦新书《流水四韵》《同声四调》，我真想立刻找到白山人，告诉他：小曹跟老曹之间有一点意思。

　　曹乃谦的写作起步晚，产量少，语言审美感强，这是一种晚发的天才状态，背后隐藏更多的是阅读状态的丰饶、生命经验的积累。

　　《换梅》《流水四韵》《同声四调》发表以后，读者更能了解乃谦的人生与创作之途，在幸福与不幸福之间，饱含多少平常百姓高贵的品格与质地，这是不平凡的母亲养育他所带来的一切。

　　古人云：树欲静而风不止，子欲养而亲不待。

　　乃谦的散文体小说，繁华落尽，真淳淡然，文字隽永，有如清风徐来，再无遗憾。

2016年5月6日

于斯德哥尔摩

（本文作者为诺贝尔文学奖评委马悦然的夫人）

宣传队九题

1. 宣传队

一九六六年秋天。"文革"开始没三个月，我最亲爱的慈法师父让大同三中的红卫兵给批斗得上了吊，后来我五舅舅一家又让造反派给"勒令"回了农村。从此，我就对"文革"有了看法，就再也不想参加那些造反有理的活动，当了逍遥派。这个，我在《高中九题》中写到过，这里就不再多说了。

我从小就喜欢乐器，家里原来就有口琴、箫、笛子、秦琴，还有大正琴。银柱说除了笛子，你那别个的都不能算是个正经的乐器。我问啥才是正经乐器，他说二胡才算。我就跟我妈要钱，让银柱帮我买了把二胡。是在四牌楼文具店的乐器组买的，栏柜里就有两种，贱的三十多块，贵的六十多块。我买了把贵的。从那以后我就痴迷上了这种"正经"的乐器了，没明没黑地拉呀拉。

我妈说半夜了还不睡，吱吱扭扭的，让院人骂你呀。我就把二胡的码子用夹子夹住，这样，发出的声音院人是听不到了，可我妈让我吵得左翻翻身右翻翻身，睡不着。后来我想起个办法，那就是，夜深了该睡就睡,第二天早晨早早地起来到公园假山上拉。老虎和狮子不嫌我吵,我想咋拉就咋拉。拉呀拉,拉呀拉,天气上冻了,手指头冻得发僵,我就把线手套的指头剪掉一半,戴上它就能让我指头的前两个关节露出来,这样就能继续拉。

最初时,我只会慢慢地拉个"东方红太阳升中国出了个毛泽东",后来又会拉"对面山上的姑娘你为什么这样悲伤",慢慢慢慢,一年后,就能拉《赛马》《江河水》《二泉映月》《红军哥哥回来了》这样的独奏曲了。我最喜欢《草原上》了,拉起来,闭着眼,拉着拉着,以为自己就是在那辽阔的大草原上了,蓝天呀白云呀绿地呀,还有拖着缰绳的老马,在清水河边悠闲地吃着嫩嫩的草。

老周来家找我,说毛主席让红卫兵跟工人阶级相结合呢,说小萧融让你跟她到毛纺厂呢。高一时,同学们给我跟萧融捏对儿,说"法国人咋能不知道拿破仑,曹乃谦咋能不知道小萧融"。

我妈挺喜欢这个小萧融,说侉女女尔娃不嫌个好不嫌个赖,碰上啥吃啥,穿衣裳也不讲究,老也是件大黄褂。

"尔娃"是我们应县老家的话,意思是"这个孩子"。但都是在喜欢这个孩子的时候才这么用,讨厌的时候是不会用这个词的。不会说"尔娃是个坏东西"这样的话。

我说她那是穿她爹的。我妈说,噢,她爹是个当兵的。我说是在坦克部队当师长。我妈说你爹打小日本儿那会儿,还是游击队长呢。我妈认为游击队长要比师长牛气。进一步的想法就是,我娃娃是游击队长的孩子,配你个师长的孩子,有富余。

我也把二胡带到毛纺厂，有空就拉。可萧融好听我吹口琴，还好听我吹新疆风味的。我吹《边疆人民想念毛主席》，她就把她的黄军帽当手鼓，比画着，为我伴舞。那几个月我俩除了睡觉各回各的宿舍外，其他时间几乎是一直相跟着，唱呀说呀的，没完没了没个够。

　　一九六八年的农历正月十五，我过生日，她给我送了支新口琴。可我回姥姥村走了一个礼拜，返回毛纺厂就找不见她了。老周告诉我学校成立了毛泽东思想宣传队，把她给召回去了。

　　看不见萧融，我吃饭不香，睡觉也好好儿睡不着。刚过了十九周岁的我，以前可从来没有体味到这种人想人的感觉。听了老周的主意，我骑车到学校找见她，说厂子跟她要宿舍门钥匙呢。她看见我很高兴，说我以为你在村里住着不回来了。我说我回来了。她说我领你去见见郭振元，他是乐队队长，叫他听听你拉二胡，你可比他们拉得好。我想想，觉得这样有点自我推荐的意思。就我的性格，我是不会这样的。我说不这样。她有点发愁，说那该怎么样？我一下子想不出该是怎样才好，后来她一下子高兴了，说想起个好主意。她让我早晨在教室门前拉，她说，不出两天就有人找你呀。为了能跟萧融在一起，我当天就回家把二胡取来，把打包了一年多时间的行李铺展开，住进了宿舍。当第三天早晨又在教室门前拉《草原上》的时候，郭振元来请我了。

　　我以前学乐器是出于爱好，是因为喜欢，从没想到是要参加个什么组织。可从那天开始，我就成了文艺宣传队的一员了。这个组织叫"大同一中毛泽东思想宣传队"。萧融说我比他们拉得都好，但我觉得比我高一届的周保元,应该说跟我差不多。他的快弓好,但慢弓不如我拉得味道美。还有一个是,周保元胆儿小,不敢独奏,我敢。我把台下的观众都当成一棵一棵的大白菜,给大白菜拉,怕什么。自我来了,"大同一中毛泽东思想宣传队"就多了一个节目——二胡独奏。后来在我的鼓励下,周保元跟我合奏《北京有个金太阳》,每次都返场,返场再拉"毛主席的书我最爱读,千遍万遍下功夫"。

当时大同的几家专业文艺团体,都因为"文革"前演出过江青认为是反党反社会主义的大毒草剧目,让解散了。我们"大同一中毛泽东思想宣传队",就成了最好的文艺队了。到部队演出,到矿山演出,到工厂到学校,演遍了大同地区。一说"一中毛泽东思想宣传队",人们都知道。

一九六八年八月一日那天,解放军军管会进驻我们学校,说你们所有的学生都将要离开你们的母校,出生到社会去。是他这话,才使我理解了"母校"这个词是怎么个意思了,才知道我们这一个个的学生,都是母校"生出"的孩子。

八月十一日,我们宣传队进城拍照留影后,就解散了。

面临前途问题,学生们表面看不出什么,心里都是惶惶的。都知道能参加工作的是少数,而百分之八十的学生将要到农村去插队当农民。

我们高六十三班的军管李则益指导员找我谈话,说矿上和部队都需要你这样的文艺人才,他问我想到矿上还是想到部队。我说我回家问问我妈。他说那你回去商量,尽快给我个答复。还说,你没问题,有文艺特长,到哪儿也吃香。

我妈的嘴角又起了泡,怕我让送到村里去插队。我爹跟怀仁送工资回来,我妈不让他走了,说你那革命工作还有个完? 等娃娃安顿住你再忙你的去不迟。我爹说不用你说我也知道,娃娃的事是头等事。

听我说矿上要我,部队也要我,都是到文艺宣传队。我妈让我把五舅舅也叫来,说"大家一圪垯碰碰,看招娃子是去哪好"。碰来碰去,最后定下到矿上,不到部队。说美帝呀苏修呀,还有蒋匪帮,万一打开了怎么办。

我说:"打开了,我也是宣传队。"

五舅舅说:"叫你上前线慰问呢? 那子弹还有眼?"

我妈说:"咱就这一个娃娃。那可是吓不行。"

我爹说:"就是。"

我妈说:"那咱们就定了。去矿上。"

五舅舅说:"招人喜欢个吹拉弹唱,正好又要做这个工作。管他。挺好。""招人"是我的小名。

到了学校,我告诉李指导员,我妈说了要去就去矿上。他说知道了。

萧融和另几个宣传队的,到了姜家湾煤矿。那个矿只缺女的不要男的。又隔了一个星期李指导员找我说,你做好准备,明天红九矿就要来招你呀。

第二日早晨不到八点,红九矿淡绿色的大轿车开进了学校前院儿。车上下来个带队的,看看我们的行李堆说,这次木箱箱都不能上车,过两天专门开卡车来拉。大小不等,同学们都有个木箱箱。听了带队的话,同学们又都把木箱箱送回宿舍。

点名上车时,第一个喊:曹乃谦。我说到。带队的打量打量我说:"像个文艺青年,上车。"他帮我把行李抱上车后,又点别人的名。这次跟我一块儿上车的,还有我们班王国梁和李树槐,还有三十几个别的班的,连人带行李,满满塞了一车。

除了明确说我是去矿上当文艺宣传队员,他们都是要去当井下装煤工。

在车上,带队的告诉我,说我的工种也是井下装煤工。他说,这样好哇,挣着井下工人的大工资,干着文艺宣传队的轻闲营生,这多好。人们问我们的工资是多少,他说基本工资五十四,要是下井的话,一个班儿另有八毛入坑费,开工资时一并给。你如果一天也不落地上满班儿的话,算算,三八二十四,再加五十四,一个月就是,七十八。

一车学生都"哇——"地喊叫。当时,普通工人的工资也就三十多元。

在车上已经告诉我们这些新矿工各自的连队,我是三营二连二排。

当时中央提出的战略口号是"七亿人民七亿兵,万里江山万里营",全国七亿人都是兵。我们矿是师级单位,矿下面的单位就以营连排来编制。但到了矿上并没有把我们送到连队,而是拉到了东山单身大楼,让我们先住下来,又告诉我们食堂在哪儿。最后说,让我们新矿工在第二天到职工俱乐部去听培训报告,讲安全生产知识。要讲一个星期。我想我是以矿工的名义招来,要到宣传队工作的,我不下井,用不着听安全生产知识。我就问我明天到哪儿去找宣传队,他说你也到职工俱乐部,宣传队就在后台。

我和王国梁、李树槐住一个宿舍。把行李铺展好,我就坐着三路公共汽车进了城。又坐着六路车到了学校,在学校吃了中午饭,把小木箱箱捆在自行车后,回了家。

我爹说我妈:"你成天说我娃娃吱吱扭扭的指这要饭呀,你看看,我娃娃凭着这,有了工作了哇。"

我妈说:"这还没去了宣传队呢。这口饭你咽进肚里了,才算你是把这口饭吃了。啥也是个这。"又说,"反正是说上个啥,也不能下井。房后头昝贵妈说我,井下四疙瘩石头夹一疙瘩肉,你咋让你孩子到矿上。"

我说:"你们放心吧。人家矿上招我去就是让到宣传队呢。明天我就去宣传队报到。"

头天说的职工俱乐部,就是大礼堂。

大礼堂真大,有我们学校的大礼堂两个大。学生们早来了,还有跟别的学校招来的新矿工,足有二三百人。

听到后台有拉二胡吹笛子的声音,我跳上舞台,理直气壮地进去了。我们学校的三个女生也在里面,我都能叫上名字。六十二班的周慕娅不仅是我高中同学,还是我初中时的同学。她们一看见我,都迎了过来。李新胜把我介绍给了一个老汉,说王队长,他是我们"大同一中毛泽东思想宣传队"的,来报到了。

王队长说知道知道,你是小曹吧?又问我是耍啥的。他这个"耍啥的"问得挺有点意思,把学乐器说成是玩耍,也准确。工人阶级的语言就是好。

我说我拉二胡。

他让旁边的人把二胡给了我。我试试,觉得两根弦儿不准,又重新调了调弦儿后,拉了个我跟周保元常上台演奏的《北京有个金太阳》。

郭祥后来跟我说,你开始的那一段跳弓,就把我们给惊呆了。

王队长又问我会不会耍三弦,我说也会点儿。他说郭祥,你给够够。"够够"就是拿出来的意思。

我说"会点儿"是指在大同一中宣传队时,王大生是弹三弦的,他想学二胡,让我跟他换。换是没换成,但我也试着弹过三弦。

郭祥跟乐器柜里取出的这把三弦,是晋剧乐器小三弦,高低跟我家的秦琴差不多,正好是我很习惯的那种把位距离。

我拿起三弦,音也不准。把音调好后,弹了一个《骑兵进行曲》。是按照我在家玩秦琴的方法,大量地运用着和声扫弦。这种弹奏法,会给人一种气势磅礴千军万马的感觉。

让我没想到的是,弹完,人们居然都在拍手。我二胡可比三弦的水平要高得多,可他们也没这样,只是说"到底不一般"。

王队长拍了下我的肩膀,大声说:"定了,小曹,你就给咱们耍他三弦哇。"

2. 工 资

王队长让我耍三弦,可我知道我的三弦水平还很差很差,我跟王队长说,下班后我想把三弦带着回去练,可以吗?他说那当然是可以的,又跟郭祥他们说,我们都应该向小曹学习,带回去练,每天来这儿圪锯上两下那能有个长进?

我提出往走带三弦,一个是真的认为自己很差,得下苦功练。再一个是,我想拿回家,让我妈看看,看看我是真的到了宣传队,让她放心。

我妈说做完二胡套,还剩着灯芯绒,吃完饭妈再给你缝上个套子。我妈给我的二胡缝了一个套子,还有提手。

我爹还没走,看见三弦说这下你妈可是放心了。又跟我说把五舅舅再叫来,再喝上顿,爹明儿就放放心心地给人家上班去呀。

吃饭时说起工资,我说我们这一批新工人如果上满班的话,一个月能开七十八块钱。五舅舅说我跟你妗妗两个人加起来才是七十二。我妈问说咋能开那么多?我说基本工资加上入坑费就能开这么多。我妈问啥叫入坑费,我说就是下井费。

我妈一听急了,说:"咱们不是说不下井,咋又下井?"

我说:"我是说如果下井的话,就有入坑费。我不下就没有。"

我妈说:"咱们不下。爱给多少呢,咱也不下。"

我说:"我不下井,一个月开五十四。"

我妈说:"五十四也不少了。你爹初解放入城的那几年,还不挣钱,就领点小米,后来又给做了一身蓝皮。"我妈把我爹领的一身制服叫作蓝皮。

我爹说:"我们那也叫工资。"

五舅舅说:"五十四确实是不少了。"

我妈说我:"咱们不挣那入坑费。听着没?"

我说:"我想挣也挣不上。您不看这,三弦也发上了,人家让我在宣传队,我想挣个入坑费也挣不上。"

我妈问我那个俏女女不也是你们大同一中宣传队的,尔娃到哪了。我妈这是问萧融。我说到了姜家湾煤矿。五舅舅说,我听你姈姈说,见过那个女女,说可好呢。我妈说他们在毛纺厂那几个月,尔娃常来咱们家。我爹说招娃子,爹还没见过,等给爹领回爹看看。我妈说你是没见,可是个好女女。我没作声也没言语,不知道该咋说。五舅舅说两个都是参加工作的人了,搞个对象啥的,也是正当的。

他们的话让我想起,如果当时不是我追着萧融,那我也不会参加了学校的宣传队;不参加学校宣传队,也就不会发生红九矿招我到矿宣传队来搞文艺这样的事了。但我不想跟她搞对象。在学校宣传队时,她领我去过她家,在她的屋子待过一个下午。她姥姥和她妈妈都进来过,笑笑地跟我打招呼。可那个师长就没进来,他知道我来他家了可也没理我。

哼,你以为我喜欢你女儿是为了上赶你师长吗?是为了巴结你师长吗?大错特错了,师长大人。游击队长的儿子,可不是你想的那种人。

从那以后,我对萧融就主动地冷淡了。

第二天学生又都集中在大礼堂听安全生产报告。我用不着听那些,提着三弦跟大礼堂的后门直接就进了后台。王队长又夸我,看看人家小曹,爱护公家的财产,还给三弦做了套子。

宣传队还在组建,演员和乐队的人员都还不够,没有正式排练。来的人各练各的。

有人在门外喊我,是吴福有,是我让他今天上午到后台来找我。他是大同二中的学生,也来九矿当下井工了。我在毛纺厂时,就跟他熟悉。他的表哥叫郭德金,是省歌舞团的首席二胡。昨晚,吴福有就到过我家。我妈说我,要想办法让小吴也到宣传队。商量了一气后,只好是直接推荐了。

我把他介绍给了王队长,说他二胡拉得比我的也好。王队长听他拉完后说,行了,那你就给咱耍低胡哇。

昨晚我就告诉他,这个宣传队有三把二胡,但都有了人头儿,是不会让咱们拉。他问现在还有啥乐器没人头儿,我说低胡还没人。他说没大提?我说没有那。他说那我就给拉低胡哇。我说能让你拉低胡就不错了,就是说明不下井了。他说反正是把住一件乐器,先能站住,是最重要的。

一个星期后,新工人培训完了,让正式到各自的连队去报到。让我和吴福有也去,说认认你们的“婆家”,那是你们以后领工资的地方。

连队办事员小范给我发了好多东西,有一身细帆布工作服,一双高靿大雨靴,一顶白色胶壳帽,一条又厚又宽的大皮带,三双细帆布大手套,还有一个灯牌一把钥匙。灯牌是下井时去领矿灯用的,钥匙是上井后开浴室更衣柜的。最后,还有一个纸糊的袋子,上面用油笔写着:三营二连二排曹乃谦1968年11月工资54元整。

哇,刚来一个星期,就给发一个月工资。同学们都没想到。

有人说要好好地吃一顿,我没有这个想法。我是把钱装了起来,我要把这第一次工资,亲手给给我妈。

记得小时候我问我妈,妈妈妈我多会儿才算是长大,我妈说,你多会儿能挣上钱,来养活妈,那你就算是长大了。

妈,我长大了。你的招娃长大了。

我和王国梁、李树槐都把这些东西背回了东山单身宿舍,脱下外衣试试工作服,有点大。王国梁说在水里泡上一夜就缩小了。听了他的,我只把裤子泡在了水盆里。

我把胶壳帽和皮带扔在床底,穿着新上衣,夹着亮晶晶的高靿大雨靴,回家了。跟我妈说我不下井,要雨靴没用,把大雨靴拿回村给姨父去吧。我妈夸大雨靴真好,说还是高靿的,下雨、浇地啥的,你姨父可要喜欢呢。

正说着我妈一下想起了啥,说:"你赶快到二虎家,二虎找你有急事。刚刚走。他前脚走你后脚进来的。"

我穿着新工作服去了二虎家谝,高大娘说二虎到了后头院老王家。我到了老王家,一家人夸我的工作服。小彬捏捏说好,不是劳动布的,是细帆布的。

四蛋说:"兜盖上还印着字,'抓革命促生产红九矿',就是你穿有点大。呐,我给试试。"

我脱下来给了他。

二虎说:"招人快走,到我家。"

我跟着他出去了。

二虎分配到了市工程二公司,他们单位也组织了宣传队,他想参加。二虎说把扬琴拿回家了,让我给对弦儿。还说对好弦儿让我教教他。他也不问我会不会就让我教。在他眼里我应该是啥也会,其实我只是在学校时弹过两三下。管他,先调弦。

我一直就很喜欢扬琴,就是太贵。我妈不可能给我买。二虎问我,喜欢你咋不在你们宣传队打?我说我们宣传队那个打扬琴的是工人师傅,他把琴盒上了锁,除了几个女生,别人碰也不让碰。

正调着弦,我妈来找我吃饭,高大娘说就叫他在我这里吃哇。我在高大娘家吃了点饭,赶快继续调。晚十点多,老王给我把工作服送过来。见我们还在忙着,没理他,他就撅转身走了。

我一直调到夜里快十二点才回家,我妈已经睡下了。听我回了,她给拉着灯。

我说:"妈,给您。"

我就说就掏兜。可一掏,空的。这件新工作服下面没兜,上面的两个兜,都是空的。

我妈问啥,我说您睡吧,明天再说。我拉灭了灯。

我躺在那里想,好几个人你试完我试,一准儿是把工资掉老王家了。掉老王家没事,丢不了。半夜了,不去了,明天的吧。

　　第二天一大早，我去老王家，老王正蹲在院门口刷牙。我进屋，四处看，地上炕上都没有。老王进来问我找啥？我说昨天大概是人们这个那个的试我的工作服，把兜里的工资掉你家了。

　　老王愣了一下，说："噢。是五十四哇。"

　　我说："对。我猜也是你给拾起了。"

　　老王笑笑地说："先不给你。我要直接给曹大妈。让你长个记性，要不你以后还要丢东西。你走你的哇。"

　　我说："也对。那我走了。"

　　我就跟老王家直接到了西门外，乘坐着三路车到了红九矿。在礼堂后台待了一上午。在大食堂吃完中午饭，返回东山宿舍。可我看见，枕头旁，是我的工资袋。赶忙拿起捏，有东西。掏出看，是钱。数数，五十四。

　　大事不好！

　　我连假也顾不得跟王队长请，直接回了家。

　　一进门，看我妈。

　　我妈说："老王中午送过五十四块。我给你压在你的厚书下了。"

　　我们家的箱顶上，平放着慈法师父给我的一本硬袼褙封皮的厚字帖。我平时有东西就夹在里面。我跟下面抽出钱，有整也有零，数数，五十四。

　　我说："妈，坏了。"

　　我妈看我。

　　我说："妈，这可咋办？闯上大鬼了。"

我妈问:"咋了?"

我说:"坏了,坏了。"

"说!"我妈生气了,大声地喝喊。

我妈听我学(读音xiáo)说完,说:"招娃子,你可是真的闯上大鬼了。"

我低声地埋怨老王说:"这个老王你也真是的。你没拾,为啥说拾了。还正好说了个五十四。"

我妈听着我的话了,说:"你早就说过不下井,能挣五十四。我知道,朋友们都知道。可是这个事要搁我的头上,我肯定是,我没拾的话,我绝对不会给你往出拿这个钱的。可老王的性格你还不知道? 从小没爹没妈,看着亲戚们的脸色长大。他是宁肯自己受屈,也不想让别人说出半丁点儿不是来。要不一个九岁的孩子,咋会去跳了井呢?"

听慈法师父说,老王小时候跳过井,后来让人给救上来了。这事我们谁也没敢问过老王。

我说:"妈您别说了。"

可我妈不理我,继续说:"你朋友招人把工资装到我老王家了,大家这个试那个试的,把钱掉地上,正好是叫哪个小脸的,给悄悄拾起装走了。我老王是肯定不会说,招人,咱们查查,到底是让哪个小脸的给拾起了。老王肯定是……"

我快哭呀,打断我妈的话说:"妈,甭说了。看看这个事咋办吧。反正我知道,我要是去还老王这个钱,老王肯定是不会要的。"

我妈说:"你也知道是个这?"

后来,她想了想说:"走哇!"

我妈先把我领到二虎家,跟高大娘头头尾尾把这个事说了,最后掏出老王的那五十四块,求高大娘明儿找个机会把这个钱给给老王。高大娘也同意这个做法,说您跟招人给老王的话,依着老王的性格是肯定不会要的。又说,这个老王,一个月开着二十七块,这五十四是他两个月的工资,不敢定是跟谁借的。

跟二虎家出来,我妈直接把我领到老王家,说:"老王,为招人耍水的事,那年曹大妈骂过你。曹大妈后来知道是冤枉了你。曹大妈这辈子没为啥事给人说过个赔礼道歉的话,今儿个曹大妈来跟你赔不是了。是曹大妈错了。"

老王笑着说:"曹大妈,看您说的哪儿去了。"

我妈说:"招人不懂事,有啥做错了,我回家会修整他。老王你不要计较他。"

小彬说:"您放心哇,曹大妈。老王才不是那种人。"

除了睡觉,小彬成天就在老王家。

我妈领我回了家。一进门,"啪"地给了我个耳光,说:"站那儿!"

我二话不敢说,赶快站在了一进门的墙根那里。那里,永远是我罚站挨修整的地方。

3. 下　井

最早听说过煤矿,是在小学六年级时。我们班有个叫果果的女生,上课时哭。同学们悄悄议论说她的爹在白洞矿让砸死了。那就是在世界上都出了名的"五九"事故,井下瓦斯爆炸,死了七八百人。

一中宣传队时到过各个矿演出,但那是直接拉到后台,演出完就拉走了,脑子里不知道煤矿是个什么样子。

头一天到红九矿,就让我对这个矿有了很好的印象。首先是到学校拉我们的淡绿色的大轿车就很漂亮,比市里所有的公共汽车都好。再一个是,东山单身宿舍,那是四栋四层楼,三个人住一个屋,一人一个床,屋里粉刷得白白的,窗户大大的,玻璃亮亮的。屋内有暖气,楼道里有厕所。学生们谁也没想到自己会住上这么好的家。还有就是,第二天当我走进叫作"职工俱乐部"的大礼堂后,又有了好印象。以前在台上演出,不注意下面。这个能坐一千多号人的礼堂,一人一个折叠式座位,坐下来还有扶手,谁也不挤谁,比城里所有的电影院都好。还有,那篮球场也比我们学校的好。另有就是,那大食堂好,那洗澡堂也好。

后来又发现矿上还有百货商店,还有学校,还有医院。

真没想到红九矿是这么好。

我跟我妈说,我们矿上啥也有,啥也比城里头的好。我妈说能有那么好?我说您看了就知道了,哪天我领您到我们矿看看去,我妈说,那一准儿得去看看。

宣传队三个拉二胡的,都拉不了独奏曲,只能拉个一般的曲子。三个里面第一是李生儒,郭祥是第二,第三是贺金成。贺金成是乐队的负责人。

我们的东山大楼单身宿舍距离职工俱乐部很远,少说有五里路。我们每天中午吃完饭不回宿舍,就在俱乐部休息。那天午饭后,我跟吴福有在矿上逛大街,迎面来了个女孩。我悄悄跟吴福有说,远远儿看去像我们班曾玉琴。走走走,走近了,哇!就是曾玉琴。

她说:"我听说你到了宣传队,心想说哪天看看你去,可是广播站太忙。"

我说:"我也知道你在矿广播站。每天都能听到你的声音,可没见过你的人。"

她说:"走吧。来认认我们广播站。"

我跟吴福有说走,认认广播站去。他说我想到下面看看,说着就头前走了。我指着吴福有的背影,跟曾玉琴说:"那咱们,等以后再说。"曾玉琴笑着说:"回见,回见。"

我追上吴福有说你走啥呢走?他说我不想当电灯泡儿。我说我们是同班同学,又不是搞对象。他说你们班分配来几个女生?我说就是她一个。他说,她跟你笑笑的,看样子挺喜欢你,搞上哇。我说我不喜欢大个儿女生。他说现在咱们宣传队里,周慕娅魏景云李新胜,个子都不高,搞上一个。我说你咋就说搞对象,说别的行不行?他说行行行。

我们宣传队缺的是演员。

在新工人培训的时候,我给推荐了三个人。一个是郑三喜一个是张新民,他们跟我是一中的同年级同学,但不一个班。他两个是一个班的。在学校新年联欢时,他们两个代表他们班到我们班演出过节目,给我留下了好的印象。我给推荐的第三个是大同三中分配来的赵喜民,他是我城区五小的同学,初中时我还混在他们班,上了一个星期课。王队长看了这三个人说,不错,留下哇。

宣传队乐队就增加了我跟吴福有两个,再没进新人。倒是当中又来过一个,是矿宣传科刘科长给领来的,说是山西矿院大学生,拉二胡拉得可好了。王队长让郭祥把二胡给给他,他拉的是《白毛女》选段。拉完,王队长说小曹、小吴你两个也给拉拉这个曲子。李生儒主动把二胡给了我,吴福有拿着郭祥的二胡。

我俩从来没有合奏过这个曲子,只是跟着感觉即兴来。吴福有拉前奏曲时,我给用抖弓轻轻地配着和声,进入主旋律后,我俩有时合奏有时分部,结束时,我仍是用抖弓轻轻地配着和声,两人以渐弱的方式收弓。拉完,在场的人都给拍手,包括矿院大学生在内。不过,我认为给点掌声也是应该的,要知道,我和吴福有的二胡演奏,属于大同市的一流水平。

那以后,矿院大学生再没来。

我和吴福有二人仍然是我弹我的三弦,他拉他的低胡。

我推荐的三个演员里,我跟赵喜民最熟悉,吃完中午饭我跟吴福有逛矿时,也叫着他。那天我们逛到商店后边的排房,听到有拉二胡的声音。我们站住听听,我说是郭祥,吴福有说就是。我们正要走,郭祥开开后窗喊我们,让进去。我们绕到前面,进了他家。

郭祥说想拜我跟吴福有为师。吴福有说我们该叫你郭师傅才对。我说只要是爱好,别的都好说,郭师傅你一看就爱好,这就能进步。郭祥说你们以后别叫我师傅，就叫我郭祥吧。

他还约我们当天晚上到他家吃拜师饺子，我说我没跟我妈打招呼，晚上得回家，要不我妈不放心我。后来改成了第二天的晚上了。

第二天晚饭后，三个人相跟着步行回了东山大楼。自来九矿上班，我是头一次在单身宿舍睡觉。王国梁和李树槐都不在屋，不知道是回家了还是去上夜班。我一个人躺在床上，有点睡不着。起身出楼道去洋厕所尿了一泡。我想起那次到萧融家，那是头一次到洋厕所，萧融还教给我咋用。唉，她爹咋是那样。

那以后我和吴福有、赵喜民三个人就常到郭祥家。我们跟郭祥成了好朋友。

我编写了民乐小合奏《地道战》。我清楚大家的水平，所以就编得很简单，共三页。除了王队长，别人都识点谱。

王队长懂得晋剧，是晋剧打板的，吴福有建议王队长在这个节目里给打定音鼓，这样省得他没做的。让我们没想到的是，王队长节奏感非常好。他能听出是谁在抢拍子。这真的很不简单，也很重要。因为我和吴福有要是听出是谁在抢，也不好意思说出来。

练了两天，效果很好，前台的演员们都跑进来听。

王队长又跟我说，你跟小吴两个那天拉的《白毛女》片段就好，你也给咱们编他个民乐小合奏。我说行。可是，就在当天下午，矿宣传科刘科长来宣传队，把所有人都集中在前台，宣布说："矿革命委员会决定，从明天开始宣传队临时解散。所有人员各回各连队上班。宣传队啥时候再组织,等候通知。下次再通知谁不通知谁,那就看你回连队后的工作表现。"王队长问为啥。刘科长说领导让我这么来传达,我也没敢问领导为啥。

我的心一下子凉飕飕的。

怎么会是这样?

这,这要叫我妈知道了,可是闯上大鬼了。

说上个啥,也不能让我妈知道。

冷静下来,我做了两件事。一是吩咐赵喜民和吴福有,到了我家无论如何不能跟我妈说漏嘴。二是跟王队长把三弦借了出来。这次明着说是想哄我妈,要让我妈知道我还在宣传队排练节目,这样她就不担心我了。王队长说拿回去哇,别的乐器不敢说,你往走拿三弦,这个主我是能做了的。

晚上提着三弦回了家,我跟我妈说:"以后要加紧排节目,闹不好哪天就要加班。太迟了我黑夜就不回家了。"

我妈说:"俺娃给人家好好儿工作是对的。"

宣布解散的第二天,我就到了三营二连二排去报到。我不敢不来,刘科长说"宣传队啥时候再组织,等候通知。下次再通知谁不通知谁,那就看你回连队后的工作表现",我不敢不来连队好好地表现。

我说我来下井了。带班范师傅看见我穿着普通的鞋说:"你的大雨靴呢?穿这种鞋可不行。"我说:"我拿回家了。我怕让我妈知道是我下了井,担心我。不敢跟家再往来拿。"他说:"下井别的可以凑合,大雨靴必须得穿。算了,这么孝敬爹妈的孩子,我给你一双吧。"就这样,我跟着带班范师傅,下了井。

下面的这段七百字的文章,是我跟我的中篇小说《冰凉的太阳石》里节选的,是我头一次下井的真实记载。

头一次下井我差点儿累死。其实那天我又没装煤,可光走路就把我给走草鸡了。要知道,从井口到我们排的工作面是三十五里,来回就是七十。路当中上上下下还有一千三百个大台阶在等着,来回就是两千六。我个儿一米七二,体重却只有一百一,身单体弱,哪能吃得消这样的一趟行走。从井下上来,我最大的愿望是喝水和睡觉。如果有人说再走半里地那儿有一万块钱让我去白拿,我也顾不得了。到了职工大食堂,我一口气喝了五大碗稀米汤。喝完,真想就那么躺倒在地下狠狠睡一觉,哪怕就那么睡死也心甘情愿。

第二天就把我打进人数儿里让装煤。按运煤的铁溜槽计算,每人分四节溜子,每节溜子长一米五,四节就是六米。溜槽到煤帮入深是两米,煤层高一米八。一个人平均要装二十多吨煤。这么多的煤都得用两个胳膊一锹一锹把它铲到溜槽上。别的工人用半个班儿的时间就铲完了,我却连煤底板还没挖出来。

成天价说的是工人阶级亲兄弟,可这时候亲兄弟们谁也不过来帮我一把。他们把灯一关,躲在安全地方睡大觉。有的干脆就溜上了井。我又累又急又气,真想把锹扔得远远的,放声痛哭一场。后来带班儿排长怕影响了下一个班儿的出煤挨批评,骂了我一句"你屄也不顶跑到窑门干啥"后,打起两个工人,过来帮我把那些要命的煤铲完。

出了井,我连半点力气也没有了。一步又一步,一步又一步,拖拉着两条沉重的腿到了澡堂。可我一下池就哧溜地给躺跌进水里,想活命的本能使得我划了两下胳膊,但却没有力量能够挣扎起来。脏水咕嘟嘟灌进嘴里,哧溜溜呛进我的鼻孔。

出井后,人们都是急急地到澡堂,到完澡堂到食堂,好早早地回宿舍休息。我进澡堂时已经很迟了。教室那么大的澡堂里除了我,另外只有一个人,假如连那个人也不在的话,那天我的小命就算玩儿完。他看见了我摔倒后又埋进池水里,又判断出我不是在耍水练潜泳而是被淹了,这才揪住头发把我拔出来。

我小说提到的带班排长,就是真实生活中的范师傅。

范师傅是灵丘口音,五十来岁。他真是个好人,天底下最好的好人。他看出我不是偷懒耍奸,而是根本就适应不了那种强体力的劳动,就给我分配的任务比别人的少好多。就这少了好多的任务,我咬着牙也是完成不了。他只好是帮我来完成。

他还让我替人送过干粮,让我替开煤溜工顶过班,只要是有点轻省的营生就让我干。

有一天他跟我说,你到二层连队里找找小范,他跟你有个问上的。

小范是我们连的办事员。

小范问我啥毕业,我说高中。他说那你帮我写个年终汇总报告。

又说材料我有,就是不会汇总。我说我给试试。我把他给的材料拿回了家,跟我妈说是给宣传队编节目,熬了一夜写出来了。办事员一看高兴地说,你熬夜了,回家缓上两天哇,我在连队给你记两个工。

那两天我每天在家睡大觉。我哄我妈说,我熬夜编出个节目,领导让我在家好好儿休息休息。我妈怕影响了我休息,在地下做营生时,也是轻手轻脚的。

后来小范跟我说,营教导员夸说连队里头数他的这个汇总报告写得好,小曹你真有一下。他很高兴,把我请到他家里吃饺子,说以后再有啥要写的话,还得让我帮他。我说行。

他说其实我可好学习呢,还会背字典,不信你叫我女人给够够字典你考我。

他女人跟枕头旁够过《新华字典》,让我考。我翻开说了两个字。他都认得。又找了两个我认不得的。他又都认得。我发自内心地佩服说,小范师傅真了不得。

他女人又给我一个硬皮本本,里面全是小范抄的优美词句。有成语有歇后语,有的大概是跟井下工人们收集的。比如:老古尿盆——见过大;弟兄俩比鸡巴——一尿样;尿尿掏出指头了——穷得尿没一条。这些粗俗的歇后语,让我想起了高中同学列举的"四大系列",不由得笑了一下。

他女人说其实他也可好写个东西呢,有次写的东西还让矿广播站给采用了。他说后来又写了几个,没采用。

我说你那没被采用的在手跟前没?我给看看。他翻找出来,给了我。

有一篇是写井下工人们的好思想好作风,说在井下打着矿灯学毛选啥的。我说真有这事?他说哪有呢,瞎编。

我又看一篇,写的是井下工人在"东方露出了鱼肚白"的时候,出了井,可没去洗澡,先回连队召开忆苦思甜会。

又看了一篇,我觉得还有点意思,我说我给你把这篇改改,改完你抄,抄完你送广播站。

他女人说那还用说,你替写出的,他都得重抄。我说我替你写稿子的事千万不能让营里领导知道,他女人说,那是一准儿不能让知道。

我其实是怕让营里领导知道了,以后不让我到宣传队,就让在营里写材料。那就坏了我的大事了。

一个星期后,广播站采用了我给改过的那篇稿子,通讯报道员是小范的名字。他又把我请到他家里,吃饺子,还喝酒。他女人说,小曹你是我们家的贵人。

我说,你们才是我的贵人呢。

4. 三 弦

全凭着范师傅的帮助,我才咬着牙在井下一个班又一个班地挺过来了。倒班的时候,一有空隙时间,我就赶快地提着三弦回家,蒙住头地练。一是为叫我妈不要看出我已经是离开宣传队,干着下井的营生。再一个是我想把三弦弹得好好的,也成为大同市的一流水平。

小范是"文革"当中毕业的初中生,文化知识虽然没有学多少,但他爱好写作,做梦也想着当矿广播站的业余通讯员,我就主动地帮他修改通讯稿。

我还告诉他矿广播站的曾玉琴是我的高中同班同学,我知道她对写这种稿子的要求,一是要有事儿,二是要真实。

小范不愧是能背《新华字典》的人,我一点,他就明。写出的初稿跟以前比,大大地进步了。我修改的时候,不太费劲。他的稿子经常被广播站采用,连指导员夸小范,小范趁机说想叫二排的小曹上来帮他打个杂,把他的身子腾出来,就能为连队写出更好更多的宣传稿子。红九矿儿千号下井工,不缺我一个。指导员答应了。就这样,下了一个月再加一个星期的井后,我被抽到了小范办公室,给他当打杂的勤务员。

小范高兴,我更高兴。每天是白班,晚上按点回家,推开门叫"妈"。

曾玉琴悄悄告诉我,是宣传科刘科长建议矿革委领导让我们下井的。说这些年轻娃娃们一出校门就来矿挣大钱,还整天男男女女打打闹闹的,这不对,得让他们下下井,知道了井下一线工人的苦,文艺才能更好地为井下矿工们服务。

我让她给悄悄打听,什么时候才重新成立宣传队。她说不用你吩咐,我也是一直关心着呢。

我问她说你忘记没忘记咱们第一次见面。她说记着呢,你跟一个帅小伙儿帮我打包行李。我说那是我表哥,他可喜欢你呢,说你要模样儿有模样儿要个头儿有个头儿,以后还经常跟我打问你。她笑着说是吗？还问我表哥现在干什么，我说在市皮鞋厂当工人，现在已经出徒了，我妈和我舅舅正张罗着想给他问个对象呢。

曾玉琴不接住我说下话，我也不好再说什么。我觉得除了外貌长相我表哥很英俊，比曾玉琴强，别的都配不上人家。

郭祥给我连队打电话，让我中午到他家吃饭。他告诉我一个不好的消息，说原来矿上晋剧班儿的杨师傅，要调回晋中老家呀，跟我要三弦。

我看郭祥。

郭祥说就是你拿的那把小三弦，那是他私人的，祖传的。他知道我跟你熟悉，让我给要。

我说人家的那就给人家。当下我就回了东山宿舍，把三弦给提到了郭祥家。

郭祥说，那你的套子。我说不要了，给杨师傅吧，用了人家那么长时间了。

郭祥看看三弦说："行了。一会儿我给王队长送去。你看这事搞的。"

我说："没事。"

我嘴上说没事，可我心里觉得有事。

我说没三弦，再成立宣传队，别不要我。郭祥说要是肯定要，大家心里都清楚，论整体实力，你是最强的，对谱子又很通，能创作，简直是专业人才，我们矿上原来的几个，跟你就没法比，宣传队不应该没有你。

我说，可你说不应该，贺队长和王队长也会这样认为吗？

郭祥说，他们两个也这样认为，就怕是新的领导，听说要来一个新的指导员，不过你放心，新来的指导员，他应该是要听听我们大家的意见。

他又说，再让两个队长跟他讲，买新乐器。

我说应该再有个中胡，我们大同一中宣传队就有中胡。郭祥说咱们矿上的旧班子，听也没有听过中胡，矿上即使是新加乐器，也不会想到中胡的。

我想了想说，不行我自己出钱买个中胡，这样，再成立起宣传队，我就有乐器可用了。郭祥说自己出钱？甭甭甭，让矿上出钱买，买把三弦买把中胡。

我说还应该给吴福有买把大提琴，把低胡淘汰掉。

郭祥说就是，叫他们一便儿买。

回家的路上，我越想越不放心。我跟郭祥两个人定好了，买三弦买中胡买大提。可万一矿上不买呢？碰上个刘科长这样的人来当指导员，一定会说，一个业余宣传队，有啥算啥吧，没三弦就不用三弦了。

那可坏了。

宣传队要开办了，可因为没有三弦，没我可干的，不用我，不通知我，那我得继续在采煤三营二连待着。

那可坏了。

最可怕的是让我妈知道了我不在宣传队。好你！你原来是在欺骗我!

我不敢往下想。

我决定买。

自己买。

我决定自己买三弦,更主要的是,我一心一意地爱恋着音乐,我一定要在宣传队工作。以后有了机会,我还想进大同市的文工团工作,以后还要进省歌剧院工作。

想来想去,我决定跟我妈实话实说。

我跟我妈说,原来弹三弦的杨师傅往走要三弦呀,那我就没三弦了。我妈说,那你不会干别的?我说一人一种乐器,早都有人头儿了,万一让我下井可坏了。

我妈说你不是说就在宣传队吗?可这又有了问题了。我说在是肯定在,是要让我当演员,可我不想当演员。我妈说不下井就行了,当演员怕啥。我说我不当演员,打死我也不当演员。我说我宁肯下井也不当演员。

一听我宁肯下井也不当演员,我妈急了,说没乐器?咱家这么多,拿去用哇么。我说咱家的这些乐器都不是正式的那种,再说人家的二胡都好几百一把,可是咱家的二胡才是几十块。

我妈说:"那要不你也去买个好的,几百的。"

我说:"二胡人家已经是够人数了,要买也只能是买三弦了。"

我妈说:"那就买哇么。买三弦就买三弦哇么。"

听我妈这么说,我一下子放心了。

我说:"妈您真好。"

她说:"好啥好。还不是怕你下了井,四疙瘩石头夹一疙瘩肉。"

第二天我先到连队,跟小范请了三天假,带了五百块钱就动身了。

我已经在大同的商店看过了,没有卖三弦的。打听到说张家口有专卖乐器的商店,我就决定去一趟张家口,万一没有卖的,那就往北京去。

我是乘坐长途汽车去的,买到了,三百八十块一把,也买到了专门弹三弦用的假指甲。我还另花了一百二十块,买了一把二胡。当天坐着火车,连夜回了大同。

正好我爹也跟怀仁回来了。我爹说花上几个钱,娃娃有个安稳的、放心的工作,这个钱花得值。

提着新三弦到矿上,看到李靖又在给路边的墙上用油漆写毛主席语录。

李靖是俱乐部放电影的,字写得漂亮,能写各种字体。我站住看看,问说这是啥体?真好。他说这是仿宋体。我说有点像宋徽宗的瘦金体。他说你练过书法?我说初中时练过柳公权,高中时练过瘦金体。

他停下手回头看看我,看到我手里的三弦说,小曹真用功,我常见你回家提着三弦。我说我不主要是为了练习,我是怕让我妈知道宣传队解散了让我们下井,就提着三弦回家,假装是还在宣传队,要不我妈会不放心。李靖说小曹真是个孝子。

曾玉琴过来了。曾玉琴告诉我宣传队就要成立了,有你。我一下子把她的手抓住说,你真好。她把我手甩开说,看人看见的。我回头看看李靖,李靖假装没看见,偷偷笑。曾玉琴笑笑地又是狠狠地,拿二拇指指着我,嘴里不知道嘟囔了句什么,赶快走开了。

我也赶快走开,跟李靖一招手,向我们连队跑去,看看有什么消息没有。跑着跑着才想起曾玉琴刚才的话,她说"宣传队就要成立了",那就是说,还没呢,是快了。我这才放慢了脚步。

晚上回了家,我妈问我你高兴啥呢?笑得。我说我没笑,我妈说我当你笑呢。我说我是想起刚才路上碰着个失笑的事儿。我妈说那你跟妈学学(读 xiáo xiáo)。我是瞎说呢,没想到我妈还真问我。我是最不会临时编瞎话的人,我一下子又想不起个啥好笑的事来跟我妈说,只好说:"妈我那个那个,给忘了。"我妈说:"一个愣子。"

又过了两天,上午我一进办事员屋,小范告诉我说刚才来电话了,让我上午就去宣传队报到。他还给了我一页盖着红章的信纸,上头还有连长的签字。他说刚才通知的时候,让写这个。我看了看,是小范的字体,是对我这两个月的工作表现评定。当然,写的都是好话。他还发扬着他编瞎话的功能,说我一有时间就刻苦地学习《毛泽东选集》,掌握了一定的毛泽东思想。

小范说我以后还要找你去,万一有个啥不会写了还得麻烦你。我说你放心,冲着你叔叔对我那么好,我也要帮你,你不要客气,有啥来找我就行了。他说我想请请曾玉琴来家吃饺子,你给联系联系。我告诉他说我知道曾玉琴的性格,你请还不如不请。你只要把文章写好了,她肯定是会采用的。我还提醒他说你千万不要写那狼吃鬼没影子的事,写真事写实事,她就喜欢。

我又去楼下,想把借范师傅的雨靴还给他,可他下井了。我又返上楼,把靴子留给了小范,让他转给他叔叔。

我赶快返到东山宿舍,抱着大三弦,返到了职工俱乐部,后台已经有好多人了。

王队长看见我,说:"小曹咋又弄个大三弦来了。呀,还是个新的。"

我说:"买的。跟张家口。"

王队长说:"你咋买的?谁给花钱买的?"

我说:"我妈给花钱买的。"

王队长说:"你,啥意思?嫌这个小?还是嫌这个旧?还是家钱多得没个搁处?"

王队长指着身后的乐器柜。我一看,原来的那把小三弦,套着我妈给做的那个套子,还在那里躺着。

我睁大了眼说:"这个,不是,不是杨师傅要走了?"

王队长说:"他要是来要过,可我没给他。我说你拿走,小曹弹什么?他就没往走拿,给你留下了。"

"那,那。"我不知道该说个啥好。

人们看着我"那,那"的说不出个话的样子,都笑。

我看看大的,又看看小的,看着大小两个三弦,也不由得笑了。

5. 考 察

这次正式成立起来的宣传队,明确说是由矿工会主管,可是除了王队长外,又给派了个指导员,来管理队员们的政治思想。这个指导员由宣传科的刘科长兼任。他上午还在宣传科工作，下午就到了宣传队，这啦那啦地挑毛病。

刘科长嫌队员们不团结紧张，说眼看着过年呀，这能行？不行！年前必得加班加点，必须得拿出一批好节目，到井口去给出井的、下井的工人演出。

一连好几天，我忙得没回家。那天我们乐队在后台正跟六娃和她的独唱《信天游唱给毛主席听》，小木门被推开，一股冷风吹进来，很大一会儿，才站进个人，门关住了。

俱乐部后台的门，足有四米高三米宽的样子。问王队长才知道，留这么大的门，是为了往进搬高大的布景道具。两扇大木门其中的右门上，又开着一个小的木门。平时根本就没必要开大门，只开小木门。小木门下面距离地面一尺多高，个子小的人进出很不方便。

我眼睛的余光只感觉进来个小个子人，没专门看看是个谁。吴福有看见了，站起冲我说："乃谦，好像是曹大妈。"

我一掫头，就是我妈。

她戴着厚厚的棉口罩。我妈戴口罩的方法很特别，口罩只是把嘴遮住，鼻子在外面露着。我没见过别的人用这种独特方法来戴口罩。

我连大三弦也没顾着往哪里放，提着它快快地向我妈走去。

我问说妈你咋来了？

我妈没作声，眼泪"哗"地流下来，流在了大口罩上。

我把三弦举向吹笛子的刁吉，他赶快把三弦接走。

我赶紧问说："妈你咋了？"

她说:"妈好几天都梦的你,在井下让砸死了。"

我说:"妈您真失笑,我又不下井,在宣传队咋能让砸死。"

我帮她把大口罩取下来,吴福有把她搀扶在长条椅子上坐下来。

她不哭了,拿口罩擦着泪。

我又帮她把棉大衣解开说:"妈,礼堂暖气热,您脱了吧。"

郭祥跟六娃说小曹好几天没回家,老人这是不放心,给跑来了。

六娃说可怜天下父母心。

我心想幸好是我妈今天来了,如果再早来半个月就坏大事了,那时候宣传队还没重新成立呢。

我一下子想起了,笑着说:"妈,我原来还说是想引您来参观参观我们矿。来,您先看看我们大礼堂。"我拉住我妈手,把她引进前台。

演员们在舞台上排节目。我把我妈跟侧门引下了有一千二百个座位的观众池。我引我妈在头一排当中坐下。我说妈您看椅座多好,有靠背有扶手,还能扳起来放下去。我妈说你别给人家来回扳了,看扳坏。

演员们停下了排练,李新胜走向前,问我你引着谁?赵喜民说,还用问呢,一看就是妈。他跟舞台上跳下来,问我妈说曹大妈我到过您家。我妈说,你是喜民。喜民说您咋就能找见这里?我妈说下了公共汽车我打问宣传队在哪,有个人给引过来的。

我说妈走吧,我再引您到别处转转。我引着我妈又跟侧门到了后台,跟王队长他们说领我妈出去转转。郭祥赶快说,中午领曹大妈到我家吃饭。

职工俱乐部门前是并排的两个篮球场,有个不怕冷的人穿着运动绒衣,自己在那里投篮,头上冒着白气。过了篮球场,是百货商店。我看我妈脚上的棉鞋有点破旧,该换换了。我没跟她商量,买了一双灯芯绒面的高脸棉鞋让她当下就换。起初她不换,说回去的。栏柜里面售货员给递出把凳子,我妈就换上了。我说把旧鞋扔了吧,她说好好儿的扔啥,拿回村给村人们。我又跟售货员要了纸把替下的旧鞋包起来。

　　我妈就走就低头看脚上的新鞋,说挺服脚。

　　我想我妈一定很关心我吃饭的地方,我就把她引到了大食堂。说这里白明黑夜都不关门,我妈说半夜能有人吃饭? 我说有,有下夜班的工人。我妈想想说,那半夜跟井下受上来的人,尔娃们就得吃点儿才行。

　　大食堂有我们学校礼堂那么大,里面摆着十几张大圆桌。当时的时间是上午十点多,不是吃饭高峰,有十几个人在吃饭。我一下想起问我妈早起吃饭没,我妈说没顾得。我赶快到窗口要了一碗小米稀饭,要了一个锅盔烧饼,又到小菜窗口要了碟儿酱黄瓜。我妈说不饿不饿,可不大一阵儿都吃完了。说酱黄瓜真香。我又趁机夸说,比您那腌菜好吧? 我妈说人家是啥手艺,你妈是啥手艺,妈咋能跟厨子比。我说我每天中午都吃厨子做的饭。

　　跟食堂出来,我妈说想到井下看看。我说妈,这可不能,下井得穿下井的服装,穿下井的大雨靴,戴下井的胶壳帽,帽子上还顶着电灯。

我说我的下井工作服给了忠义,靴子给了姨父。我还没下过井。我妈说:"咱们趴井口看看,莫非也不让看看?"我妈脑子里的井口,大概跟村里的井口是一样的。

我知道我妈是一定想看看,我说那我引你井口看看就看看。

我们红九矿的井口是斜井口,小铁道直接就能通到井下。我引我妈远远地看看,刚上来的铁牛车下来几个人,脸黑黑的,牙白白的,说说笑笑的。我妈说,还笑。我说根本就不是您想的那么可怕。

我妈又问我你黑夜不回家在哪住,我知道她是想看看我住的地方,我说时间不早了,咱们先到郭祥家吃饭,吃完饭我引您看看我的宿舍。

到了郭祥家,饭已经准备好了。摆了一炕桌。

赵喜民吴福有两个人到大食堂也给打了好多,有过油肉、红烧肉,还有我妈最好吃的红烧丸子。

郭祥爱人我们叫郭嫂,她正给炸油饼。

郭嫂说:"曹大妈您到我家甭做客。"

我妈说:"我走哪也不做客。"

"做客"是雁北地区的土话,"甭做客"意思是不把自个儿当外人。"客"读音"且"。

我妈天生力量大,饭量也大。她也真的是不做客,刚在大食堂吃过锅盔了,又吃了好多油饼。我怕人们笑话我妈能吃,我就给他们讲了我妈小时候的一个故事。这是我五舅舅给我讲过的。

我妈在十一岁的时候,帮着我姥爷在场面打莜麦。场面上还有另一家人也在打莜麦。

我妈打断我的话说:"另一家你叫科举姥爷。"

我接住讲说,科举姥爷说,换梅子,听说你的力气可大呢,试试能扛起这一口袋莜麦扛不起? 我妈过去一下子给扛起来了。科举姥爷说换梅子,咱们爷儿俩打个赌,你能把这一口袋莜麦一路不歇缓地扛回家,这袋莜麦就给你了。你要是扛不动,或者是在路上歇缓了,那你就算是输了,叫你爹赔我两口袋。我妈不仅肩上扛着一袋,走的时候,她看见旁边还有一个正在装着的少半袋,顺手提着就走。就这样,我妈扛一袋提半袋,一路不歇缓地回了家。

赵喜民说:"曹大妈,那一口袋莜麦是多少斤?"

我妈说:"莜麦不沉。一口袋是半百。"

吴福有说:"那您还提着有半口袋。加起来有七八十斤。曹大妈您真厉害,那个场面离家多远?"

我妈说:"不远。凡是场面都在村子跟前。"

我说:"那跟场面进了院,也有一里吧。"

我妈说:"半里多。"

吴福有说:"那您爹肯定是夸您。"

我说:"夸啥呢夸。我舅舅说,后来我姥爷又都给那家人送去了。"

郭嫂说:"那您白白替那家人往回背了。"

我说:"人家那家人硬不要,是我姥爷硬让人家留下了。后来过年的时候,给了我妈一顶帽子。"

我妈说:"人家给了一顶狐皮帽,可好了。"

人们这才觉得是公平了,都说这还差不多。

箱顶上的收音机唱《五彩云霞空中飘》,郭祥三岁的女儿照着镜子跳舞。人们一拍手,她不跳了,羞得往她妈怀里钻。

我妈说:"有个女儿好,长大懂得心疼妈。"

郭嫂说:"曹大妈,有个啥也不顶。多会儿也是上往下心疼呢,大的心疼小的呢。"

我妈说:"你说对了。"

郭嫂说:"脚疼手帮着搓呢,手疼脚管也不管。"

一家人都让这句话给说得笑了。

脚疼手帮着搓呢,手疼脚管也不管。

有意思。

郭嫂说:"小曹你笑呢。你几天没回家,曹大妈不放心你,大老远跑来眊你了。"

郭祥说:"就是。"

人们都点头说:"就是就是。"

我也知道就是,我还知道我妈这次来是想考察考察我平时跟她说得对不对,是不是真的在宣传队,红九矿是不是真的如我说的那么好,吃得怎么样睡得怎么样。

吃完饭,我说妈走吧,看看我们的宿舍去。临走,我妈掏出十块钱填在郭祥女儿手里,说让你妈给你买点啥好吃的去。郭嫂不让要,我妈说我是给小女女的,又不是给你的。

宣传队有一多半是今年招来的学生。男生原来都是在东山大楼单身宿舍住,女生都是在矿招待所住。这次重新成立后,这个刘科长跟矿上反映,把我们男生也都集中在了矿招待所。

矿招待所是二层小楼。女生两个宿舍,男生三个宿舍。我跟吴福有和赵喜民,三个人一个宿舍。

我妈到了我宿舍。屋子里是暖气,一进家暖暖和和的,但又不是太热。我妈看看我的盖窝,说这还是学校那会儿的,该拆洗拆洗了。要不妈明天早早地来,给俺娃拆洗拆洗。我说您硬要给拆洗的话,拿走就行了。招待所里有的是被褥,黑夜跟张所长借一套就行。我妈说要那样,妈就拿走。

我妈又想想说,要不褥子就甭拿了,妈再给俺娃做条新褥子,铺在这个上头,睡上去软和些。

打包的时候我妈没忘了她那双旧鞋,也给打进了行李包里。

往三路车站送我妈时,我想背行李包,我妈不让,说你那点劲儿,连妈丢的那点儿也没有。

看着她背着行李包的背影,我又想起了郭嫂的那句话:脚疼手帮着搓呢,手疼脚管也不管。

6. 出 差

刘科长成天恼恨恨的样子,看见我们学生,就好像是看见了阶级敌人,这不对那不对地挑我们毛病。不行! 给你们发的工作服咋不穿? 都穿都穿!

　　我的工作服给了表弟忠义,不能往回要,只好去求小范,看看能不能花钱跟库里买一套。我那身工作服就是在他的手里领的。小范说买啥,我工作服好几套,给上你一套。我给他钱他不要,说你帮我写作,使我成了营里头的名人了,那该值多少钱呢? 还说我叔叔还夸你呢,说全凭人家小曹。我说不要你甭要。

　　衣服统一了,又说不行,东一个西一个等了这个等那个,不行,得集中住宿。他就跟矿上反映,让我们调宿舍,把我们集中到了矿招待所。为的是矿招待所距离俱乐部近,五分钟就到。

　　这倒是不错,我们半点意见也没有不说,还盼着他再有点啥看不对的地方。

　　盼着盼着,盼来了。

　　那天上午王队长跟我说,刘科长让你出趟差。

　　我不懂得"出趟差"是干什么,问说啥出趟差? 他说,不是出趟差,是出差。我说啥叫出差? 他说,哎呀呀你高中生连出差也不懂得?

　　课本里没碰到过这个词,生活中也没听过这个词。刚跟学校毕业参加工作的十九岁的我,真的不知道啥叫出差。

　　我说我真的不懂。他说看来再聪明的人也有不知道的地方,去哇,你到刘科长办公室就知道了。

　　我去了刘科长办公室。他说听说你懂的乐器多,你说说咱们乐队里还该配置些什么,叫工会给买。

　　我想也没想就说,最紧要的是该把低胡换成大提琴,再给拉板胡的池师傅买把高胡,有些曲子用板胡,效果不好,换成高胡就好了。我接住又说还应该有把中胡。

心想着再买把中阮,因为我知道有的曲子用中阮比三弦要好。但我没提,我怕他怀疑我是自私自利,为自己。

他说:"好哇,你给出这趟差哇。"

我正琢磨出这趟差是干啥,他紧接着又说,我听王队长说现在的这把大三弦是你自己花钱买的,这么大的矿能让个人买乐器?叫人笑掉大牙。你把发票拿来,让工会给报了。

我说我那次是跟张家口买的,人家没给开啥发票。他说,那这次还到张家口去买,顺便叫他们把你那个三弦的发票补上。

"明天就跟俱乐部的李靖去哇。"他说。

我心里不由得在喊,刘科长万岁!

我想起那天吴福有跟我骂刘科长说,这个家伙多会儿死了才好。当时我说,你真是一个小孩子。吴福有是老三届初中生,比我小一岁。可回头又想想我刚才喊万岁,这也是小孩心理。

我回了后台跟吴福有一说,吴福有高兴得往高蹦了两蹦。

听说我第二天要到张家口出差,赵喜民说你等等,我到商店买点东西,你给我去眊眊我姐姐去。不一会儿他买回了十包咖啡半方糖。

赵喜民五岁他姐姐九岁时,父母就不在世了。是姥姥把他姐弟俩拉扯大。去年他姐姐结婚了,姐夫在张家口一个部队当营长。

我到俱乐部跟李靖打招呼,说我得先回家跟我妈说说要出差呀。我跟他约好了时间,第二天上午九点在北门外长途汽车站见面。

我回了圆通寺,我妈不在家。隔壁柳姐姐说,你妈去怀仁走了几天了,正好俺娃回来了,我正还说,俺娃要是不回的话,咋办呀?

她说的咋办呀,原来是她的大伯子跟广灵县老家来了,她想在我家住两天。

我说住哇么。

大概是见我有点走思,她又解释说俺娃小不懂得,小叔子可以跟嫂子一个炕上睡,大伯子就不能跟兄弟媳妇一个炕上睡。我黑夜也得在你家跟俺娃一个炕上睡。

我走思是我在想,我要出差呀,要去张家口买乐器去呀,大三弦的钱,领导也能给报呀,我想跟我妈说说这个,可我妈正好就不在。

我说睡哇么。

柳姐姐说你妈说你宣传队忙,顾不得回家。可走的时候还吩咐我,说万一招娃子回来,让你到我家吃晚饭。

大伯子来了柳姐姐正好吃好的,晚上做了西瓜皮馅儿饺子,给我送来了。

柳姐姐家永远有晒干的西瓜皮。一到西瓜下来的日子,她就到大街拾西瓜皮。拾回来把硬的绿皮切掉,把里边的刮刮后,就把西瓜皮切成条儿,晾晒在"文革"的传单纸上。如果西瓜是半个壳子的话,她会把这半个壳子旋成一条很长很长的长条,盘着担在院外晾衣的铁丝上,晒干收起来,预备着冬天吃。

柳姐姐的西瓜皮馅儿饺子真好吃。

睡觉的时候,柳姐姐在我妈的褥子上铺了几张大纸,说是来了,身上不干净,怕把我妈的褥子弄脏。

我本来可以到老王家去睡,可自从发生了工资事件后,好不容易现在老王跟我说开话了,可想提出说在人家家睡,我是不敢张这个嘴的。

跟柳姐姐睡一个炕就睡哇,无所谓的。在我眼里,柳姐姐就像是我们家的一个人似的。小时候,她还常常搂着我睡,鼻孔呼出的气息,吹得我头皮麻酥酥的,奶子一鼓一鼓地顶着我的脸,让我永远忘不了。

拉灭灯了,柳姐姐身底下的纸,一会"圪欻"一声,一会"圪欻"一声,那"圪欻圪欻"的声音,总是在我耳边响,响了一黑夜。

第二天早晨我走的时候,我把我的家门钥匙留给了她,我说我到张家口呀。她问走几天,我说我也不知道。

我们是乘坐着长途汽车到的张家口。买了大提琴,买了高胡,买了中胡,给李生儒、郭祥、贺金生三个人一人买了一张能控制松紧的二胡弓,又给王队长买了新疆手鼓和串铃。我还另买了个上海牌口琴。我掏钱的时候李靖说,算了,一并儿让他用咱们的支票吧。我说别价别价,你就把上次的三弦钱给算进去就行了。他说你自己花钱买三弦给九矿宣传队用了这么长时间,难道还不值这四五块钱吗?我说我那是怕下了井,让我妈麻烦。他说行了,我做主了,报销单儿上别出现口琴,开在别的乐器上。

用支票结账时,商店给我把上次的三弦钱三百八十块,找出来现钱,李靖让我自己装了起来,我没说客气话就装兜里了。

长途汽车上人多,拥挤,怕把乐器挤坏,我们决定坐火车回大同。

坐火车就得在第二天的上午回,我说我正好到部队替赵喜民看看他姐姐去。李靖也说有个啥亲戚要去看看。

在火车站附近找好了旅馆,把乐器放进房间,我们就散开了,各走各的。

喜民姐姐认不得咖啡半方糖,我教给她咋喝,姐姐骂喜民,说他瞎花钱。

姐姐给讲喜民的身世,说喜民小时候在舅舅家,吃饭看眼色,表哥们不想吃了,他才开始吃。其实舅舅家的人们都跟他挺好,是他自己要瞎拿心。讲着讲着姐姐哭了。我心想,喜民的身世跟老王真像,怪不得性格也像。跟曹操相反,宁叫天下人负我,我不负天下人。

姐姐流着泪说,一看你俩就是好朋友,问我弟兄几个。我说我妈就我一个孩子,姐姐说正好你们两个也是个伴儿。

姐姐留我在她家吃的晚饭,泡涨的黄豆和腐干丁儿炒在一起。主食是米饭。真好吃。

我走的时候,姐姐给我拿了两个方的铁皮饼干桶。我以为是给赵喜民拿的饼干,用手一提,挺沉。每个的重量足有五斤。姐姐说里面装的是东北大黄豆,一桶让给我妈,一桶让给喜民,说泡泡煮着吃。

姐夫是营长,他叫司机把我送回了旅馆。

李靖在亲戚家喝多了酒,衣服也没脱,就那么躺在床上睡着了。我喊醒他,他到了趟厕所,回来脱了衣服,钻进被窝。

李靖问我,小曹打呼噜不打? 我说不打。他说我可能会有点儿动静。我问说什么动静? 他不回答。他已经睡着了,还没等我的衣服脱完,他就已经在打呼噜了。

哦,他说的动静大概就是指打呼噜。

哎呀呀,这动静是不是也来得太急了点儿。

我拉灭了灯。

我妈我爹两个人都打呼噜,可我妈我爹的呼噜是正常的那种呼噜。再说,打上一阵子也要停一停。

可李靖的呼噜很不一般,先是很响的一声大吸气,接住在往出呼气的时候,伴着一种很特别的音响,这种音响经过我认真地琢磨和细细地领会后,终于能够想象出是种什么音响了,那就是一个人在用手指使劲地在布上抠抠抠,而且是在一块抻紧的布面上,抠抠抠。

一个人的嘴里怎么会有这种音响效果呢?我又认真地细细地琢磨和领会一番后,明白了,他这是在磨牙。

头天夜里是柳姐姐身底下的那些纸们在"圪欻""圪欻"地响着,响得我一夜没睡好。现在的耳边又是这不一般的呼噜,和永不休止的音响。我用被子蒙住脑袋,又用手指塞住耳朵,还是让吵得睡不着。

不行,我得往醒推推他。

推一下不理睬,又推一下又不理睬,又用力地推,就推就喊:"李师傅求求你了,让我也睡会儿行不行?李师傅。"

"李师傅求求你了,让我也睡会儿行不行?"

李师傅终于被叫醒了,欠起些身问说:"哦?我是不是有些动静?"

我赶紧说:"有有有,李师傅,有动静。"

他坐起了,说要不你先睡,我给尿点去。说完,披了个袄儿出去了。

我赶快抓紧时间,睡,快快睡着。可越是着急还越是睡不着。

听得李师傅进来了,他没急着往下躺,而是倒了杯水在喝。我知道他这是让我先睡着,他再睡。

李师傅真好,我快睡。快睡。快睡。快睡。可最后也不知道是睡着了一会儿没有,耳边又响起了那特别的、不一般的、被称作是"动静"的呼噜声。

我失去了睡觉的信心,也坐起身,喝了一杯水。也不知道是几点。

我是个刚上班的学生,没表,李靖师傅家里困难,也没戴手表。

反正也睡不着,我就穿了衣裳到服务台去看看,已经是深夜三点半了。

有人跟服务台结账,要去赶火车。我一下子想起,赶快跟服务台说,想再换个房,好睡会儿。服务台说换也行,你得再交个半费。我心想整费也行。

就这样,这一夜,我终于也睡了有两个小时。

在火车上,我说:"李师傅,你的那呼噜可是打出点国际水平了。"

他说:"哪呢,哪有个啥国际水平。我那是瞎打呢。"

"哈……"我笑得差点儿给背过气去。

7. 对 象

过了大年,在阳历是一九六九年的三月份,接到矿务局宣传部的通知,凡是县团单位都必须得组织文艺宣传队,十月份要到矿务局会演。

有些矿还没有成立宣传队,而我们红九矿已经成立了好长时间,并且也在井口给矿工们演出过了,虽然是不搭台,但也有十多次了。所有的节目加起来,也能七凑八拼地演出四十多分钟。矿革命委员会表扬刘指导员,刘指导员很高兴,头脸不像以前那么恼恨恨的了。

距离到矿务局会演的时间还有半年多,刘指导员说六月底前可以是正常地过礼拜,人们都拍手。但是从七月份开始,就得往紧抓,向工人阶级学习,革命加拼命,拼命干革命。

星期日能放一天假,人们都很高兴。吴福有跟我悄悄说,刘这个家伙现在是有点人味儿了。

那天上午的十点多,我在宣传队后台排练,接到个电话。是相世表哥打来的,口气很冲地责问我为啥老不回家?说你妈不放心你。我问说你咋知道我妈不放心我?他说你妈现在就在我家。

我很纳闷儿,不知道这是怎么回事。心想着我妈怎么会到了他家。他听出我不相信,说一会儿你过来就知道了。

相世表哥和我妈是一个村的人,叫我妈姑姑,但不是亲姑姑,是那种隔了很远的姑姑。但他老去我家,就认开了。我知道他也是我们红九矿的工人,但我从没去过他家。

他在电话里教给我咋走咋走,可我听了半天没听机明。他说你就给哥笨死了。

"好了,那我打发个人去引你。"他说。

我们后台没电话,俱乐部二楼的办公室有电话,凡是有电话叫我们后台的人,就跟放映室墙上放电影用的小口口冲着前台喊,叫谁叫谁,听得很清楚。接电话的人赶紧跑到俱乐部二楼去接。

放下电话的半个钟头后,相世表哥打发来引我的人来了,是个女青年,穿着一身蓝色的劳动布工作服,胸兜上印着"大同矿务局中央机厂"几个红色的字。中央机厂可是大同矿务局最好的单位,在矿务局上班儿的年轻人,都盼着能在那里当个工人。

她说她是相世哥的邻居,是相世哥让来接我。说这话时,她脸红了,好像是有点害羞的那种样子。我问说你是中央机厂的?她说噢,说完就转身前头走了,我在后面跟着。这种走法是标准的"相跟"。人们常说,他跟他相跟着走了,就是这样的一前一后。不能是并排,并排不叫相跟。

到了表哥家一看,我妈真的在炕上坐着,我问说您咋就来了?我妈还没张嘴,表嫂说:"没做的哇不能来串个门?亲戚六道的。"我妈笑着说:"就是。"

家里的地儿小,我也上了炕,挨住我妈坐下。我又跟我妈解释,说宣传队根本就不下井,让她老人家放心。我妈"噢噢"地点头,说放心放心。

后来我才发现,那个女青年她没回自己家,就在表哥家给帮着表嫂做饭。做的是炖猪肉烩豆腐,还有韭合子。韭合子是用韭菜和鸡蛋当馅儿,白面做皮儿的一种馅饼。做法是,把饼皮儿擀成圆形,在半个的上面放馅儿,把另半个没馅的往有馅儿的上面一合,像半个月亮,捏紧边沿就行了。因为这半个要往那半个上合,所以叫合子。又因为包的是韭菜,所以叫韭合子。这是我们应县老家的做法和叫法。

女青年她看样子挺会做饭,我妈夸她手脚挺麻利时,她脸又红了。

相世表哥不住地大声问她话,问这问那的,问个没完,她是问一句回答一句,不问就埋头做营生。问她在机厂干的是啥工种,她说车工。我刚跟学校出生在社会上,不懂得车工具体是在做什么,但知道这是个好工种,有技术。我真羡慕她的这个工作。相世表哥又问她是应县哪个村的,还问她是哪年参加的工作。我心想,你们是邻居,怎么今天才想起问这些,当着生人面,不怕问得人家心烦。

果然,人家可能是有点不高兴了,吃饭时她也不上炕,让也不上,端个碗,在地下的小板凳上坐着。我心想,那一定是为了离相世表哥远点儿,怕他还要问什么。

表哥让我喝酒我说不会,让我抽烟我说不会。他说对着呢,好好儿攒钱娶媳妇哇。我没理他,我觉得这话不好听。

吃饭当中我才知道并不是我妈自己找来的红九矿,是相世表哥一大早坐着公共汽车把我妈接来的。

吃完饭,我送我妈到公共汽车站,走在半路,相世表哥追上来了。

他跟我妈说:"人家女的表态了,说没意见。就看你们哇。"

我妈说:"叫招人说哇。"

他们都看我。可我却不明白他们在说什么,继续往前走。

相世表哥在我身后大声喊说:"招大头,问你话呢!"

我说:"问我啥?"

他说:"人家想寻你。"

我说："谁寻我？"

他说："中午那个女女。"

我说："她寻我做啥？"

当时我真的不知道"寻"这个词，除了通用的理解，还能另外有别的什么意思。

他说："寻你，就是想给你当老婆。"

给我当老婆？那个女女？

"不不不。"说着，我就跑走了，跑回宣传队。那里，男的女的，已经开始排练了。

这是我第一次相对象。不对，准确地说，是第一次在不知情的情况下，被一个知情的女女相看了我，而且是看对了我。按相世表哥的话是，要"寻我"。

以上的这段经历，我在散文集《你变成狐子我变成狼》里的《对象们》一文中写到过。但因为这段经历正是发生在红九矿宣传队时候的事，所以我在这篇中，有意地再重新提提，再完整地说说。

星期六回家，一进圆通寺大院，远远地看见我们家门开着，小彬在门口看见我，掭头跟屋里人大声说"招人回了"。

我妈有了什么事？心里这么想的同时，赶快往家跑。高大娘和老王也在我家里。我看见我妈是在笑，这才把悬着的心放下来。

老王告诉我发生了什么事。

二虎下班回家跟高大娘说，小谭闹事呢，说不活了。二虎说不活她甬活,她死了我抵命。高大娘问二虎因为啥?二虎说她让我明天去新荣,我说我不去,她说不去咱们就散,我说散就散,她说散了我就不活了,我说不活你甬活。

小谭跟二虎都是工程公司宣传队的,两个人搞着对象。小谭家在新荣区住,平时不回家。二虎还把小谭领回家吃过中午饭。

高大娘说曹大妈您看看咋办呀?别价真给出点事。我妈想想说,我知道招人认得二虎的宣传队,先让招人和老王给去打听打听,看看现在是个啥情况。小彬也要跟,我妈说又不是去打架,要那么多人干啥。高大娘说,就是。我妈说老王在你们几个里头,最有主意,老王该哄就哄哄她。高大娘说我那个二木头说,死活也不找她。我妈说先稳住,先甬出点事,别的以后再说。

我到过几次二虎他们的二公司宣传队,可我没注意哪个是小谭。

到了宣传队门口,老王说招人你进去,我在外边等着,我认为你一个人进比咱们两个都进去好,你想想是不是?这个老王,说的好好儿的是两个人来了,可他又要让我一个人进,还让我想想是不是。我想想,可我想不出个是还是不是,就一个人进去了。

二虎他们的宣传队是为了应付上头部署的任务才成立起来的,人少,好像是只有二十来个人。活动地点就在单位旁边的一个排房大院。排练室旁边有个宿舍,门牙开着。我敲敲门,里面有女的声音问"谁",我说"我"。里面说:"光说是'我',谁知道'我'是个谁。"这下我就不知道咋回答才好。

门从里面拉开了,一个女孩站在门口问我找谁。我看见里面有两个女孩,我就问说,谁是小谭? 门口的女孩说:"你咋说话?'谁是小谭',你应该说'我找小谭'。"我重说:"我找小谭。"她说:"我们都是小谭,你找哪个小谭?"

怎么会是两个小谭,我又不知道怎么回答了,里面的小谭认出了我,说叫他进吧,他是小高的朋友。

妹妹说:"是不是招人? 我常听你说福音有个好朋友招人,说啥乐器也会。"

小谭说:"就是。"

妹妹把福应说成是福音了,她说:"哇,是音乐家招人。这个烂福音还有这么好的一个朋友。"

听她夸我好,我说:"我不敢。"

妹妹说:"啥不敢?"

我说:"那个,我不太好。"

妹妹说:"不太好就不太好吧。行了,招人,那你说吧,你来找我姐姐干啥?"

小谭说妹妹:"你叫招人哥。"又跟我说,"这是我妹妹,在人汽公司上班。"

妹妹说:"行,比我大,叫个哥也无所谓。招人,哥,你说说你来干什么了?"

我一下子让问得又不知道该说啥。本来这应该是老王来回答这样的问题,可他躲在外面没事了,把我推到了前台,可我又不会说话。

我说:"是,那个,是他们让我,先来看看。"

妹妹说:"先来看看?看什么?有什么好看的。你看你们那个福音,上个礼拜说得好好儿的,说这个礼拜,就是明天要到我家。可昨天下午突然说不去了。你说说这叫啥人?你说吧。"

我说:"这是二虎的不对。"

妹妹说:"你看,把我姐姐气得饭也没吃。你是来了,你不来我一会儿就到牛角巷找他去。"

我看看桌子上,有两个饭盒。一个是空的,另一个里面的东西满满的,看样子是没动过。

妹妹说:"我爹妈准备也准备好了,想看看这个没上门的大女婿,可他倒好。这是不是在抽架人呢。"

"抽架"是我们雁北地区的土话,意思是等别人登着架子上了高台,他却把架子抽走了,让人家下不了台。

我说:"这是二虎的不对。"

妹妹说:"你光说是他的不对,可这个事咋办?"

我说:"我回去说说他,叫他去。跟你们去。"

妹妹说:"他要是不去呢?"

我说:"他要是不去……的话……他去呢,他肯定去呢。"

妹妹说:"你敢肯定?"

我说:"敢。肯定。"

妹妹说:"他要是不去,你去。反正不能让我爹妈白张罗。"

我说:"那、那……"

妹妹说:"别那那那了,男子汉大豆腐,说句硬话怕啥。"

小谭说妹妹别瞎说,妹妹说我又不是瞎说,反正咱爹妈也没见过福音,去个谁也无所谓,只要是明天甭叫爹妈伤心就行。听她这么说我觉得也有点道理,我就说"噢"。

妹妹说:"别噢。咱们说好了,他不去你去。"

我说"噢",我就说"噢",就用手掌擦脸上的汗。

她姐妹俩看着我的样子,大笑。

我心想,你笑呢,那就说明不会是就要去寻死不活了。我妈让我来的主要任务是看看你会不会出事儿。你笑你就是出不了事儿。

我说:"那,我走呀。"

妹妹说:"不想多待会儿,你想走就走哇。"

我出了门,妹妹在我身后大声说:"招人咱们可是说好了。明儿上午九点我们等着。"又加了一句说,"你要是哄了我,我可是能到牛角巷附近找见你的家,到时候我可是跟你没完。"

我"噢,噢"地答应着,跑走了。

老王倒是还在大门外等着。见我出来,老王问说咋的个了,听得你们在里面笑呢。

我说:"老王你可是把我抽架了。"

路上,老王听我学说完,高兴地说:"招人你可别真的成了《莫兰那头公猪》里的调停者。"

我说:"老王你可真不够意思。万一二虎真不去,我可是答应了人家。那个妹妹厉害呢。我要是不去,人家说跟我没完。万一叫我妈知道了,以为我把人家咋了。"

老王说："谁做的糊糊谁喝。谁叫你答应人家呢。"

我说："你是不知道那个妹妹,话赶话,就把你套进去了。"

老王笑。

我说："你还笑,还说啥'调停者'。我这里麻烦成一堆了,你还逗我玩儿。"

老王说："不逗了不逗了。咱们回去一起做二虎的工作。"

为了做二虎的工作,吃完饭我把我妈也拉到了高大娘家,众人说服得二虎同意了,说第二天跟人家到口泉。

我怕二虎哄了我,第二天九点前,我就拉着二虎进了他们宣传队。

妹妹说招人哥咱们一起走哇。小谭也说你要是去了我爹妈可要高兴死。二虎说真的招人,咱们一起去哇。我说不不不,我回家还有事,说完赶快掭转身走了。妹妹在身后说,看把你吓得,不去别去,谁稀罕你去。

跟二公司返回家,相世表哥在屋子里坐着,说是等我。

他已经跟我妈说了一气话了,我一进门,他就说招人,哥跟你说个实话你信不信? 你可是不能在宣传队里找对象,那里的女女们跳跳跶跶的,不是那过光景的。找对象还是得找个本本分分的,过光景的才对,要找上个跳跳跶跶的,能把你妈气死。

正说着,我爹也跟清水河回来了。我妈让我把五舅舅和忠孝表哥也叫来,说老也碰不到一块儿过个礼拜,咱们全家伙伴的,吃饺子。

吃饭时相世表哥又把他那一碗子话端出来了,说完还问我说,你说对不对? 我说对。

相世表哥说:"姑姑您说?"

我妈说:"就是。"

相世表哥又问我爹:"姑父您说?"

我爹说:"就是。"

他又问我五舅舅又问我忠孝表哥,他们都说就是。

相世表哥说:"你看看,姑姑姑父舅舅也都这样说哇。你小孩子不懂,多会儿也得听大人的。"

我说:"噢。"

他说:"光噢是个啥意思? 到底是找人家那个女女不?"

我说:"那个,我还小着呢,想好好儿学习乐器,想以后想,想到省歌舞剧院当首席二胡呢。"

我爹说:"这也不是个急事,招人才二十,找对象,真的也是有点小。"

五舅舅说:"今年先抓紧给忠孝把这个事解决了。"

我说:"要不把那个女女给我表哥说上哇。"

相世表哥说:"你看这个招大头。人家看上你了,你又给忠孝说。"

我妈说:"一家女百家亲。这是周身一场大事。"

我还是头次听说"周身"这个词。我写到这儿的时候,回想起我妈别是说错了。我就特意用五笔输入法试着往出打"周身"二字,一下子出了。看来这次是我这个文盲妈用对了,反倒是我没了文化,还不知道有"周身"这么个词。

相世表哥说:"你们到底是个啥意思,我好回复人家。"

我妈说:"相世,这样哇,你转告她家,就说如果着急的话,让她再找哇。"

相世表哥说:"这也算个话。我还得赶快回矿上二班儿,你们坐着哇。"说完,就生气地走了。

可是,在我星期一到了矿宣传队后,中午快吃饭时,相世表哥推开后台门叫我,说,招大头你出来。我出去了,他说:"我跟人家说了,说如果着急的话,那你再找去哇。可那个女女说,不急,我又不急。又说,他如果着急的话,那他找去哇。我不急。"我说:"表哥,我知道了。"

这个事,到最后也没说得清。

后来我知道,这个女女一直在等着我,一直等了我五年,一直等到我在二十五岁结婚后,她才对我死了心。

现在回忆起,她是我这一辈子发自内心地说对不起的唯一的一个女孩。

多少年以后,有次我见了相世表哥,又说起了这件事,我说"可想见见这个女孩"。相世表哥骂我说:"少聒哇少聒哇。人家现在孩孩娃娃一大堆。招大头你少聒哇。"

8. 二　哥

五一过后,刘指导员不让宣传队休息,要排练"九大精神放光芒"葵花舞,他说这个节目道具好看,凡是能上场的演员都上。二十多个人一人手里拿两饼一米大的大葵花,四十饼大葵花,占满了舞台,真好看。他说尤其是那金色的叶子抖起来,灯光一照,真的就像是在放光芒。排练好了先到井口去演出,以后把这个节目拿到局里去参加会演。

每个星期日,矿俱乐部都要演电影,上午下午晚上各演一场。

演电影的时候,乐队就得休息,不能说前台放电影,乐队在后台吱扭哇啦地排练。刘指导员要求演员不能停止,到后台继续排练葵花舞,要下决心把这个节目弄好,向中国共产党的第九次代表大会献礼。

在两场电影的当中,乐队还要加进来,跟演员在前台合乐。乐队不能排练,但也不让走远,我们就进里面看电影。

星期日上午的电影不是满场,我们乐队的人都在前几排坐着。看阿尔及利亚片子《阿尔及利亚的姑娘》。

姑娘穿着拖鞋上街,而且还是高跟儿的,我们觉得那有点不好走路。姑娘结婚,说要米色的沙发。这让我们感到好奇。

哇,沙发。

吹笛子的刁吉不知道啥叫沙发,问拉手风琴的韩老师。韩老师说,我也没见过。王队长说我敢说,咱们全矿务局人的家里面都没有沙发。吴福有说我敢说全大同市的人家里面都没有沙发。贺金成说,市长家或许有。

我说我进过徐致远市长家,他家里没有沙发。人们都好奇地问我说,哇!你还进过徐市长家。我说我姑姥姥给徐市长家当保姆,我妈领我去找姑姥姥,进过市长家。我证明说他们家没沙发。

但我见过沙发,也坐过,那是在萧融的屋子里。坐垫下有弹簧,坐上去颤颤的。

这时候,后台门有亮光,一会儿周慕娅跟舞台的侧门下来,冲着前排悄悄地喊"曹乃谦有人找,曹乃谦"。

我出去了。

呀! 是二哥。

二哥是大哥的弟弟。

二哥叫曹成谦,大哥叫曹甫谦。

我初中二年级时,在河北保定当兵的大哥,休完探亲假跟应县下马峪往部队返的时候,在大同我家住了一晚。我早晨上学走的时候,大哥把我送出街门后,给了我一张他的穿着解放军服装的相片。我把相片拿到班里跟同学们谝,说我大哥是解放军。同学们都说真像,你跟你大哥长得一样样的。我回了家跟我妈说,同学们都说大哥跟我长得一样样的。说着我把相片给我妈看。我妈看了相片后,"啪"地打了我一个耳光,把我打倒在地上,很凶的样子,质问我他为什么偷偷地给你相片,他还偷偷跟你说啥了? 我愣住了,傻了,我觉得很是冤枉,但也不敢哭。

当时我亲爱的慈法师父还活着,他在我们圆通寺的后院住。是他帮我分析,说你这个大哥是你的同胞亲大哥。

为这件事,我妈病了半个月,嘴角起泡,只给我做饭,不跟我说话。后来是我爹跟怀仁回来,才劝说得把这个事算是过去了。但也仅仅是谁也不再提,并没有把事情说清楚。我爹倒是想往清楚说,是我捂住耳朵"不听不听我不听",不让他说。

已经知道了,再说再听有个什么意思呢?

这是六年前的事了。

现在,站在我面前的是二哥,是六年前的那个大哥的弟弟,二哥。

大哥比我大十岁,二哥比我大六岁。

要说一样,这个二哥跟我长得那才一样。

二哥他跟西安当兵复员回了地方,在家待业了半年,刚刚分配在大同供电局工作。他这是跟应县老家骑着车子来大同供电局报到了,已经来大同两天了。

昨天晚上他到圆通寺我家,听我妈说我在红九矿宣传队上班,他今天就专门骑着车子来看我了。

我问我妈知道不知道你来九矿看我,他说不知道。

看见他我觉得有点尴尬,不知道说什么好。想了想说走吧,我引你去去云冈,看大佛爷,不远,往西走六里就到。他说走,哥带你。

我进俱乐部跟王队长请了个假,让二哥用自行车带着走了。

云冈有门的窟都上着锁,外面的几个没门窟里,都是羊粪蛋蛋,看样子圈过羊。世界闻名的云冈,竟然是这个样子。

在露天大佛下,支住了车子。想拍个照,可是没有人给拍。

一个七八岁的小女孩说知道谁能给照相,可领我们到了这里到了那里,没找见。临走时,我给了小女孩五毛钱,她说不要你的不要你的。我硬给她填在手里了。她说,你们明天再来,我黑夜说给他,叫他等你们。

我说:"不了,明天不来了。"

她说:"来哇么,咋就不来了。"

跟女孩笑了笑,我们往矿上返。

二哥问我有对象吗?我给他讲了相世表哥给介绍中央机厂的那个老乡女孩。说相世表哥劝我说,找对象是找过日子的,不能找宣传队的女孩,说宣传队的女孩一个一个的蹦蹦跳跳的,哪能跟你好好儿过日子。二哥说你这个表哥说得对。

我跟他讲了萧融,还告诉他说,萧融前几天还来过矿上找我。她说她爸往福建调呀,一家人都要跟着去。

她说她可不想跟着去呢,可留在这里又是一个人,孤零零的。我劝她说跟着大人走吧,孩子多会儿也是跟爹妈在一起好。她就走了。走的时候她还哭了。

二哥说招人你听不出她的意思吗?她那是想让你挽留她,你要是说你不想走就别走了,有我们呢,你不会孤单的,这样她就会留下来。对,她肯定是盼你留她。

我说:"我没想起这个。"

二哥说:"你还没开心呢。不懂得女孩的心思。"

我说:"我不懂得,可她为啥也不明着说,让我来猜?我最不好猜人的心思了。费半天脑筋,也猜不住。"

二哥说:"只能是留个遗憾了。"

我问二哥,你现在是什么情况?他说当兵前就结婚了。我问是自己搞的吗？他说村里人大都是媒人给介绍的。他说我们见了一面就去领结婚证，填写介绍信的时候，我连人家姓啥还不知道。

我听了觉得很有意思，说快给我讲讲，你连人家姓啥也不知道，咋就要跟人家结婚呀。

二哥说我们在村里的媒人家见了一面，一个月后女方提出说要一身衣裳要六百块钱要两斗麦子要一斗黑豆。我回家跟老汉说，老汉说行。二哥说的老汉就是他爹。

我不想听他说"老汉"这个词，我打岔问说，还要黑豆？要黑豆干啥？二哥说要黑豆是为了办事的时候做豆腐。我催着问说，那后来呢？

二哥说后来就定下时间，去公社领结婚证。我在大队开了个介绍信，可女方的名字我给空下来了，出了街相跟着到公社，快进公社大门的时候我问你叫个啥名字，她才告诉我叫个李桂莲，我才掏出介绍信把名字补上了。

我说真失笑，他说村里头就是个这。

我想跟二哥单独在一起说说话，中午把饭打回招待所宿舍吃。这些日子刘指导员中午不让休息，在大食堂吃完饭，人们就都到礼堂后台排练。

我问二哥喝过哈尔滨黑啤酒吗？他说在部队过节时也喝过啤酒，可喝的是黄的，那颜色真的像是马尿。我说这可是黑色的，可好喝了，你一喝就知道了。

二哥喝一口，品品说，好，有股好味素。我说，一股咖啡味。

我买了六瓶,都喝了。我要再去买,他说别了,我还得骑车回城里。

二哥给我讲我小时候的事,说我趴在墙上啃墙皮,墙上净是我啃过的牙印子。我问那时候我几岁?他想想说,三四岁。他说你四岁了才会站,人们都叫你招软软。我听了直想笑。

二哥说你可会画呢,说你在墙上用铅笔画画儿,画人儿画鱼儿画轮船,轮船下面有弯弯的线条,是水。还画飞机,飞机旁边还有云朵。还画步枪手枪。他说你跟大哥一样,爱好画画儿。

我说我想起来了想起来了,我记得大哥画赵云、吕布、周瑜、马超,那些日子我天天看,给大哥往展抿纸。

二哥说,那是过大年呀,家里没钱买画儿,大哥就买了白纸买了水彩,画四旦,往墙上贴。

二哥跟他的黄挎包掏出一本电工方面的书,展开,给我看一张相片,说是舅舅。他说要说长得像,你跟舅舅那是最像不过了。我一看,哇,真的一样,简直就是我,就连年龄也一样。我想要这张相片,可又怕让我妈给发现,先给我一个耳光后,再瞪着眼质问说这是谁?谁给的?我可吓不行。没敢要。

二哥说舅舅也是个很有文艺特长的人,在村里唱戏,是咱们应县南乡一带唱耍孩儿的名角,可惜的是早早就不在了,去世的那年是二十二。

他又跟书里翻出一张相片说,这是我部队复员时的全家照。你看,这是老汉。老汉今年耳朵背了,身架子还好呢。

他又要说老汉,说他的爹。可是我的爹永远是曹敦善,我的妈永远是张玉香。

我赶快打断他的话说,你再给我讲讲我小时候。

他说,你爷爷活着的时候,五大爷五大妈每年都要领着你回村里,把爷爷接到家里过大年。我说我记得。

他说在大年初一临明,咱们去给各家拜年,无论进谁家,先在堂屋的云字儿下跪着给祖宗磕头。再穷的人家,正月十六前都要在堂屋的云字儿下,点着麻油灯。我问啥叫云字儿,他说云字儿就是一张挂在墙上的硬纸,上面写着祖宗的名字,每个祖宗的名字都在云朵上写着。磕完头,然后才进家领糖蛋领烟卷儿。你穿着马裤,把给的香烟都装在裤兜里,跪着磕头时,把香烟都给折断了。我说这我忘了,我还穿过马裤。他说一村的孩子,最数是你的衣裳穿得好。

我又让他给我讲我妈的事,他当然知道我说的妈是指张玉香,不是他的妈。

二哥说我给你讲个我没见过,但听说过的五大妈的事。我问听谁说的,二哥说听谁说一会儿告诉你,先给你讲五大妈的事。

二哥问我五大爷跟五大妈两个人的媒人你知道是谁不知道,我说不知道。他说是你姑姥姥。我说哇,是姑姥姥。怪不得姑姥姥跟我这么好,原来还是我爹妈的媒人。二哥说,你姑姥姥是五大妈的亲姑姑,当然也就跟你好了。

二哥说,正因为是亲姑姑给介绍的,所以五大妈相信亲姑姑不会给介绍个不好的,她完全相信了自己的姑姑。你姑姥姥在咱们下马峪是出名的好人,强悍,正直,厉害,说一不二。五大爷也相信了你姑姥姥,这事就成了。可你知道不,五大爷跟五大妈结婚前连面都没见过。完全就相信了媒人,直接定日子,举行婚礼,办事宴。

哇,我爹我妈连面也没见过,就直接结婚了。我问你这是咋知道的? 二哥说,一会儿告诉你,咱们接住说五大妈。我说对,说我妈。

二哥说,他们结婚那天,五大妈下了轿由伴娘挽着,踩着红毡子进了院里,拜天地拜爹娘夫妻互拜,然后进新房坐在炕上,可五大妈一直是没睁眼,爱你谁耍笑,爱你谁引逗,她就是也不睁眼。我问那为啥是不睁眼? 二哥说,你又打岔。我说噢噢噢,不打,你说。二哥说,看红火的人们也好,五大爷家里的人也好,都奇怪,心想都相信了媒人,别是叫媒人给哄骗了吧,媒人的这个侄女别是个没眼眼的瞎子吧?

看红火的人里头突然有个人喊了一声:"新郎官儿来了!"这时的五大妈,才睁了那么一下眼。我说,那为啥这时候才睁眼?

二哥说她从来没见过新郎是啥样子,一听说新郎来了她能不睁眼看看? 我说对。他说,你看你又打岔。我说,你说你说。

二哥说:"哇——人们都看见了。新媳妇好大的一双大眼睛,而且还闪着一道光。"

我问:"闪着一道光?"

二哥说:"闪着一道光,一道人们不敢看她的眼睛的那种光。"

我说:"我妈眼睛里就是有一种光,让我不敢看她的眼睛。"

二哥说,正是因为有这种光,所以五大妈敢在夜里一个人行路。

狼看见五大妈都躲,不敢靠近。我说我知道我妈杀死过两只狼,听我的两个舅舅说的。

二哥说,那一点也没假,要换个别的女人,那次背着你来大同,早就完了,大人小孩都得喂了狼。我说我妈真厉害。

二哥说,也正是因为五大妈是这么一个超出了常人的女强人,所以她把你强硬地跟我们家抱走,抱走去养活你,拉扯你,我们家的那个老汉才一百个放心。

二哥一说"我们家老汉",我就想打岔。

我赶紧问二哥说,我妈结婚时还没有你,你这是听谁说的?

二哥说,听我们家老汉。又说,人群里喊了一声"新郎官儿来了"的那个人,你猜是谁们?

我最怕猜了,说:"不知道。是个谁们?"

二哥说:"也是我们家老汉。我们的爹。"

9. 会 演

一九六七年过完国庆,伟大的统帅毛主席命令红卫兵小将,到工厂与工人阶级相结合,将"文化大革命"引向深入。我到的是大同市毛纺厂,我的岗位是在锅炉房。我们就在厂子里吃住,我把二胡也拿到厂子里,要么是在宿舍拉,要么是在锅炉房拉,走站不离手。有天在锅炉房正拉着,进来个小后生,他说他叫顾维金。他妈是这个厂子的工人,他听他妈说插厂的小曹二胡拉得可好了,他就来厂找我,想跟我交朋友。他比我小一岁,是大同二中的初三学生。他家就在厂子的后面,我就常到他家。他也会拉,但拉得不好,一拉脸就红,拉的当中还老是摇头。他说他的同学吴福有也喜欢二胡,也想跟我交朋友。通过他,我就认识了吴福有。我们三个成了好朋友。

吴福有比顾维金拉得好,但也不如我。当时流行的所有的独奏曲,我都能拉下来,最拿手最让他们佩服的,是我拉《二泉映月》所用的时间,跟阿炳几乎是一样的,前后差不了五秒钟。还有让他们佩服我的是,我的识谱能力比他们强多了,能照着生谱子直接就用二胡拉,他们不行,他们得练呀练呀才行。但是吴福有拉出的声音比我的厚重也沉稳,这一点我不如他。他说主要是手指头的过。顾维金看看我们的手指说,哇,福有的指头像小胖墩儿,乃谦的指头像细长个儿。听了这个比喻,我们都笑。

过年时吴福有请我们吃饭,是他大妈给做的,他大妈是哪个饭店的厨子。八个热盘八个凉盘,正儿八经是坐席。那是我这一生中第一次吃那么好吃的请。好得没法儿说。我妈说你这嘴债妈可是还不了,妈可是不会做。我说不用还,我妈说得还,是债就得还。又说你欠人家老王的嘴债太多了,以后得还,也不一定是非要请吃饭,在别的方面帮他,也算是还了,反正得还。

我问说妈你最好吃的是啥?她说妈最好吃象眼子。

她当时说"象眼子"我没听清是啥,后来问了几次,听明白了,是肉丸子。我妈叫象眼子。我妈说是她小时候在舅舅家吃的,说还有"梳背子"。我想了想,是扒肉条。我妈的舅舅是给傅作义看病的医官,有钱。

正月初六,吴福有来我家了,我妈留他吃饭。她上街到饭店给端回了象眼子和梳背子,还有馅饼。吃完饭,吴福有说走哇,我领你认认我表哥去。

"哇,你表哥? 郭德金?"我说。

"是的,他跟太原回来探亲了。"他说。

我早就听吴福有说过他的表哥郭德金,是省歌舞团的首席二胡。他这是正月回家探亲了。他父母家距离我家不远,在圆通寺的南边。

郭德金二胡拉得,那才叫个好,好得我在嘴里没法儿说,但我心里是领会了。人家拉二胡那才叫拉二胡。跟人家比,我那不叫拉二胡,我那是正如我妈说我的,是"圪锯"。尽管所有的流行的二胡独奏曲都会,但都是"圪锯"。再打个比方,就像是人们都会唱"一条大河波浪宽,风吹稻花香两岸",但跟人家郭兰英比起来,那就不叫唱,那就只能算是"圪哼"了,而郭兰英那才可以是叫作唱。

郭德金让我跟吴福有每人拉一遍《豫北叙事曲》,拉完,夸我,使我信心大增,梦想着以后要进省歌,郭德金退休后,我来当首席二胡。

郭德金在大同的那几天,大同市的二胡高手都到家看望他。我就也认识了雁北文工团的白玉伟和大同市文工团的王为民。听了他俩拉的,我觉出自己跟他们的距离不远,心想着很快就会追上他们的。后来,在我进了大同一中毛泽东思想宣传队时,我的二胡水平已经跟他们一样了。

郭德金听过我吹口琴。是吴福有说表哥你等听听乃谦吹口琴,可好呢。当时我身上没装着,第二天早饭后,我到了他家,给他吹了几支曲子。他两手合在前胸,给我鼓掌。他说无论是单音与和声,无论是旋律与节奏,从来没听过有谁比我吹得好的了。说我的水平最少是省级的了,问我跟谁学的。我说也没专门跟谁学过,是四五岁时七舅舅把他的烂口琴给了我,我就开始玩了。

他说你的口琴够独奏水平了。我说口琴还能独奏?他说能,咱们中国的石人望还到外国去演奏呢。

口琴能在台上独奏,这我从来不知道。不过,我倒是知道石人望,是萧融跟我说的。

我的口琴也在很多人面前吹过。那是在火车上。

我跟李靖从张家口回大同,车上的列车员看见我们带着的是乐器,硬让我们表演,说是宣传毛泽东思想。我就给他们吹口琴,一车厢人为我鼓掌。列车员很快在车厢内组织了一个合唱队,让我伴奏他们唱,唱《大海航行靠舵手》《下定决心不怕牺牲》,最后还把我们拉到别的车厢里表演,弄得我差点儿给误了在大同下火车。

在刘科长还没有让我出差到张家口去买乐器的那时候,吴福有早就在家开始练习着拉大提琴了。他的大提是跟市文工团借的,还借了大提演奏法的书,参考着练习。这个情况他跟我没保密,他说是受到我个人花钱买大三弦的启发,才想到借大提的。他说一个大提小一千块,我家可没那多闲钱给我花。他说买是买不起,我可以跟雁北文工团借一个用嘛,反正他们停演整顿,也不使用,再说主要是有我表哥的关系,他们就借给我了。

他说想在家学得差不多了,他就要拿来矿上宣传队。

他练到了啥程度,我没听过。

当我跟李靖把大提拿到宣传队后,我鼓励说:"福有,来。"

他说得调好弦儿。当他在调弦的当中,我给他的弓擦松香。

他拉的是《白毛女》"满天风雪"那一段。拉完,我带头鼓掌。

王队长说,小曹小吴这两个孩子真是神了。

以前老也是不理睬我们的李生儒,这次也发表了看法。他说王队长我说个话不知道你信不信,我相信别个矿的宣传队里头,绝对没有他们两个这样的高手。王队长说,信信信,绝对信。

吴福有练了顶多是两个月,拉这么好,是我没想到的。

受吴福有的影响,我又下决心,要把三弦再大大地提高一步。

有郭德金的面子,吴福有跟雁北文工团和大同市文工团的人都能说上话。他给我借了一张三弦独奏曲的唱片,除了快节奏地弹拨外,我听出里面有滑音,有揉弦,有滚音,有泛音,还有和声。

我自己还发明了一种弹拨技巧,能弹出空山幽谷似的音响效果。这种效果,是我在唱片里没有听到的。也或许是这种弹奏方法早就有,而这张唱片里正好是没使用这个"空山幽谷"技巧罢了。

为十月份到矿务局参加会演的排练,刘指导员设计的后三个月的冲刺阶段到了。他宣布说连着三个月不放假。

他说,我们要革命加拼命,拼命干革命。

他说,我们要一不怕苦,二不怕死,三不怕流血流大汗。

王队长加了一句说："死了屎迎天，不死又一天。"

刘指导员指着王队长说："哎，看你也是个粗人。老工人，说这种不文明的话。"

大家都笑。

王队长说："不是我拆你台。三个月不放假时间有点过长。上次半个月没回，小曹妈哭着找来了。三个月不回家，我妈也非哭着找来不可。"

人们大笑。人们都知道王队长的母亲早就去世了。

刘指导员也笑，说："那就一个月吧。"

王队长说："半个月。"

刘指导员说："三个星期，再不能少了。再少就没个迎九大的精神面貌了。"

我赶快回家告诉我妈，说以后要忙，三个星期回一回家，您要不到我爹清水河住去吧。我妈说我正还要去去清水河村里头住上些时，明年你爹就退休回家呀，再想去也不能了。

我们的会演主打节目有四个，首先是六娃的女声独唱《信天游唱给毛主席听》，肯定能返场，时间预计十分钟。第二个是我编写的乐器小合奏《白毛女》片段。不会返场，但效果不会差。时间是二十分钟。第三个是小话剧《张思德之歌》，吴福有给请的市话剧团的刘增禄来导演的。效果很好。时间是二十分钟。第四个是忆苦朗诵剧。剧本是刘指导员的那个山西矿院的朋友给提供的。效果很好。时间也是二十分钟。四个主打节目时间加起来是七十分钟。

剩下还有内容是"庆九大"方面的晋剧联唱、快板说唱和歌舞等等的几个小节目。几个小节目的时间,加起来是半个小时。

整台晚会是一百分钟。

王队长说,咱们这次会演,肯定是全局第一了。刘指导员问你咋知道是第一了?王队长说,一百分还能不是第一吗?刘指导员说,头脑你简单,四肢你不发达。

刘指导员的计划是,九月底彩排。

矿革命委员会韩主任说,不彩排,直接就公演,是骡是马,拉出来遛遛。

为了让三班倒的工人们都看到,连着公演三场。

这一下弄得人们挺紧张。不过还好,首场演出就没出什么大的差错。矿领导挺高兴,刘指导员也挺高兴。大家也挺高兴。

但是我觉得忆苦朗诵剧在适当的时候,如果加上二胡的《江河水》的话,效果会更好。但是,我的乐器是三弦,没有二胡。吴福有的乐器是大提,也没有二胡。如果建议让那三个拉二胡的来拉《江河水》的话,那显然是在挖苦人家。

我悄悄跟吴福有商定,第二场公演的时候,该有二胡进入的时候,我要过郭祥的二胡就拉。我还让吴福有做好准备,到时把贺金生的二胡也要来,跟着我协奏。他说行。

我说,为了效果,咱们挺身而出,不怕有谁讨厌。

我说,只有演出成功了,宣传队才能长期地存在,我才能不下井,我妈才能放心我,我才算是没有欺骗我妈。

吴福有说，对。

后来我想想说，跟郭祥事先打个招呼好。吴福有说好。

第二天晚上的朗诵忆苦剧里，我和吴福有的二胡协奏，进入了。缓缓地进入后，仍然是以我为主，吴福有配合的、即兴而自由的、催人泪下的《江河水》协奏曲，感动着在场的人们，包括台上的演员，也包括台下的观众。

我看到，场下有人在擦泪。

突然，有人在台下举起胳膊高呼："不忘阶级苦，牢记血泪仇！"

有人会呼喊口号，这是我事先没有想到的。

事后，王队长说，光是听你们两个的《江河水》，我就想哭得不行。

一九六九年的十月二十日，大同矿务局革命委员会"庆九大文艺会演"正式拉开序幕，会演的结果，正如王队长所预料的那样，我们红九矿宣传队取得了第一名。

而让所有的人都没想到的是，大同矿务局革命委员会给红九矿革命委员会下达文件，通知"红九矿宣传队曹乃谦、吴福有二同志，在一个星期之内，到矿务局文工团报到"。

文工团九题

1. 扬 琴

我和吴福有接到矿革委通知,让在一个星期后,去矿务局文工团报到。紧接着,红九矿革委会办公室又接到了局里的电话,让宣传队的演员张新民也一起跟我们去。工会武主任说你们先回家做做准备,星期一来了给你们开个欢送会。

回家一进门,我跟我妈说:"妈,你猜也猜不到我要告诉您个啥好事。"我妈见我高兴的样子,她也高兴起来,笑着说:"快跟妈说。"我说:"您慢慢猜去吧。"说着我跑出去了。跑到老王家,跑到高大娘家,把这个大好事告诉了他们。他们都为我高兴。老王说我请客我请客。老王就是这么个人,谁有点啥喜事,他都要请客。我说完了你再请吧,我又高兴地跑回家。我妈说:"妈知道了,俺娃是进了文工团。"

我一下子瞪大了眼,是不是刚才我去了牛角巷,吴福有来过? 我问说:"妈您咋就猜出来了?"

我妈说:"除了这,啥事能让我娃娃高兴成这个样子。"

我说:"妈您还知道个文工团?"

我妈说:"你一天价跟吴福有说文工团文工团,妈就拾掇进耳朵了。"

我想起高中时,我跟七舅舅从他们晋南回到圆通寺,我没让我七舅舅进家,我先进,让我妈猜猜院里还有个谁,我妈一下子猜出说:"谁?你七舅舅?"我又让我妈猜猜我手里的盒子装着啥,我妈一下子说:"啥?二胡?"如果说七舅舅好猜的话,可这二胡她是不应该猜出来的,她根本就不知道二胡会在盒子里装,可她居然给猜对了。这又一下子知道我是到了文工团。我说:"妈,世界上我最宾服的人就是您。"

我妈这次没说"这口饭你咽进肚里了才算你是吃了",这次她说:"妈知道俺娃,俺娃是那好好里头的好好。"

我妈说的这个"好好里头的好好",不仅仅是指好孩子了,是有出类拔萃的意思,但她是不会用"出类拔萃"这个词来夸我。

工会武主任在小食堂摆了四桌,为我们送行。王队长说这一走三个人,对咱们宣传队来说,可是个大损失。武主任说你别本位主义了,我们矿能为局里培养出人才,这是我们的荣耀。李生儒说,你培养培养我,让我也到局文工团,那我离家就近了,骑车用不了半个小时就能到口泉。刘指导员说这样的人才可不是咱们培养出来的,咱们只能说是向上输送了人才。

回宿舍的路上,李新胜跟我悄悄说,有人说你去了文工团就会把宣传队忘了的。我说是谁这么说?她说周慕娅。我说不会的。

接到通知的一个星期后,也就是一九六九年的十月二十八日,工会武主任叫来那辆漂亮的淡绿色的大轿车,把我们三个人连人带行李送到了矿务局文工团。司机张师傅认出了我,说这就是一年前我到大同一中接过的那个小伙子吧,大同一中宣传队出来的,到底是不一般。

张师傅的话让我想到,我在红九矿的时间,已经是整整的一个年头了。

跟大同市文工团和雁北文工团的命运一样,"文化大革命"一开始,矿务局文工团就被解散了,停演整顿。这次,按照宣传部薛部长的话说,矿务局革命委员会"乘着九大的强劲东风,又把文工团成立了起来"。

重新成立起来的矿务局文工团,直属局革命委员会宣传部领导。我们这些从各基层调来的人员,由局革命委员会企业处给开工资,原来是多少,还是多少。

妈,这下您就一百个放心吧,您的招人再也不是那个您日夜担心的,让"四疙瘩石头夹着一疙瘩肉"的招人了。

我说我们的文工团可真是漂亮,日本式的、有走廊的、"回"字形的建筑,当中的"口"字,是露天的小花园。我想起我妈不识字,我说:"跟您说这也白说。等引您去看看,您就知道了。"我妈说:"那妈一准得去去,去看看俺娃这个好地势。"

我说大练功房满地都铺的是地毯,还有钢琴。我妈说,看那好的。

我妈她根本就不懂得啥是钢琴,可她还说"看那好的"。老人也是高兴地瞎应承呢。

我说矿务局跟个城市一样,就像是咱们的西门外,紧连着百货商场的是新华书店,就连位置都跟咱们的西门外是一样样的。

我妈说:"这下妈可是真的把心掉在肚里啦。叫舅舅去叫忠孝去,吃饺子。"

我说:"妈,我爹再有一两天就回呀,不等等我爹?"

我妈说:"你爹回来不会再吃?"

吃饭的时候五舅舅说招人就是命好,应了个井下工人的名,可一天井也没下,绕了个弯儿,工资就成了五十四。表哥说我出徒已经两年了,才挣着二十七,是人家招人的一半儿。

五舅舅说:"招人天生有才艺。不说别的,小学三四年级的时候那个大正琴弹得就比我强。"五舅舅也爱好文艺,一来我家就弹我的大正琴。

我妈说:"你们当是啥。跟木头说话,难呢。"

五舅舅问我这回到矿务局文工团,是叫你做啥,还是弹三弦?我说今天上午是报到,下午薛部长给开了个会,具体让我做啥还没说呢。

我说:"我是想拉二胡,不知道让不让,明天去了才能知道。"

表哥说:"不是三弦就是二胡,他准是叫你做你最拿手的。"

我说:"我心想也是这样。但最盼的是让我拉二胡。"

我妈说:"甭价挑三拣四的,让俺娃干啥就干啥。"

我说:"噢。"

我妈说:"妈知道,叫俺娃做啥,俺娃也能给他做来。"

表哥说:"一通百通。"

五舅舅说:"你呢?"

表哥说:"我,我是擀面杖吹火,一窍不通。"

我不想让人们说我表哥不好,我赶快给岔开话茬,说别的。

矿务局的地址在新平旺,距离城里只有二十来里。如果乘坐公交车的话,坐一路和六路都能。我没坐车,第二天我是骑着自行车来的。

头天报到时我知道,乐队总数是十八个人,队长刘玉文。还听说有一半是上届文工团的,另一半是像我和吴福有这样,跟各矿宣传队抽上来的新手。

刘玉文以前我没听过,但我知道王彤,他是上届文工团的首席二胡。

王彤他还是国内有名气的工笔画画家,最擅长的是画昙花樱花,作品出国展过。他的二胡水平可以想见,绝对是不一般。

刘队长问我在九矿乐队里是弄什么乐器。他用的词不是九矿宣传队王队长说的"耍",也不是"玩",是"弄"。

想想,"弄"好,也有"耍"的意思在里面,不显太死板。但还要比"耍"文气些,比如说,有个古典曲目就叫《梅花三弄》。

刘队长这时候问我弄啥,我心想你们早该知道,要不的话,咋就把我跟九矿宣传队抽到这里。他这是故意地问。我说是弹三弦。他说,不是也拉二胡?我说,我不是主要拉二胡,我是在我们演的忆苦剧里瞎拉了几句《江河水》。他说怎么说是瞎拉?我指着吴福有说,我们两个人不是按照谱子拉,是即兴地跟着感觉拉,要是录音的话,这一次跟下一次不一样,这还不是瞎拉?

周围人都笑。

他说,那你再瞎拉瞎拉。

王彤给了我二胡。但这次我不是瞎拉,我是很正规地把《草原上》拉完了。他们都点头,王彤连声说好好好,那你在九矿宣传队里为啥不拉二胡,是弹三弦呢?

我说我跟大同一中分配到矿上时,我可想拉二胡,可人家不叫我拉,人家已经是有拉二胡的了,给了我个三弦让弹。我怕人家不要我,给个啥就啥吧,要不的话,下了井可灰了。

人们都笑。

王彤说:"那当时你弹过三弦没?"

我说:"没。现学。"

刘队长说:"那你给弹弹。"

王彤把三弦递给我。我接过,弹的是《苏武牧羊》。弹完,王彤点点头说,味道出来了。

刘队长给了我一个谱子,让我照着弹。这个谱子以前我没见过,后来知道这是他自己创作的《万人坑》里的一段,我当然是不会见到过。

我照着谱子弹过后,他们都点头。他们这主要是考核我的识谱能力。

考核完我,又考核吴福有,还有别的人。考核了一上午。

下午,刘队长跟我说,新买回的扬琴还没调过弦儿,你给调调。

　　我把扬琴搬到小花园,很认真地调了一下午。快下班时王彤和刘队长过来,检查我调得如何,试试后,刘队长说小伙子行。

　　王彤说:"小曹,我看你给咱们打他扬琴哇。"

　　王彤说话口音像是内蒙呼市人,刘队长说的是普通话。

　　我抬头看他俩。

　　刘队长说:"对。扬琴就由你弄了。"

　　我一听,赶快站起说:"别别别。我可是从来没有打过扬琴。"

　　王彤说:"你到九矿宣传队时,不是还没弹过三弦吗?现在不也是弹得挺好的吗?"

　　我说:"我当时是有秦琴的基础。可扬琴,就连半点基础也没有。"

　　王彤说:"天资就是你的基础。"

　　刘队长说:"定了。小曹就你了。扬琴就交给你了。"

　　晚上我才知道,原来跟哪个矿宣传队抽调了一个打扬琴的,可他来报到的时候,路上出了个交通事故,伤得还不轻。于是,文工团临时决定换人打扬琴,可又不跟下面再重新挑选人,王彤提议"让小曹来",还说"这小伙子肯定没问题"。

　　为了感激王彤他们对我的信任,再一个是我也真的很喜欢扬琴。当时调弦时我在心里还想,要是让我打扬琴那多好。我就决心下苦功练习。

　　正好第三天就是星期日,我一大早就骑车进城找二虎,让他领我到了他们宣传队,狠死地练习了一白天。吃完晚饭又来练,练到九点多。小谭姐妹俩跟新荣区家里返来了,站在我背后听了半天,我没发现。小谭妹妹在我耳边"呔!"地大喊一声,吓得我激了个高高,差点儿跟凳子上摔下来。小谭妹妹说:"招人我看你啥也好,就是胆胆儿小。"

那一天狠练,效果不错,进展很大。《冰山上的来客》电影里的《翻过千重岭爬过万道坡》《花儿为什么这样红》《冰山上的雪莲》《她为什么把心变》《怀念战友》《塔吉克的雄鹰》几个曲子我都能很熟练地敲打下来了。星期一一大早我就骑车来到文工团,进了排练室就又抓紧练。练着练着,我就不由得放开声唱起来:

> 翻过千重岭哎,
> 爬过万道坡。
> 谁见过水晶般的冰山,
> 野马似的雪水河。
> 冰山埋藏着珍宝,
> 雪水灌溉着田禾。
> 一马平川的戈壁滩哟,
> 放开喉咙好唱歌。

我说过我有个毛病是,动不动就忘了自我。这时候,我真的以为自己是在冰山下戈壁滩前放声歌唱。

身后有人鼓掌。掭转身看,是王彤。

我站起说:"王老师。"

王彤笑着说:"不错嘛,不错嘛。"

我悄悄跟王彤说："王老师，其实我最是想拉二胡了。"

王彤说："二胡也有你的。小曹你大概还不知道，咱们文工团的乐队，必须是人手两件乐器才行。"

哇！也让我拉二胡。我太高兴了。

2. 参　观

乐队的副队长刘英是吹笛子的，他兼着京剧的月琴。他和刘队长到北京给文工团进乐器去了，还没回来。乐队没有进入正式的排练，各自都是自觉地练功。这正好是我练习扬琴的好机会。

星期日正常公休。

趁着这个机会，我决定把我妈引来，来看看我的文工团。在九矿宣传队时，我有半个月没回家，我妈不放心，跑到九矿找我。这次我是主动请她来。

我妈去年到九矿那次如果算是考察或者是视察的话，这次就是参观，应邀参观。

我是骑车带着我妈跟城里头出发的。

我说妈我骑车带您去吧，不远，用不了一个钟头就到了。我妈说俺娃看哇。

我妈说"俺娃看哇"的意思是，或骑自行车或坐公共汽车，这事由俺娃来决定。

路过十里店村，我说妈再往前走不大会儿一拐弯就到我们大同一中了，我引您进去看看。我妈说俺娃看哇。

我领我妈进了学校，也没有人问我们是干啥的。学生刚上完操，哇哇地叫。我领我妈看了我们六十三班的教室，看了我那三年的宿舍，还看了大礼堂。一切都没变，就是学生变了。我说这时候如果是中午的话，我给您买炖肉吃，学校的炖肉可好吃了，那次我跟表哥吃完炖肉忘了回家，您把我表哥可打了一顿。我妈说，这是怨那个忠灰子，你小不懂得，他比你大三岁还不懂得？不想想说好的中午回家可没回，姑姑在家能不着急？

从学校出来又向西拐到了去矿务局的路。

路过电厂，我说妈这就是电厂，咱们家用的电，就是这里给发的。我妈说恁大恁高的烟筒有咱们应县木塔高，还冒白烟。我说那是凉水塔，那是气不是烟。我又说，这儿的地点叫老平旺，再往前骑几里就到了新平旺，我们矿务局就在新平旺。

我说新平旺可好的，就像是咱们大同城的西门外。百货大楼跟西门外的百货二店一样样的，也是三层楼卖东西。紧挨着的是新华书店，也跟西门外的新华书店一样样的位置。

路过那个街口时，我说妈您看，跟西门外一样样的吧。我妈说咱们进进二店。我妈叫这个百货大楼也叫二店。

我说，先到我们文工团吧，咱们吃完中午饭，您想转咱们再到商店转。

路过东方红大楼，我跟我妈介绍说，人家这是矿务局的办公大楼，比城里的哪个楼都要漂亮，是当年的苏联老大哥工程专家设计修建的。我说我进过一次，楼上楼下整个的地板都是水磨石，光得不敢放开腿走路,怕滑倒,实际上眼睛看上去滑,走上去一点也不滑。我把我妈引上台阶,我妈看着高大的门说你们文工团也在这里?我说没有,我是领您进里头转转。我妈说甭进去了,妈是想看你们文工团。我说甭进就甭进,我就又搀着手把我妈领下了台阶。

路过大食堂,我说妈您看我们的大食堂。我妈说像是个电影院。我说这就是我们吃饭的地方,中午我请你吃好的,象眼子。

到了文工团,我把车子推进小花园,花园里的月季花开得正旺。我说妈您种过花吗?我妈说我种过庄稼,不喜欢那花儿呀草呀的。她说你姨姨喜欢种这,小时候她在院里垒个高台子,里面种海娜,开了红花后把花叶捣成泥,用葵花叶子包在手指上,睡一觉醒来,指甲就染成红的了。我说您也染过吗?我妈说你姨姨硬给我包过,可第二天人家你姨姨的指甲是红的了,我的不红,你姨姨说姐姐你那是黑夜让屁给熏了。

让屁熏了。我止不住地笑。

我把我妈引进了乐队排练室。排练室很大,墙的四周围有很多的乐器。

我跟我妈介绍说,我们乐队十八个人,要求人人都得会两种以上的乐器。乐队队长刘玉文是板胡兼着高胡,也就是他又要拉板胡,有时候还要拉高胡。另外他还有绝活儿,擂琴。擂琴是流传在天津地区的专门用来独奏的民间乐器,它不跟别的乐器合奏,但别的乐器可以在它独奏时给它伴奏。

我妈点头。

我说，王彤是二胡兼着京胡。除了王彤，另有一个专门是以二胡为主的，可他的二胡水平不如我和吴福有，但他会拉京二胡。我小试着拉过京胡和京二胡，都出不了味道。弹三弦的是张子贵，他兼着中阮。他是跟大同市文工团调来的，吴福有曾经跟他给我借过三弦独奏的唱片，那张唱片对我的三弦的进步，起着很重要的作用。王彤的爱人叫李向仁，是乐队弹琵琶的，兼着女声独唱。

我妈认真地听着我的介绍，嘴里不住地"啧啧""啧啧"，表示着是"了不起""好"的意思，还有就是在说"你继续往下介绍，我能听懂"，我也就当是我妈真的能听懂，继续往下介绍着。

我说您看这些，这是长笛，这是短笛。我妈说这笛子咋都是亮晶晶的，好像是电镀了。我说这是铜管乐，小号、圆号、长号、萨克斯，也是铜管乐器。我说还有木管乐器，单簧管、双簧管、巴松。我说双簧管跟村里头的鼓匠班的唢呐有点像，可人家双簧管听起来可柔美呢，唢呐就是哇哇的，吵得慌。我又指着贝斯说，您看这个，立起来快有我高。

我一件一件地介绍这些，主要是想叫我妈开开眼界。再一个是想叫我妈知道，比起九矿宣传队来，这里多好，多高级。过去的宣传队那是业余的，可现在的文工团，那就是专业的团体了。

我又把我妈引到演员排练室，揭开钢琴盖，"叮叮咚咚"弹两声。我说妈，这是钢琴，这么一架值好几万块呢。说着我又"叮叮咚咚"弹几下，我妈说快盖住哇，给人家弄坏可赔不起。

我说那次九矿杨师傅要把他的三弦拿走，我没三弦弹了，您还说

"把咱们家的那些拿去用哇么"。咱们家有啥,大正琴、秦琴,那能叫个乐器?你看看这,各种各样的。我妈说,妈是文盲不懂得哎。

返回到乐队排练室,我妈问说,这些管儿呀啥的你也会?我说妈我不会,因为我小时候学吹箫的时候,没人教我,我自己瞎吹,把拿箫的姿势弄错了。应该是左手在上面右手在下面,可是我给弄错了,我吹箫的姿势是右手在上面左手在下面,这完全是跟正确的姿势相反了,所以现在想吹这些乐器就不能了,错误的姿势已经养成了,改不过来了。我妈说要是小小儿时候就还能,一大了就不能了。我说您说对了,我有点懂得的迟了。我妈说俺娃没用人教已经会那么多的,行了,跟木头说话你当是啥,难呢。

我妈问吴福有是做啥呢?我说他是拉大提兼着中胡,我是扬琴兼二胡。我妈问哪个是扬琴。我的扬琴就在那里架着,我坐在凳子前,给我妈来了一段我妈能听懂的。我妈说你这是"北风吹吹雪花飘飘",我说妈真行,能听出这是《白毛女》。

我妈说:"咋不能?黄死人,没人智。"我说:"妈,人家电影里叫黄世仁和穆仁智。"我妈说:"反正就是他们两个灰人。里头还有个杨白劳。你爹说,白劳白劳,白白给地主劳动了。他那名字就叫灰了。"

我爹从来没跟我说过对这几个人名字的谐音解读。

想想,这是刚解放时候的流行的黑白电影,那时候我还小。

参观完我的宿舍,我又把我妈引到卫生间,我说妈一上午了,您去去厕所吧。

我妈说:"呀呀呀,你们这茅厕在家里头,能好?尿臊味的。"我说:

"人家这是洋茅厕,用完后放水一冲,根本就没有臭味。您进去看看就知道了。"

我妈到完卫生间,我给进去放水冲了,又把我妈引出外间,拧开水龙头,让我妈洗了手,到我宿舍把手擦干。我说妈,走吧,咱们吃饭去。

平素我不回家的话,我妈在家自己是不舍得吃好的。我专门给我妈买了她好吃的红烧丸子、扒肉条。我说妈,吃吧,象眼子,梳背子。我这是要好好儿地请我妈吃一顿饭。

这次我妈没骂我净瞎花,吃得香。

我问说,妈您吃我们食堂的象眼子,有如您舅舅家的好吃不?我妈跟我说过好几回,说她小时候,在她舅舅家吃过那个象眼子,记得是真香。

我给我妈碗里夹了一个,我妈咬半个在嘴里,吃完说,有如有如,有如你舅姥爷家那次的香。我问那时候您多大,我妈说那是十三四的时候,舅舅的二小子过十二岁圆锁。

我妈突然想起啥似的,先笑,后跟我说你舅姥爷那么灵,可他那个二小子是个愣货。他吃完饭了说,表姐你看我吃啥也吃不饱,最后喝了碗豆腐汤就饱了,早知道我就不吃别的,光喝碗豆腐汤就行了。

我说真失笑。我妈说还有失笑的呢。我说您快说,我听。我妈说他跟外面耍回来了,跑进家跟我说,表姐表姐你摸我,我出了一头脚汗。

我愣了一下问:"他说啥?"

我妈说:"他说他出了一头脚汗。"

我听得差点儿把嘴里的饭喷出去。

我妈说这个表弟小时候睡觉好发癔症,到底是长大了也不机明。我问我发过癔症吗?我妈说咋没,你小时候有次半夜站起就站在炕沿边尿尿,"哗哗哗"尿了一地,尿完就又钻进被窝睡了。我听了觉得真失笑,我原来也发过癔症。我说那您当时咋不往醒喊我?我妈说,我怕你掉地,不敢喊你。你是不懂得,发癔症的孩子不能喊他,一喊就把他惊吓着了。我说您那个表弟是不是发癔症时受了惊吓,长大就愣了。我妈说,不用问,一准是那的过。

我妈又说,你说他愣哇,可人家最后跟你舅姥爷学成了个好针灸大夫,啥病到了人家手里,几针就给你扎好了。我问说,那他到底是愣还是不愣?我妈说愣他是还有点愣,你想哇,不愣咋就说出了一头脚汗,他是正好开了针灸的那一窍了。我想想说,就是。

我妈说:"就像是你似的,开了要乐器这一窍了。"

我说:"妈,莫非您认为我也是个愣子?"

我妈说:"俺娃可不愣。俺娃要乐器就像是你舅舅了。"

我说:"是像哪个舅舅,五舅舅还是七舅舅?"

我妈说:"是你的舅舅。"

我说:"我的,舅舅?"

我妈说:"就是曹甫谦舅舅。"

我一下子给惊住了。啥意思?我妈这话是啥意思?是不是二哥去年到九矿看我的事让我妈知道了?二哥那次就说,我的音乐天资像他舅舅。我妈这是不是在套我?

我假装吃饭没注意她说什么，悄悄抬头看了她一眼。

她说："你那个舅舅唱耍孩儿是出了名的。"

我试探着说："是不?"

她说："不仅是音乐方面你跟他像，就连长得也是一模一样的。你那年拿着你大哥的相片说他像你，其实，你跟你舅舅长得那才是像，就像是一个人。可惜他早早地死了。"

我不敢再应答什么了，我怕再说错话。

我妈说："可妈那次打你。你记不记得妈那次打你?"

她常打我，我不知道她指的是哪次。我摇头。

我妈说："你是忘了。就你念初中二年级时，那次你大哥……"

我觉得我妈这是想给我承认错误，她不应该是这样的，这样就不是我妈了。我不能让她给我认错。我赶快打岔说妈我给您舀碗鸡蛋汤去，我们这里的鸡蛋汤不要钱。

我端着两个碗去舀汤。可我舀回汤，我妈还接着说："那年你拿着你大哥的相片说像他，妈就打你。"我说："妈，我们的鸡蛋汤看上去净是鸡蛋片儿，可是想捞，捞不住。"我妈不答我的话茬，继续说她的："后来想来想去，妈打错你了。我不仅是不该打你，妈应该是跟你说说清楚……"

我看出来了，我妈这次不是仅仅为了认错，而是想告诉我，告诉我那个真相。

不听! 我坚决地不听。

我说："妈，说这没意思的事干什么? 妈您别说这了。"

她还说:"妈经过一桩桩一件件的事印证了,俺娃不是那猫信鹊。不是那长大了就剜它妈眼睛的猫信鹊。那妈今儿一了儿跟俺娃说说……"

我大声说:"妈您别说了行不行? 我不想听!"

见我有点生气,还见旁边有人在看我们,她这才说:"噢噢,妈不说了。妈不说了。"

喝完汤,我怕她还要继续说什么,决定不往文工团领她了,我看看表说:"走哇。我送您到公共车站哇。"

路过百货公司,我妈又说想去二店买扣子。我说买啥扣子,完了的哇,这阵儿坐车的人不多,您能坐上座儿,再迟了您得站一路。

我妈说,那完了就完了的哇。

3. 表 哥

我抓紧苦练了一个多星期,等刘玉文、刘英跟北京回来,他们说已经是听不出我的扬琴是现学的了。

宣传部薛部长要求一个月内排出一台晚会,到各基层去慰问。他说你们都是跟下面宣传队挑出来的尖子,一个月拿不出一台精彩的晚会,不好跟下面交代。他问大家有信心没有? 大家都说有。

我们乐队不像是在九矿宣传队那样,大齐奏。就是那大齐奏,一个三分钟的曲子,在九矿也得练三天五天才能奏齐整。现在是由刘玉文给写出配器总谱,人手一份,各练各的。到底也是"尖子"们,在一起合两回,刘队长就满意了。

可是我心里知道，我的扬琴离文工团这样的专业团体应该有的水平，还有着很大很大的差距，我就继续努力地练呀练，但是无论怎么练，两个键子弹奏出的滚音，永远是协调不了。最后发现是右手的过，再后来终于想到是什么原因了。我的右手中指第三个关节，在初中一年级时，让我们班的汪灵利给用刀捅过，捅得当时露出了里面的白骨头。这个伤，一定是也伤到了指头的神经。我跟刘队长和王彤都说了这个情况。听了我的实际的滚音弹奏后，刘队长说，这倒是也行。王彤说，才是不到一个月，弹成这已经很好了，以后还会进步的。

一个月后，到我们红九矿演出时，台下有人在指指点点地指点我，我知道，有人认出了我，一定是说，咱们宣传队的那个弹三弦的，到矿务局文工团怎么又去打了扬琴？

表哥领方悦到姥姥村。两个人骑车去的，住了三天。当时我妈不知道，后来才知道。把表哥骂了一顿，问给奶奶带啥了？表哥说给奶奶留了二十块钱。我妈问为啥不跟我说一声就偷着走了？表哥说跟您说了怕您不让去。表哥一九四六年出生，比我大三岁。一九四五年，在我妈的主持下，五舅舅跟邻村的一个姓孟的女子结了婚，结婚不久，五舅舅就跟着他的舅舅到张家口的国民党部队当兵去了。第二年表哥出生了，五舅舅给取了小名儿叫忠孝。解放后，五舅舅说表哥的妈有外遇，就跟她离婚了，把表哥留在村里跟奶奶过日子。我上初中一年级的时候，在我妈强硬的要求下，五舅舅把表哥的户口跟村里办上来了，表哥就住在了我们家。两年后，五舅舅给找了工作，在大同皮鞋厂上班儿,从那以后,他就住在了厂子的单身宿舍,在厂子的食堂起伙,但只要是我们家吃好的,我妈就会让我把他叫来。

表哥承认说,他妈村里有人来告诉他,说他妈去世了。表哥是领着方悦到了他亲妈的村里,给亲妈上坟烧纸去了。我妈说,你跟我说难道我能不让你去尽孝心?小时候你妈有病,我给你买了好吃的让你去看你妈,可你把好吃的在半路上吃了,人没去。后来我才又买了一份儿,让招人跟你去了。你忘了?表哥不作声。

我说妈我记着这事,孟妗妗长得可好看呢,跟姨姨一样好看。

我妈说你姨姨跟忠孝妈是好朋友。说完,"唉"地叹了一声走开了。

表哥以前跟我说过,厂里有个女孩喜欢他,可她家长说皮鞋厂工资低,不同意,没搞成。一个星期日上午,我回了家,家里是我最喜欢闻到的炖猪肉味道。再看木头条几上,盆里有拌好的包油糕的花菜馅儿,还有曲好的豆沙馅儿。我知道这是要吃油糕。

我问是谁又过生日。我妈能记住好多人的生日,每到一个人的生日就吃好的。可她就是忘了自己是生在哪一天了。

我妈说给你表哥吃喜头饭。我以为是"洗头",我问洗头吃饭是做啥呢?我妈说,是你表哥要结婚呀。结婚前亲戚们请吃饭,叫喜头饭。

因为表哥的户口在仓门,是五舅舅的孩子。仓门是主场。我妈是当姑姑的,属于亲戚,请喜头饭。

哇,表哥要结婚呀。

我知道表哥心里的女神是我们班的曾玉琴。我在红九矿上了班后，表哥还很关心她，问我曾玉琴到哪儿了，我说跟我到了一个矿，在矿广播站。听了这话，表哥眼睛一亮，说缘分缘分，你能不能领表哥到你们矿看看她？我说你干啥呢没来没由地突兀兀地去看人家。他的脸红了，说我又不是想干啥，就是想看看她长成啥样子了。我说那行，那等领你去看看她。后来我真要领他去他却不去了，还提醒我说，你还不赶快搞，你不搞，别人就下手呀。我说我不喜欢大个子。他表情遗憾的样子说，哎呀哎呀，多好的一个女孩。

表哥还喜欢过仓门十号院狄大大的女儿美兰，美兰也好像是没意见，但狄大大嫌表哥工资不高，坚决地不同意。

现在的这个对象叫小兰，祖辈是大同西霍庄的，在她爷爷那时候，户口成了内蒙齐夏营人。

小兰我见过，长得苗苗条条，挺秀气，个子也高。表哥就喜欢个大个子。

表哥跟小兰应该是缘分，两方只见了一面，都说没意见。可没想到，这么快就要结婚呀。

在这件婚事上，我妈负责女方要的彩礼钱，五舅舅他们负责置办结婚的东西。房子也租好了，一个月两块房钱。

表哥结婚呀，我该给表哥送个什么礼物呢？

我永远也不能忘记表哥当年给我买的那把秦琴，正是因为我在家把秦琴弹得很熟悉了，有了基础，才拿起三弦儿不手生，九矿宣传队这才把我留下来让弹了三弦。要不的话，宣传队不要我，让我回了连队，那我现在顶好是还在连队给办事员小范打杂。我就不会是能来到文工团,做我心爱的工作了。

表哥结婚呀,我必须得趁这个机会好好地感谢感谢表哥,给表哥好好地送点礼物。

想来想去想不出。

表哥当时的工资是二十七块,是我的一半。最后我决定说,表哥,这样吧,你的租房钱由我来打,永远都由我来给打。

打房钱,这算个什么礼物呢?在他结婚后,我又送了他一个小的半导体收音机,能装在衣裳兜里。表嫂很高兴,说这么贵重的东西你给我们,你留下哇么,以后给对象。我说就给你了。

表哥结婚一年后,他说又问了一套里外的屋子,可房钱是一个月三块,他说有点贵。我说你住吧,房钱还是我给出。

我起先是每个月给他三块。后来,干脆是一年给他五十块,都是悄悄地给了表哥。这个钱,我妈不知道,表嫂小兰也不知道。这个钱直打到十几年后他单位又分了楼房,才结束。

表哥平时不喝酒,是因为家穷,喝不起,干脆就不喝,过时节也不喝。

我每次到表哥家,都是买了好吃的东西去。实际上我是想让表哥和表嫂改善改善伙食。

我去的话,买一瓶浑源老白干儿。两人喝完正好,有点晕晕乎乎,可谁也没喝多。有时候,表哥看看酒瓶说,我不喝了,兄弟你喝哇,哥不想喝了。瓶里还有二两多,我知道他是想把这点酒留着,下一顿好喝。小兰也看出了他的意思,说,兄弟想喝你陪着哇么。这时,我跟黄挎包里又掏出一瓶说,给,这瓶你慢慢喝。表哥高兴地说,哇,还有。

表哥好吃咸菜。咸菜切指头粗。吃再好的饭,有再好的菜,也要吃咸菜。

我们每次喝酒,都要说起小时候两个人一个被窝睡觉,小表嫂也知道我俩的关系,那是真正的好。

有次去了表哥家,他没回来。表嫂正在洗头,家里一满是香喷喷的洗头水儿的味道。

她侧着脸撩开长头发,问我有了吗?我说没有。她说那你不敢定还要找个啥条件的?我说,就像你这样的。她说,你瞎说。我说是真的,像你这样我就真的满意。她说,那我有个妹妹,跟我一样,等哪时我给把她叫来,你们见见。

我说你先别让我妈知道,等我看完你妹妹再说。

后来见了。那天她让表哥把我叫到家,她把她的妹妹跟齐夏营约来了。可我一见,身材一样好看,眉脸不如表嫂俊俏。在我跟表哥家走的时候,表嫂送出了我,我明跟她说没看对,她问咋了?我说,不如你。小兰说,你瞎说,可比我好,你不愿意就算了么。我说真的不如你。表嫂的脸红了。

表哥单位的那个喜欢表哥的女孩,她的对象到皮鞋厂找表哥。那个人说表哥是第三者,动手打表哥,女朋友给拉开了。表哥可不是那种让人白打的人,他服不下这口气,在厂外把那个人狠揍了一顿,眼睛出血。人家告了街道群专,把表哥抓进去了。街道群专问清是怎么回事后，说赔钱就放你走。表哥说那你们叫我姑姑来。街道群专直接通知我妈。我妈去交了钱，把我表哥给赎了出来。

我妈也没多骂表哥，只是说以后少给我"生死闯活"。应该是"生事闯祸"才对，我妈老是说些这一类的文明词。

自结了婚，表哥老也不主动到我家。除非是我妈专门叫，才来吃饭，不叫不来。我妈想叫他们来，可他们不主动来，越不主动来，一来了我妈准数算他们。越数算，他们越不主动来。

冬天安顿炭，我妈知道他们没钱，不舍得烧。家冷得水瓮里的水都快冻冰呀。我妈就主动让他们来拉点炭。可他不来拉，最后我妈得给他们送去。我妈鼻圪垯黑黑的，一个当姑姑的，拉着一小平车炭，去送到他们家门口，再帮着卸在院窗台底。

方悦进城给村里买东西，顺便给我妈提来些豇豆，说姑姑您吃糕好曲豆馅。我妈问他成家了吗？他说成了。我妈骂他你个灰鬼咋偷偷地就结婚了，也不叫叫忠孝跟招人。他说我也没大办，就那么"讨吃子偷炭锤"，一圪溜儿就办他了。方悦说话风趣，常常是逗得人哈哈笑。他这是又说了一句老百姓口中的歇后语，讨吃子偷炭锤——一圪溜儿。这是说要饭鬼进人们院要饭时，趁人不注意把人家炭仓的打炭锤子偷走了。方悦说他也是趁人不注意就把婚结了。他跟我妈说了两句话就急着要走，我妈留他吃饭他不在，说拖拉机还在街外等着。

星期六晚上我跟矿务局回来，我妈让我到皮鞋厂约上表哥，叫我们第二天到雨村。她一个人给了我们二十块，让给方悦送礼钱。

方悦在村里当了赤脚医生。他说你别看我三爷那几本烂书,我看不懂看不懂,也多多少少拾掇了点儿,这下有用了,全公社各村的赤脚医生里头,就数我肚里有货。

表哥说三爷那会儿可想教招人呢,可招人人家不待见这。

方悦说招人人家是那艺术人儿,要不是"文革"的话,他一准是中央音乐学院的高才生。

方嫂说我,一天价就听方悦说招人招人的,到底也是一看就灵。

表哥说,你们是不知道,他灵全凭着小时候我把他的脑瓜给磕开了窍,你问他有这事儿没。

我说有,六岁时候我站立在他的肩膀上,他问我站好了没,我说站好了,没等我话音落,他"冲啊"地撒开腿就跑,我一下子就后脑瓜先着地,狠狠地摔了个倒栽葱,当时眼睛发黑,半天才能睁眼看见人。

表哥说自那以后,他的脑子可灵呢,那是让我给他磕开了窍。

方嫂说那你让方悦站你肩膀上,你也给他磕磕。表哥说这会儿不行了,脑子固定住了,那得小时候才行。又说,小时候大庙书房的刘先生说有文化的人那是人家墨水喝得多了,肚里有墨水。我跟面换两个人,一人偷偷地喝过一瓶墨水,心想这下肚里有墨水了,可是白喝了,该背不会还是背不会,看来还是得磕脑袋顶事。见人们都笑,他说你们大概是不相信,可人们有啥事想不起来的话,都是拿手拍脑袋,拍两下就想起了,那为啥?因为一拍,脑瓜就有点开窍了。

方悦说这倒是真的,我有时候啥想不起来,就不由得拍拍眉颅骨,一拍,想起来了。

看来,表哥他真的是认为我的脑瓜是他给磕得开了窍,要不,为啥经常要说起这个事。那次他差点儿跟我妈要说,让我给打岔儿说开别的了。

方嫂姓刘,跟方悦说大同话,跟我和表哥说着一口普通话。说得非常标准。我问说,你的普通话咋说得那么标准?她说,我是北京通县的老家。我说那是来这里插队了?她笑着说,不是。我说那是啥原因?表哥说,那一准儿是小时候也磕过脑瓜。

方嫂说,说来话长,也太复杂,以后慢慢地告诉你。招人你要是会写小说的话,能写一本老厚的书。我说行,方嫂以后你告诉我,我给写一本书。

黑夜,我跟表哥方悦在新房睡,方嫂在上房跟婆婆睡。

第二天一大早,我们都还没起来,听得是有人进来了。可他们两个黑夜说话说得迟了,没听着有人进来。我听得有人进来了,抬头看,是小谭的妹妹,我抬头看她,她跟我笑。

我是在后炕睡着的,她走的时候,一低头,在我的嘴唇上碰了一下说,你好好睡吧,我回老家呀。说完她就出去了,可我发现嘴里多出一块冰糖。我吓坏了,看看炕上的那两个,都还睡得死死的。

这个细节,在我以后写小说的时候,用在了中篇小说《部落一年》里。

可是让我纳闷和不理解的是,那天的上午我跟雨村回到城里,听二虎说,小谭的妹妹出事了。她坐公共汽车回新荣区时,遇到了小偷掏乘客钱包,她协助着售票员抓小偷时,让小偷拿刀给捅伤了,拉到医院后没有抢救过来。

我又想起小学时,我梦见郑老师。她把我叫到讲台说老师回老家呀,你以后要好好学习。早晨我到了学校,同学们说郑老师昨天夜里去世了。

我在方悦家梦到小谭妹妹时,她也是说"回老家呀"。

这个稀奇的事,除了表哥我没跟任何别的人说过。

可是,这么巧的事,怎么都让我给碰到。

我到表哥家,跟他说了这事。他说:"你当是啥。那次我把你的脑瓜给磕出一只慧眼。人一有慧眼,就能跟天庭和地府还有龙宫通上气儿。"

看着他那一本正经的样子,我有点害怕。

4. 新 房

我爹每回跟怀仁回来,我妈都要叫我去叫五舅舅,来家吃好的,跟我爹喝酒。我知道五舅舅在家是从来不喝酒的,要喝也是得有了特殊的事情或者是过时过节。我妈叫他来,也就是为了他好喝点儿。

我爹跟五舅舅就喝酒就千年万古地说过去的事,甚至是说《三国》说《水浒》,可他们从来不谈论时事,更不谈论政治,也不谈论走后门呀、歪风邪气呀这些时下人们关心的话题。如果要说现时的眼下的事,那就是说身跟前的具体的人的具体啥啥事。

这次他们说房子。

我妈说该给招人问寻房子了。

五舅舅说，最难办的是房子。

我妈说，靠你这个担大粪不偷着吃的姐夫是不行。

我爹让我妈骂惯了，他不生气。

我妈说，五子你刚给忠孝闹了房。"闹"是我们家乡话常用的词，这里是"打闹、打闹"的意思。

五舅舅说那我也得言长些，再问别的人。

我妈说我要不去去下寺坡？问问他舅姥姥。

五舅舅说都言长些，问寻的。

我爹说我想起战友小师，就是给招人姨姨说过的那个小师，现在在地区革命委员会工业部。

我妈说那还不赶快去问，借米借上借不上，又丢不了半升。

五舅舅说去张上一口，碰碰，宁叫他碰了，也不要叫误了。

最后的结果是，我爹去了师战友家，人家到外地开会去了。倒是我妈问了舅姥姥后，有个结果。舅姥姥提醒说，听说刘生义街买过个房，她孩子还小，用不着呢，闲搁着。

"刘生义街"是我们应县人的说法，意思就是刘生义的女人。我叫她表姨，她大名叫个啥，我不知道，就连姓啥，我也不知道，就知道叫表姨。

表姨可厉害呢，在家里说了算，表姨父刘生义在家里根本就主不了她，啥事也得听她的。可她再厉害再说了算，人们都不叫她的姓名，叫她刘生义街。

我妈找见她。她说表姐你急着用，那你先用哇么。我妈说那我得先看看房再说。

这是北小巷八号院一进门左首的一间小房,最多有十二平米。原来是房东马中医放柴炭的小房。

这是私产房。六二年苦难时期,表姨用六斤鸡蛋跟马中医换的。

我妈看了说,这得拾掇。表姨说工不大。

商定的最后结果是,我妈用手里的新飞鸽车,跟表姨把这个房换了下来。两人都怕对方反悔,还请中间人写了约。

我妈跟我爹说,有了这个房,我心里不慌了,到时候拾掇拾掇,咱们住这里,圆通寺的房,招人结婚时当新房。

她又催我爹,再给娃娃买车子,我爹说慢慢地等机会。

过了些时,也不知道是谁出的主意,我妈又想着要在紧挨着我家的大殿台阶上的空地方弄个厨房。

慈法师父死了,大殿里面的佛像让红卫兵砸烂了。后来街道成立街办工厂,在后院另开了门,把大殿当成了印刷厂。台阶上挨我们家的那一半空地,我们家占着,放杂乱东西。

我妈到雨村,找到方悦,让他进城帮着脱些泥基,说到蛋厂壑口的城墙那儿刨土,拉回院到炭仓前和泥,做泥基。方悦问您是做啥用?我妈说想在大殿圪台上搭挂间小厨房。

方悦说您这是给招人娶媳妇做准备呢,人家招人住圆通寺您那一间房呢?

我妈说不住也得住,要不住哪呢?靠你担大粪不偷着吃的姑父,能给他闹上个好房?

方悦说反正是你们那个房,招人也不一定稀罕,人家到时候肯定还有好的。

我妈说他有本事闹好房更好,没有的话,我就叫他在圆通寺办事。

方悦说,到时您住哪?我妈说有了,在北小巷有间小南房,那也得拾掇,你先帮姑姑把这间厨房儿给搭挂起。

方悦想想说,在大殿台阶上搭房房儿,能利用两堵墙不说,还有顶子。我妈说,我也就是说,省事。方悦说那更用不了多少东西,您有门窗吗?没有跟我家给您找点木头钉上个,帮招人办事我得尽全力才行。

我妈说门窗有,跟牛角巷高大娘那里找上了。

方悦说姑姑您放心哇,小事一桩,咱们不到城墙挖土,村里头还愁点土吗?我妈说要好土,有筋气的。方悦说,姑姑您放心哇,过两天我就给您送去了。

我妈在方悦家吃了饭。方悦借着自行车,把我妈送回了圆通寺。我妈夸方悦媳妇,说伶牙俐齿的,好媳妇。

我知道我妈这忙忙乱乱的,是为了给我做结婚的准备。可我不知道是出于个什么样的心理,非常反对我妈要在寺院房檐下盖小房这件事。我妈说你有本事闹你的好房去,没本事你就别管我。

见我妈生气了,我不敢再说什么。

有个时期因文工团排练忙,我半个月没回家。我妈居然就在这段时间里,找了我的小朋友帮忙,让老王约了二虎、小彬、二虎人、五虎、四蛋他们,把小厨房弄起来了。半个月后,我跟文工团回家时,见他们已经是在盘炕洞。

我妈见我有点不高兴的样子,还没等我张口说"怎么又盘炕",她先说盘上炕,我接你姥姥来呀,你爹也退休呀,家挤。我不再说什么了,也只好跟着朋友们忙乱。

小厨房盖好后,我妈又拧着我爹给我买自行车。我爹说,买哇么,那我再去找找小师。去找了,人家出差回是回来了,可领导忙,人家又不在家。

可后来师战友主动找到了我们家,看见我在箱顶上摆着的相片。

我也学着表哥跟方悦哥,照过一张明星相,八寸大,装在木框儿里,在箱顶上摆着。人们都说照好了,我也觉得好。师战友也觉得好,说好英俊的小伙儿,我看咱们结亲家哇。我家的两个女子,看对哪个找哪个。又说有一个还跟你儿子一样,也是大同一中毕业的。

师战友是白天来的,我没见着。晚上我回来,我妈高兴地跟我说,没问到车子问到媳妇也不错,招人你去去,去会会他那两个女娃。我听说有一个也是我的同学,但我想来想去,我认识的同学里面,没有姓师的。那一定是初中毕业的了。管他,照我妈的说法,去会会她。

第二天我跟新平旺早回了会儿家,吃完晚饭就骑车去了。

人家是独立的院子,师叔叔两口在小院儿扇着扇子乘凉,两个女儿吃完饭出街散步去了。师婶婶给我搬了凳子,我坐着跟俩大人说话。我心想,师叔叔如果找了我的姨姨的话,那现在就不叫叔叔了,该叫姨父才对。要这样的话,还有玉玉吗?有是有,可眉眼不一样了,该是什么样子呢？我看看师叔叔，想象着另一个玉玉的模样。正想着，两个女儿跟外面回来了。一见大女儿面，我就认出了，是我们大同一中的初中同学。

她看见我，问说："你是主义兵吧？"

我说："哦，你是老保。"

大同一中的红卫兵分两派，先成立的是大同一中红卫兵，后成立的叫毛泽东主义红卫兵。我参加的是毛泽东主义红卫兵。先成立的红卫兵叫我们"主义兵"。我们叫他们"老保"，说他们是"保皇派"。

这个姐姐一见面就叫我"主义兵"，这是很不礼貌的说法。我回敬她声"老保"，也是很不客气。

我们两人就对了这么一句话，她跟她妹妹一招手，俩人进屋了。我站起说，你们乘凉吧，我走了。师叔叔说，进家坐坐进家坐坐。我说不了，我走了。我就转身走了。

回了家，我妈问好不好，我说不好，真丑。我爹说不能哇，我见过小师家的，两口子咋能生出丑女儿呢？我妈说孩子没看对就没看对哇，在找对象上头，听孩子的。又说我爹，那货你看是多会儿咱们拾掇仰层。我爹看看顶棚说，下回回来就拾掇它。我妈说甭下回了，这就拾掇哇，拾掇完你再去做你那革命工作。

仰层，书上叫顶棚。雁北地区的人们叫仰层。

当时，老百姓家的仰层都是用纸裱糊的，在木条条上先裱一层报纸，后再加一层麻纸。

每年过大年时,都是方悦来给我家刷房。看见仰层有破绽的地方,他就给补上一条或者是一块。整个仰层,大大小小少说有十几处补过的地方。这补过的地方因为不是一次补的,这一年跟那一年补过的地方颜色深浅不一样。每年刷房时方悦都说,姑姑您该打个新仰层了。方悦叫我妈有时候叫姑姑,有时候叫曹大妈。叫啥人们也觉得顺口。他说这仰层破烂的,叫人一看这哪像是个公社书记住的家。我妈说,就那也住了十多年了。方悦说以后有人来给您招人说对象,人家一看仰层,反身就走了。表哥说以后招人结婚莫非就住这烂房呀? 不叫姑父给找好房? 我妈说这也挺洋气了,再说招人还小,不到时候呢。

　　那时候说的不到时候,这时候我妈认为是到时候了。

　　我妈决定,打新仰层。

　　人们说揭炕撕仰层,这是老百姓生活中最灰的两种营生。星期日上午,当我跟文工团回到家里,正好遇到了他们在做着这种又脏又累的营生。

　　我爹戴着个冬天的厚口罩,已经是把大面积的破旧的仰层都撕下来,还有一大片在木框上垂吊着。当地放着两个高凳子。我爹站在凳子上,举着绑了一根竹竿的掸子。正在伸探着掸房上露出的椽檩,椽檩上丝丝缕缕地挂着陈年的干网尘。

　　我妈脖子上挂着口罩,鼻圪垯黑黑的,在下面张开着两臂在护着我爹。

　　他们都仰着头,集中着精力做营生,没有看见我进来。我说爹我给弄,他们才停下手。

我妈让我走开,让我到二虎家去躲躲。

我要替我爹,让他下来,我爹说啥也不下。他戴着个厚口罩,怕我听不清他的话,把口罩掰下点,露出嘴说,俺娃出去哇,爹一了儿是个灰了。

我妈也不让我上手,让我去说给五舅舅,晚上来喝酒。

我进了南小房儿,锅里面炖着肉。

当我跟五舅舅家回来,他们连炕也揭开了,土炕板立在院里,我爹正拿着吃饭的勺子,往干净刮炕洞上的焦黑的炭渣,脸上的汗珠,流下来,"叮叮"地掉进炕洞里。

他们这是故意把我支开,不让我参加这样又脏又累的活儿。

我妈在小南房儿准备晚饭。

我们挤在小南房儿的炕上吃晚饭时,我这才想起,我妈这都是有计划地在一步一步地做着她的这个大工程。第一步,以盖厨房的说法,盖了南小房儿。第二步,以让姥姥来住为由,给小房儿垒了炕。第三步,修整西房,揭炕打仰层。这样,就能在南小房儿的炕上吃饭,睡觉。

我妈知道我爹没有能力为儿子解决得了房子这样的大事情,她也不骂他,她知道骂也没用。她就自己尽着能力,思谋着盘算着,给儿子准备结婚的新房。

又一个星期日我回来,见炕也打好了,新的仰层也打好了。是请本院儿的油匠刘叔叔给打的新仰层,粉刷了白泥浆,还在仰层的当顶安装了二十瓦灯管。

看着我妈那心满意足的笑模样,我心里不知道是种什么滋味。

可我心里想,我莫非真的要在这间房子里结婚呀?莫非这真的就是我结婚的新房?

5. 衣箱

房后头昝婶婶来家跟我妈说,曹大妈你这房子粉刷得白圪洞儿也似的,看样子这是给招人结婚呀。我妈说结不结先给人家准备上。昝婶婶说那"三转一提溜二十四条腿"你给人家招人准备上了吗?结婚时人家女方要求这呢。我妈问说啥三转一提,二十啥啥啥?昝婶婶说手表转缝纫机转洋车转,这不是"三转"?"一提溜"是半导体收音机。我妈说那咋就叫个"一提溜"?昝婶婶说,半导体收音机走哪都能提溜着,人们就叫"一提溜"。我妈说没听过。

昝婶婶说"三转一提溜"这是女方家里要的彩礼,那"二十四条腿",是女方要求在新房里摆放的家具六大件。我妈问这又是啥?昝婶婶说三开门的大衣柜、双开门的小衣柜、明三层暗两层的大书柜、上头揭盖儿放面下头开门放碗的两用柜,还有带底座儿的衣箱要一对儿,你算算,加起来这不是六件?一件四条腿,六件不是四六二十四条腿吗?

我妈说这么多家具那得多大的房才能放下?昝婶婶说人家现在的女的都要求是二十四米的双倍房。我妈说这又是啥房?昝婶婶说一看你也是个啥也不懂的瞎文盲,每间房要求是宽四米长六米,一米是多少你也保险不懂得。我妈摇头说不懂得。昝婶婶说一米是三尺,你算去吧，一间房宽是丈二，长是丈八，还得是两间这么大的房，里外套着，这就叫二十四米双倍房。我妈说把我杀了卖了肉也给他准备不了这么齐全。昝婶婶说，准备不出来那你就甭想着会有新媳妇坐你炕上。

我妈说你给昝贵准备上了？昝婶婶说我们昝贵那儿不愁，女的追的可多呢，白跟呢。

昝贵是我初中的同班同学，一九六五年时他考住了山西中医学校，我考住了大同一中。一九六八年毕业后他分在了岢岚县医药公司上班。我到了九矿工作。昝婶婶说我妈，呀呀呀，你咋叫孩子到了矿上当窑黑子，井下四疙瘩石头夹着一疙瘩肉。我妈说我孩子在宣传队呢。昝婶婶说，宣传队那是个临时的，迟早也得下井。我妈叫她说得心里慌慌的，跟我说那会儿还不如插队当农民呢。我说您放心吧，我下不了井。后来我让矿务局文工团看对了，把我调了上来。我妈这才是真的放心了。可昝婶婶又说，馋当厨子懒出家，又馋又懒学吹打，当戏子可不是点正经的营生。我妈说孩子喜欢，管他呢。

昝婶婶说昝贵有女的白跟呢，我妈不想听她话，好像是你的儿子有人白跟，我招人就没人白跟？我妈说昝贵有白跟，我们招人还有女的倒贴呢。昝婶婶撇嘴，说你就吹牛去哇。

我妈嘴里说着硬话，可自从忠孝和方悦都结了婚后，她就跟我爹和五舅舅他们商量，给我着手做准备。我妈说："啥三倍房两倍房，咱们就这个房。拾掇也拾掇好了，再换上几件新家具就行了。再有就是，不管人家女的张嘴不张嘴，都也得给人家女的准备个车子呀手表的,不能让人家白跟咱。"我妈这话,是表哥跟我说的。

大人不跟我明着说,我也假装不懂得他们忙忙乱乱的是在干啥。

结婚,这样的话咋好意思说呢? 这两个字听起来就有点牙碜。

那年我是二十一岁。

"三转一提溜",除了半导体收音机好买,缝纫机自行车手表,当时这些都是紧俏货,不好买。

我爹跟怀仁托着关系先买了一辆飞鸽牌自行车,可让我妈跟表姨交换了一间小房。我妈又让我爹给求人买回辆新的,家小又没地方放,我妈让五舅舅给寄放在了他们缝纫社的库房。

又过了一个月,我跟文工团回家一进门,我爹说我妈,给俺娃够出戴上哇。我妈跟板箱够出个豆腐干儿大小的手绢包,我接住,沉甸甸的,展开看,是手表,上海牌。"上海"两个字设计得像是个大高楼。表还在走着。我爹说爹每天都给上呢,固定时间上,拧二十下,拧不动了不要硬拧,小心拧断发条。

我放在耳朵边听听,"铮铮铮铮",真好听。我叫我妈听,我妈也听听,点头说,有钢音。我说那我就戴呀。我爹说买上就是为了俺娃戴。我妈说甭叫他戴,放那儿哇,以后有个用项啥的。我说快别用项了,我戴呀。

我妈说我:"招娃你不听说。"

我妈说话我就得听,不能让我妈说我"不听说"。我把手表用刚才的手绢包住,给了我妈。可我妈接住,没往箱里放,用手掂掂后,又给了我。

"俺娃想戴,要么戴去哇。"她说。

我爹说:"这不是个对? 上海表我原来也是为给娃娃戴。"

我妈说:"那办事呢?"

我爹说:"办事那得以后再买好的。"

我妈说:"你能买上?"

我爹说:"慢慢地,慢慢地。"

表带儿是履带式的金属链儿,我戴在手腕上有点松。我说爹我戴有点松,我看您戴上吧。我爹说是给俺娃买的,爹不戴。我想起我爹从来也没戴过手表。五舅舅七舅舅都有手表,就连我表哥也有,可我爹没有。

我爹说爹不戴也知道时间,用不着,爹不戴那。我说您给说说这阵儿是几点。我爹说了个时间,我一看表,误差只有两分。

我当下就上街到修表店把表链给取了三截,正好了。

这下,我也有了手表了。

这下,我们家也就有了手表啦。

表哥说我妈,姑姑您当是小兰呢,给个上海表也高兴,招人要是有了媳妇儿,您得给人家准备进口货呢,给人家准备那英格儿呀罗马呀的才行。

我妈说:"这会儿这名叫真多,又有了骡马了,没个牛羊?"

表哥说:"是表的牌子叫罗马。进口货。"

我妈说:"这进口货保险是可贵呢。"

表哥说:"那作准的。上海表是一百二,英格就得三百六。姑姑您要是让招人找小兰妹妹的话,我敢保证,她白跟呢。啥'三转一提溜',都不要。"

我妈说:"找谁,东西我该给还要给,不能说因为找小兰妹妹,就叫人家白跟咱。可找谁不找谁,那得人家招人说了算。"

表哥说:"小兰好像是问过招人,招人好像是不愿意。"

我妈说:"招人还没咋开这方面的心呢。他一个心眼儿就是吱吱扭扭地耍他那些耍活儿。"

表哥说:"对象有没有,您先给人家把那彩礼准备上。"

我妈说:"你爹说,贵贱不说,主要是这些东西不好买。"

当时政府给市民每人每年发着一张供应证,用来购买紧俏商品。买手表车子缝纫机这样的东西得要供应证。舅舅说买进口手表,最少得三十几张证。我爹户口在怀仁,他的供应证大同还不能用。我跟我妈五年才领着十张证,想买进口表,那得再攒七八年。

表哥结婚时,五舅舅已经把他家的证儿用了些,剩下的都给了我们,又跟人要了些,能给我买个进口表了。但证儿够数了,那也并不是说就能买个好进口表,那还得在半夜里去排队抢号儿。百货商店每天进几块表发几个号,那号是在上班开门前发,可人们为了领号,半夜就在百货商店门前排上队了。

五舅舅给熬夜排队,抢了块百浪多表的号。

五舅舅在半夜排队时还跟人打了一架。对方是两口子,人家那个

111

女人很厉害,把五舅舅的脸抓得净是血道子。五舅舅不打她,五舅舅是打她的男人。

我妈说:"抓人家脸破人家相,不当呢。这样的女人歹毒。"

五舅舅说:"管他,给招人闹了块进口表,也值。"

因为给我买表,五舅舅让人把脸抓了。看着五舅舅脸上的一道道的血痂,我的心里有种说不出的难受。

我妈给我爹布置任务说:"进口表五子给闹上了。家具这得你来给娃娃往回闹。昝婶婶说大衣柜、书柜、碗柜、带底座儿衣箱两个,这是几件了?"我爹说:"你连说还说不来,我给你到哪弄去。你一天净听房后头的昝贵妈这啦那啦的,掏你的耳朵。"我妈说:"我不好跟人串门,就告诉她,有啥你来家说给我。人家也是为了咱们。那年如果不是她告诉我,招人在上初中时就差点儿到了村里让插了队。对,还有耍水,那也是人家告诉我的,我才知道招人这个灰灰给耍水呢。那要是没人家告诉我,我还是知也不知道这事,那要是继续给耍的话,出点事也就出了事了。人家也是好心。不说给咱们,你能知道个'三转一提溜二十四条腿'?"

我爹说:"闹哇闹哇,为了我娃娃,我把这老脸破出去了,磕头捣蒜求人去。"

我妈看看地说:"咱也甭二十四条腿。咱们家有上一个碗柜,再放上一对衣箱,就把地摆满了,也像是个新房了。"

我爹说:"年底我也就退休回家呀。退休前给娃娃闹他这'十二条腿'。"

在我爹又回来送工资时,给买回来一个碗柜。上面是半揭盖儿的面柜,里面分着三个格格,可放各种面。下面是碗柜,分上下层。我妈高兴地说真好看,这个担大粪不偷着吃的真心保国也给办点儿大事。我妈夸我爹,还承认是大事。

我妈说我爹,有的那牛,你得用鞭子抽它它才用力。看样子得拧你。这次我还得跟你去,每天拧你,圪嚼你,圪嚼得你麻烦了,你就想办法呀。

我爹说,快别去了,我把我吃奶的劲儿都用上行不?

我妈说不行,得跟你去。

我妈跟我爹到了怀仁。这次,我爹给买了两个半揭盖儿衣箱,让拖拉机给送到大同,可在蛋厂城墙豁口让交警给拦住了,说这个时间段拖拉机不准进城。那只好是把两个衣箱卸在路边。

我妈求了两次过路的人,张了两次口,想让帮着往圆通寺送送这两个衣箱,可都让人家碰了。一气之下,我妈说:"求人不如求己。有牛还愁跟山上赶?"

我妈先是抱一个衣箱,往前走一截放下来,又返回头抱另一个,抱得超过头一个后又往前走一截,放下来,再返回身抱另一个。她就用这个方法,把两个衣箱,来回捯着,捯了三里多地,捯回了圆通寺。

街巷的邻居们当着我妈的面,议论说见了回子女人,没见过曹大妈这么有本事的。有人给算算说,蛋厂城墙豁口到圆通寺是三里多地,可曹大妈返回来倒回去,实际走的距离是六里也多。还有人给算算说,不对不对,是九里多。

我妈说爱他是几里呢,反正有牛多会儿也不愁往山上赶。

我多会儿也不怀疑我妈的本事,可有一件事我一直没弄明白。那就是,在我初三时,学校动员学生上山下乡,让团员写表态书"一颗红心两套准备,考不住学校,就到农村去插队",我也写了,交给了学校团委。可我妈去了学校就把我的这个表态书给要了回来。在那个形势下,老师逼学生下乡都逼红了眼,恨不得把你的户口抢了过来。我妈居然给把我的表态书要了出来,这应该是不可能的事。我决定问问我妈,您是咋给要出来的?

听了我的问,我妈笑了笑说:"这有啥难的。我去了你们团委说,孩子写了个表态书,让我们当家长在上面签个'同意',那不是就更好? 团委一听,说好好好,就把你的表态书给找出来,给我了。我说我不识字,回家让他爹给签。就拿走了。"

当时我妈知道我给学校交了表态书,她趁我午睡,把我锁在了家里。我想着我妈一定是去了学校大吵大闹,没想到原来就这么简单。

我妈没文化,可我永远得宾服她。

我妈把慈法师父给的板箱放在了炕上,把行李垛在板箱上,把地儿腾出来放新家具。我妈看看说,就是个这了,再有别的家里也放不下了。

我提议买收音机,摆在衣箱上。我妈说买。当时的收音机不要供应证,可以随便买。买了一个熊猫牌的,六个灯儿。拧开开关,里面六个灯都着了,再一转开关,一转一个台一转一个台,还能听到"美国之音"。想起那年五舅舅就是因为听"美国之音"让给打成了坏分子,我赶快把台拧过去了,听音乐。

听着收音机里的歌声,看着亮堂堂的房子亮堂堂的家具,我这心里也是亮堂堂的。

我这是不是也有点开心了?

6. 读 书

我们文工团没有好的独唱演员,下面基层的那些独唱的,按薛部长的说法是"充其量也只是个一般般的水平,不够一个专业文工团的标准"。我们认同他的这个说法。后来有人推荐说,新荣区插队生里有个北京女知青唱得好。薛部长说,叫她来,考核考核,行的话,把她闹上来。考核了一下后,果然是好。可人家新荣区的农村不归你矿务局管,你矿务局再财大气粗,可想随便地往上"闹"人家知青也不行。村里不白给,提出用三台大马力的电动机来换。矿务局不缺电动机,满足了村里的条件,把她换了上来。

北京女知青歌手叫郗洋洋。

郗洋洋不仅是唱得好,长得还好看,还永远是喜洋洋的样子。

全团上下,包括薛部长在内,人人都喜欢郗洋洋。

我也喜欢郗洋洋。我喜欢郗洋洋的主要原因是,她读过的外国文学真多,说起哪本书她都看过,还都能说说对这本书的评价、看法。这让我是很佩服。我如果看过一本书又觉得好的话,也只能是简单地说出这本书的好,却不能够深程度地说说为啥好来。人家能,说得头头是道。

　　巧的是,我说我读的最早的一本外国文学是《简·爱》,而郗洋洋说她也是。

　　更巧的是,我说自从看了这本书以后,就喜欢上了外国文学。她说她也是。她问我为什么喜欢《简·爱》,我说因为这本书里有对生活细节的描写,比如书里写瞎眼眼罗切斯特伸出手掌,想看看是不是下着雨。我以前看过的书,可不这样地写人的动作。又比如写老狗派洛特"先是竖起耳朵,接着就吠叫着,呜咽着,跳起身朝简·爱蹦过来"。我以前看过的书,也从来不会这么细致又真实地写到一只狗的行为。要往细里想的话,这样的描写还有狗的心理活动在里头。她说她也因为跟我有同样的理由而喜欢上了《简·爱》。她又说了些别的喜欢《简·爱》的理由,我都赞同,可我就是说不出。尤其是她说夏绿蒂·勃朗特并没有把简·爱写成一个漂亮美丽的仙女,相反,简·爱的外表形象还有点丑陋瘦小。我说就是就是,你说得真对,我也发现了这个问题。

　　郗洋洋说:"你能不能跟我说普通话?"

　　我说:"我不会说普通话。"

　　她说:"普通话又不难学。我教你。"

　　我说:"我不学。"

　　吴福有正在旁边,说我:"乃谦,赶快学。洋洋教你你还不赶快学。"

　　我说:"你想学你学。"

　　吴福有说:"人家又没说教我。"

　　郗洋洋笑。人们都笑。

能让我佩服的女孩没几个。

除了郗洋洋,我还佩服过一个女孩,那就是我的初中、高中同学,后来又一起到了红九矿宣传队的周慕娅。我佩服周慕娅是因为,那次在九矿宣传队说起了各自家里的姐妹们尽都叫什么名字时,我说我姨妹叫玉玉,表妹叫妙妙,还有表妹叫平平。她问这是谁给取的名字,都是些《红楼梦》里的女孩,于是我们就说起了《红楼梦》的名字。让我没想到的是,周慕娅能把怡红院里十多个小厮的名字都一一说出来,我可不能,我只记得茗烟锄药三两个人。她还说,元春迎春探春惜春姐妹四人的大丫鬟名字的最后一个字,正好是"琴棋书画",我想想,可不是吗? 抱琴、司棋、待书、入画。我以前可没想到这一层。她还说,这四姐妹的名字也有含义,那就是,曹雪芹让她们第一个字的谐音排成了"原应叹惜"四字。呀呀呀,了不得。我不敢跟人家继续谈论下去了。

了不得了不得。

从那以后,我对周慕娅另眼相看。

郗洋洋借给我一本《错误的教育》,作者是印尼的阿布杜尔慕依斯。看了这本书后,我学习书里的做法,在心里暗暗地也用摸扣子方法打卦,算算郗洋洋会是我的女朋友吗? 算了几次,都不是。这让我失望,但也让我有点觉得无所谓。因为我发现,郗洋洋的骨子里,有点瞧不起我们本地土著民。

张新民悄悄跟我说，能行，搞上哇。我说人家比我大三岁。他说妻大三抱金砖。我说我不喜欢大个儿女孩，我喜欢娇小的。他耸耸肩两手一摊说，早知道我也好好地读些外国文学，可现在迟了。

郗洋洋知道我家里有孟德斯鸠的《波斯人信札》和印度的《五卷书》后，觉得很是惊奇。我看出了她的意思，好像是只有他们这些北京的高贵人儿才会有这样的书，而我们本地的土豹子家里只配有几本《艳阳天》之类的低级读物，甚至是《半夜鸡叫》这样的连环画小人儿书。

她问我怎么会有了《波斯人信札》和《五卷书》，我没跟她说这是在高中时，跟朋友老王他们到造纸厂去"抢救"回来的。我说是高中梅竹松老师让萧融把我叫到她家，给的，给了一军用帆布袋，有二百本。我说的梅老师给我书的事，是真的，但那些书大部分是哲学历史方面的，文学书不多。

她提出想跟我交换《波斯人信札》，说除了《错误的教育》，再给我两本别的，让我自己说书名。我说让我想想，想起再说。

星期日，郗洋洋突然就来到我家。我不在。老王搬家呢，我跟着忙去了。晚上我回了家，我妈说哪的个侉女女，不进眼货，以后少叫她来家。

我妈说："你看看人家萧融多好。你看看她，进了门没说两句话就问，你们就这一间房？夜里一家人怎么睡？你管我咋睡，我又没让你来睡。"又冲着我说："你是把她引逗来做啥？一看就是个不懂得仁恭礼法，没家教的野地捉来的没经过调教的……"我没等她说完，赶快分辩说:"我又没引逗她,是她自己来的。咱们家住圆通寺,一进西门路南第一个巷子,好找。"我妈说:"不跟她来往。听着没?"我说:"噢。"

我看出我妈这是真的生气了,还看出,她在想望着萧融。

不管怎么说,是郁洋洋引起了我再次读书的兴趣。

但她不喜欢中国文学,就连《红楼梦》她也不喜欢。这让我觉得有点太不应该,要知道,我认为《红楼梦》比起外国文学来说,第一。我认为,再好的外国文学名著,都只能是排在《红楼梦》的后边。她居然说,没有可比性。

郁洋洋不喜欢《红楼梦》,不仅是影响了我对她的佩服程度。慢慢地,我不跟她说书了,我还跟她说,我的《波斯人信札》让人借走了,以后还回来再说。

我给还在红九矿工作的周慕娅打电话,说想跟她借借《石头记》。她说过,只有看过《石头记》,而且是一遍又一遍地看,细细地琢磨、领会,才能知道《红楼梦》一书是怎么回事。

她在电话里说,你去找我二姐借去吧。我说人家认也不认得我能借给我?她在电话里教给我说:"你跟二姐就说:'我乃应县下马峪村人氏,姓曹名乃谦是也。'她就会借给你的。"我听了哈哈笑。她说:"不捉哄你。你这样说准行。"她还告诉我她二姐家的地址是,花园里二楼一门一号。

我找到了花园里二楼一门一号,敲门进去了。当然没按她教给我的说法来自我介绍,我说我是周慕娅同学,初中高中都是同学,我说我想看看《石头记》,她说你去跟我二姐借去吧。

二姐三十多岁。一看外表,就是个有文化而且是个很有文化的人。她自我介绍说,是在团市委工作,"文革"开始后,因为身体有病,在家休养。

她问我说你喜欢《红楼梦》,那你一定是看过好多遍了? 我说从小学六年级就开始看,断断续续地看过三遍。她说那该看出点味道了,你说说《红楼梦》主要讲的是什么吗? 我说过我最不会回答这样的问题,可我急中生智地说了句连我也没想到的答案。

我说:"这本书主要是讲'玉石之缘'和'金玉之缘'。"

二姐说:"'玉石之缘'讲的是啥?'金玉之缘'讲的又是啥?"

我说:"'玉石之缘'讲的是宝玉和黛玉的爱情,'金玉之缘'讲的是宝玉和宝钗的婚姻。"

我对我的这个回答很满意,觉得还算是精彩和到位。

二姐笑着说:"你可知道《红楼梦》里还有金金之缘?"

"金金之缘?"我摇头说,"不知道,也没听说过。还有'金金之缘'? 是不是《石头记》里写的?"

二姐说:"我说的'金金之缘',在你看过的《红楼梦》里就写到了,大概是你没有注意到。"

我觉得有点脸红,自己号称读过三遍《红楼梦》,可连半点"金金之缘"也没有印象。

我说:"我回去好好儿地再把《红楼梦》看两遍,一定要把'金金之缘'这个谜底找出来。"

二姐说:"'金金之缘'是我说的,别的人可没有这样说过。要不我给你大概地提示一下。"

我打断她的话说："二姐，别提示。"

二姐说："好好好。记住，不要看后四十回，只在前八十回里。后四十回只能算是个续书，不是曹雪芹写的。"

我们不提"金金之缘"了，我们又说别的。二姐对《红楼梦》的认识，直听得我目瞪口呆，大张着嘴合不回来。

我来二姐家原本是想借借《石头记》，听了二姐的一席讲，我决定不借了，空手走了。

7．二妹妹

到牛角巷跟老王他们要回来，准备吃晚饭，我妈让我打开收音机。她说想听段耍孩儿，让我给找找。我说这里面没耍孩儿，我妈说花了好几百连个耍孩儿也听不上。我说要是"文革"前可能能听到，"文革"开始后耍孩儿这样的小剧种剧团都解散了，您想听我给找段晋剧听。我妈说就晋剧就晋剧。

我就给找台就告诉我妈说，平时我不在家，您想听拧着收音机找吧，晋剧肯定是能找见。我妈说贵巴巴的我怕拧坏。我说拧不坏。正说着，一种美妙的音乐跟收音机里传出来。

我把频道对对正，把音色调清晰，听听，是一个男高音在唱我最喜欢的歌曲——《在那遥远的地方》。

这样的歌曲在当时被认为是黄色的，是不能唱的。这是什么台？敢播放这个歌？

管他什么台,先听吧。

听着听着,我陶醉了。

> 我愿变作一只小羊,跟在她身旁,我愿她拿着那细细的皮鞭,轻轻地抽打在我身上。

真美真美真美!

听着听着,歌声结束了。这时,电台里用标准的普通话说:"这里是莫斯科广播电台。"

我吓了一跳,赶快把声音拧灭。

"美国之音"和"莫斯科广播电台"在当时都是敌台。

我妈说:"唱得好好儿的咋不唱了?"我不敢跟我妈说刚才那是敌台,要说了的话,她以后不让我听收音机可糟了。我说:"唱完了。"

她说:"后生的嗓子亮堂堂的,调如存金唱得好。"

我妈的意思是说,刚才的歌唱家唱得跟存金差不多。她的这个评说,让我也想到,存金他要是唱这个歌,真的也能够唱这么好。

我妈问我,你们文工团里也有人能唱这么好吗?我说没有,我说我们文工团啥也不错,就是缺个像样子的男歌手。

我妈说:"那叫存金来给你们唱哇么。"

我正要说他是个农民,可一下子想起,郗洋洋不也是个农村的插队生吗?不也是跟村里调上来了?

我一拍手,说:"妈您真伟大。"想想后我又接着说,"真的,要是让我们团领导听听存金唱的话,那没准儿真的能够看得上他。"

我妈说:"那还不赶快去说说。存金要是真能给你们唱的话,那他也就有了工作了,也就不愁找个对象了。"

我又连声地说"您真伟大真伟大"。我盼着赶快就是第二天,我赶快去跟团领导说这个事。

拉灭灯睡觉时,我跟我妈说存金没文化,领导别不要他。我妈说他会唱就行了,要文化做啥,又不是叫他去写字。我说他没文化,可他真的会写字。听七舅舅说,他过大年时,已经是自己写对子了。

正月时,七舅舅领着妙妙跟村里出来,回晋中时,说存金过大年的对子是自己写的。妙妙说,存金不懂得大年的对子是应该写对仗的句子,他是把他认得的字,一条红纸上写七个,另一条红纸上也写七个,贴到了街门框上。左边贴的是"天地人山川大小",右边贴的是"人有两手两只脚",横批是"二妹妹好"。我听了直想笑,但也真高兴。七舅舅说他字写得好看,根本就看不出是个文盲写的。

第二天一大早,我就骑车到了新平旺,团领导李指导员同意我把存金叫来,她说先让大家听听,大家说行,再跟薛部长打招呼。

我当下就又骑车返回了圆通寺。

我妈说正好也回村看看姥姥去,我们娘儿俩乘坐着长途车回了应县城,又乘坐着短途公交车回了南泉村,步行二里到了姥姥家。

一路上,我跟我妈设想着这件美好的事,我妈说先领存金到圆通寺,让我引着他到大众浴池洗个澡理个发,给他穿上我爹替下的衣裳,再去见文工团领导。我还设想着要抓紧时间教他个适合他唱的歌。我已经想好,就教他唱《信天游唱给毛主席听》。这个歌是"文革"前的《走头头的骡子三盏盏灯》改编的,只是换了换词,调儿没变,很适合存金唱。

在应县县城到南泉村的小公共汽车上,我还想到了二妹妹。我说妈,存金要是跟咱们来了,二妹妹该咋办?

我妈睁大眼问说:"啥二妹妹?他多会儿有个二妹妹?搞上对象了?"

我忍不住地哈哈笑起来,惹得车上的人看我。我放低声音说,二妹妹是他的那条狗。

我妈问说咋叫狗叫二妹妹,我跟我妈解释了原因,还说我吹箫的时候,二妹妹能跟着箫声"呜呜"地唱。紧挨着我的后边座位,有个大爷听了我的话,问说:"你们这是不是说钗锂村存金呢?"我说:"就是说他。"大爷说:"他那条狗可是出了名的灵。"

大爷是小山门村的,距离着我姥姥村七里地,居然也知道二妹妹的灵气。

我妈说:"它还留在村里帮着放羊。"

小山门大爷说:"那条狗,你是不知道它,怕的是不好好儿地留在村里。"

我妈说:"不好好儿留也得留,总不能是也把他引到大同矿务局哇。文工团要也不会要。"

小山门大爷说:"要叫我看,如果存金真的到了大同矿务局,那条狗非要跟着存金往那儿跑不可。"

听了我们的对话,旁边又有人说起了灵狗,说灵狗想找主人的话,几百里也能找得到。

这时候我想起了莫泊桑的小说《窑姐儿》,心里滋生出一种后果很不好的预兆。二妹妹别真的因为找存金,出点什么事儿。

怎么办呢? 我喜欢二妹妹,可也盼着存金能到了我们文工团来唱歌。

我妈说:"总不能是为了一条狗,耽误了存金的好前程。"

小山门大爷说:"咱们现在谁也不知道最终的结果,可要叫我看的话,存金也不舍得离开他的狗。他或许是宁愿不当矿工,也不会跟他的狗分开。"

我们看他,他也看我们。

"哎? 你是,换——梅?"小山门大爷说。

"那你是……?"我妈说。

"你一准儿是不会记得我。我可是记得你,就跟你的眼神认出是个你。我让你打过。"

"哦——"

"你爹在山门峪口种瓜。"

"哈——"

我妈放声笑。小山门大爷也笑。

我想起来了,想起七舅舅跟我说过,我妈年轻时为了引山洪水浇地,和小山门的一个后生动起了手,一拳头把那后生的门牙打下两颗。

仇人相见,没有眼红,还笑,还相互问讯后来的情况。说着说着,最后又回到了存金和二妹妹的话题。

小山门大爷还坚持他的看法,说存金和二妹妹不会分开。

我和我妈到了姥姥家才知道,这话可真的让小山门大爷说准了。二妹妹跟存金最终也没有分开。

每到夏季数伏天,怕羊中暑热死,存金就背着行李和干粮,把羊群顺着峪沟赶进山里。进山十多里的地方,有两处没人住的破院子。大概是院子的主人嫌这里冬天太冷,还是别的什么原因,搬迁到别处去住了。每年的暑季最热的那一个多月,存金就把羊群赶到这里避暑。破房子没门窗,还有点漏雨,但总比睡大野地好。峪沟有泉水,人和羊都能喝。隔个十多天,存金就安顿二妹妹给看着羊,他回村取点干粮装点咸菜,再进山。

妗妗说今年这次进山后,人们没见存金回来,却是在一天的晚饭后,听得二妹妹在羊圈门口发了疯地"汪汪"叫。二妹妹从来不这样"汪汪"地瞎叫,这是咋啦?

人们这才想到是出了问题。村革委会干部叫了几个民兵,打着手电,跟着二妹妹进了山。存金面朝天躺在破房的土炕上,早死了。

平平说:"身上没外伤,就是脸面发了黑。村里的赤脚医生说是中毒死的。"

我问:"中了啥毒?"

平平说:"中啥毒,就连公社的医生也说不清。一会儿说是吃了有毒野菜,一会儿又说可能是让毒蛇咬了。"

姥姥说:"也说不准是心上麻烦了,装上点耗子药,自寻了无常。"

七妗妗说:"不会是那,不会是自寻无常。"

我问:"县里没来人?"

妗妗说:"他们大概是说也没跟县里说。一个放羊的,死就死了,死了就埋了。"

我妈回想说那两处院子在解放前就有,住着的两户人家是山南边繁峙县的人,他们还一小片一小片地在坡梁上种着地。姥姥说院里还栽着棵杏树。我说我想去看看,平平说表哥我跟你去。姥姥不让去,妗妗也说看蛇的。我妈说按存金的性格不会是身上装了药,跑那里去自寻无常,说不定真是叫毒蛇给咬的。

我怕蛇,一说蛇我就不敢去了。

姥姥说:"招娃子给他找了这么好个做项,他却是死去啦。人们信神呀信鬼呀,信这呀信那呀,我看是信命哇。"

妗妗说:"可说了个对。谁也争不过命去。"

"二妹妹呢?"我问平平。

平平说:"自存金死了,尔娃二妹妹就不吃不喝了,一股劲儿刨坟,把四个爪爪刨得血糊糊的,后来刨不动,趴在坟上不起来,过了几天也死了。人们把它也埋进了坟里。"

哎呀呀,怎么会是这样的一种情况。

我到公社供销社,给存金买了十个"田"字格儿的本儿,还买了一刀麻纸,还买了些铅笔和毛笔。让平平领着我到了存金的坟,把这些东西都点着了。

眼睛盯着熗熗的火苗,我拿起箫,吹起来:

一个在那圪梁上,一个在沟。拉不上话话,招招手。

猛然地,一个旋风冲着我们刮来,把纸灰旋得老高,又散在坡梁上。

平平说,表哥,是不是存金这是知道你来了,跟你打招呼呢?我说但愿是吧。平平说,表哥那咱们快回哇,我可吓得慌呢。

8. 饺 子

我妈提出了一个我认为是最伟大的建议,那就是,让存金到我们文工团来唱歌。这真的是一个伟大的建议,我们文工团缺歌唱演员,而存金又唱得真正地好。我们信心足足地回到了姥姥家,来办这个事,而且是信心满满地认为能够把这个事做成。可谁能想到,存金他,唉,不说了,不说了。

我和我妈从姥姥家往大同返的时候,我妈说咱们到清水河下车,去眊眊你爹去,说是退休呀退休呀,他咋还上班。可我们到了公社,门房大爷说曹书记退休了,回了大同。"文革"开始没多长时间,造反派把我爹撵下了台,只给他在最后的一排房留了个宿舍,平素就让他下到大队搞农业学大寨运动。我妈问行李也背回去了?门房大爷说背走了,脸盆牙缸都兜走了,还是我送曹书记到的公共汽车站。

我到后排房看了看我爹的那间小宿舍,门锁着,里面的床铺空了。

当天到大同的长途车已经没有了,我和我妈步行十里到了怀仁,乘坐着晚上的火车返回大同。可我爹不在圆通寺家,家里也没见我爹的行李。问隔壁柳姐姐,她说我爹回是回了,可见家里没人,又听说我和我妈是去了应县姥姥家,他就又回了怀仁。我问我爹背着行李没有,柳姐姐说没有,空人回的。

这是怎么回事呢?退休了,又去了怀仁干什么?

唉,真是的。这些天,我们出门不顺,办事不成,寻人不遇。按皇历上说,这是下下卦。

过了些日,我爹仍然是空手跟怀仁返回家了。我妈问说咋没背行李,还去?我爹说,还让去。

原来是怀仁县革委领导跟我爹说,老曹你的身体也还行,再给坚持个一两年再回家。我爹说,好说。领导又说,你回城到缝纫社给带带新同志,把新同志带起来,您就回家休息。我父亲说,好说。

就这样,从一九四四年就参加了革命工作的一个老同志,退休后又在领导的"关怀"下,从行政部门到了小手工业作坊。

我爹说,管他,工资一分没少,每月还拿我的八十三块就行了。

我妈问缝纫社有食堂没,我爹说没有。我妈说那你到哪吃饭,我爹说在公社吃了十来年食堂,下乡后又吃了几年派饭,我早吃得麻烦了,我早就想自己做了。这下可好了,我想吃啥就做啥。

我爹总能把坏事归结成好事。

"唉,说你是真心保国,你也真是真心保国。"我妈只说了这么一句,再没说别的。她知道说也没用。

我们文工团要到怀仁县去慰问演出,先在城里演一场,后再到焦煤矿演一场。我妈说,那你正好去眊眊你爹,去看看他咋糊弄着做饭呢。

那天的下午四点多我们到了怀仁,我跟李指导员请了个假,先去缝纫社看我爹。

缝纫社在大街的路南,是相连着的三个小四合院儿。

我爹他根本就没想到我会来,当人们喊说"曹书记有人找",他从一个车间出来了,戴着个老花镜。我好像是看见他在那里帮着剪线头。他把花镜摘下来,看看是谁找他。一看是个我:"呀!招子,招子,俺娃咋就给爹来了!"

突然地看见了儿子,他的那个惊喜的样子,让我至今难忘。

"快,快给爹入家。"他把我领到一间屋,给我撩开布门帘。我正要进,他又说"你来你来",把我拉到又一个屋,"贾主任,你看这是我娃娃。"一会儿又把我拉到另一个屋,"梁会计,你看我娃娃。"

他见我有点不情愿的样子,就没再往别的屋拉,要不,他可能还会把我拉到所有的车间,让全厂的人都知道他有这么个宝贝儿子。

他的办公室也是他的睡觉的地方,是一间小西房,最多有十五平米。一进门的对面是一条土炕。炕上铺着高粱席,他的行李卷起在炕脚底。

地下有两件木制家具,一个是办公桌,另一个是碗柜。

他也不问问我来做啥，就说："爹给俺娃割肉去。"

我跟他说是来慰问演出，这就得到礼堂去装台。他说你演完来爹这儿吃饺子，我说噢。他说你黑夜就跟爹在这儿睡，我说噢。

他把我送出大门又说，爹给俺娃割肉去。

在礼堂正装台，有个人喊我，一看，是高中时的老同学郭振元。我俩当时都是大同一中毛泽东思想宣传队乐队的主力，他拉板胡，我拉二胡。他当时是乐队队长，现在在怀仁县剧团，是乐队的负责人。他早就听人说我在大同矿务局文工团，这是领着他们乐队的人来听我拉二胡了。

我没客气，给他们拉了一曲《红军哥哥回来了》。这一曲，把他们都给镇住了。我看出他们的赞叹都是发自内心的，而不仅仅是出于礼貌。当我在他们的请求下又拉了一曲《草原上》后，郭振元吩咐他的一个队员，回剧团去搬录音机，要录我的音，好留着给他们的队员学习。我说我们快开演呀，再说这里乱哄哄的，效果也不会好。他问我什么时间离开怀仁，我说明儿早晨。他就求我演出完到他们剧团去给拉上几首曲子。我想想说，也行。我想着用上半个钟头就录完了，然后再到缝纫社跟我爹去吃饺子。

我爹割回肉，工人们还没下班。他先跟一个家离缝纫社近的工人借了一套被褥。工人送来他一看没有护里，就又掏出钱让梁会计给上街买了被套、褥单儿。把护里套好，褥单铺好，把他的枕头给我准备着,又从衣服包够出块新洗过的枕巾给我换上。他没跟那个工人借枕头,他自己打算就枕着衣服包裹睡觉。

他买的是带骨猪肉,把猪皮和骨头先炖在锅里,然后就慢慢地做饺子。工人们下班走了,他又想起我在家好吃炖肉烩粉条,就又麻烦门房孙大爷给上街买了一趟粉条。

饺子捏好了,锅里的水也开了,就等儿子回来往锅里煮了。猪皮也炖软了骨头也炖烂了,就等儿子回来下粉条。

左等儿子不回,右等儿子不回。

我跟他说的是差不多在十点半就回来了,可他看看办公桌上的马蹄表,都十一点了,还不见儿子回来。

他就站在大门外朝着大礼堂的方向瞭。街上黑洞洞的,很少有个人。好不容易瞭着有个人过来了,可到跟前一看不是。好不容易远远地又有一个人影子走来了,可走走走的却不见了,人影子拐了弯。

他一直没吃东西,可也不觉得饿。他就想等着儿子回来,一块儿吃。

他不饿,可他想起了儿子。娃娃一定是已经饿坏了,可娃娃他这是去了哪里呢?

我爹那里饿着,可这个时候他的娃娃我,却正在大吃大喝。

演出完,我没有跟着大伙到县招待所食堂吃饭,尽管那里给摆着大鱼大肉在等着我们。可我没去,我说好是到我爹那儿去吃饺子。

我跟着郭振元到了县剧团。录完音,他们却给摆上了酒和菜。酒是玻璃瓶高粱白酒。没有热的菜，全是罐头。我说不能，我说我爹还等着我吃饺子。他说，老同学老也不见，喝一杯再走，再去吃饺子。我这个人耳朵软，吃不住人硬劝。就说，一杯，就一杯。他说一杯一杯。可他却给倒了喝水杯那么大的一杯。别的那几个人也都是我这样的杯，倒得满满的。我以前没喝过这么多酒，可既然答应了，就不该改口。这是我妈我爹一再教育我的做法，"答应了人家的事，就不能变卦"。再说，我看看杯子，人家们也是那么多，喝就喝。

我心想着我爹那里一定是等急了，为了快快喝完好回我爹那里，我就大口大口地喝，进度很快。我对于酒的味道，原来也不反感，喝酒从来也没有像有些人呛了嗓子什么的，我没有发生过那样的事。我任何时候喝酒都是顺顺溜溜地就进了肚。当他们的杯子还是半杯的时候，我的杯子已经空了。他们说，闹了半天你能喝呢。又要给我倒，我按住杯子硬不要，说该走了该走了。他们说，一点儿，就一点。我就放开了手。他们倒是真的给倒了不多点，但也有五分之一杯。我把这一口干了，放下杯子就走。

郭振元追着把我送到大门外，在我身后大声地问没事吧？我也大声地回答说没事没事，就快步地走向了黑洞洞的街里。

我永远忘不了我记忆中的这件荒唐的事。

我永远忘不了我爹和传达室孙大爷在半夜的两点多打着手电找见我，我爹抱着我就哭，就"招子招子"地呼喊我。我被呼喊醒后，才知道自己是睡在了大街上。

我也永远忘不了第二天早晨,我爹把饺子煮在锅里,叫醒我时,文工团的车停在了缝纫社门口,刘英进来叫我,说快走快走。我爹说再稍等等就熟了,吃上几个饺子再走。我说爹我不想吃,我头晕恶心,真的是一口也不想吃,跟着刘英出去了。

更让我永远忘不了的是,我们的大轿车已经走得距离着缝纫社很远了,可我一转身,从后窗望见我爹还站在街门口,举着戴有蓝袖套的两臂,冲着我们的车摆晃。一下子,我的眼泪"哗"地流了出来。

9.《苏武牧羊》

一九七一年春节过后,矿务局革命委员会薛部长指示,排革命样板戏《红灯记》。

这就又开始招人了,招专业唱戏的,武打的,还派灯光舞美去外地学习。

排样板戏,不能是用民乐了,给我发了小提琴。我又开始狠死地练习这种新的乐器,也开始学习五线谱了。

我很高兴,很认真,把我的拼劲儿又拿了出来。

以前没拉过小提琴,好多的曲子用二胡是拉不出味道,只有小提琴才能演奏出那种应有的效果。如《梦幻曲》《西班牙小夜曲》。我拉《西班牙小夜曲》,常常是拉着拉着,就忘了自我,进入到里面,眼前出现了皎洁的月光,照在银色的沙滩上。

"嗨嗨嗨。"薛部长在我背后"嗨嗨嗨",把我从西班牙"嗨"回到新平旺文工团的院里。他说:"有你那样拉小提琴的吗?摇头摆尾的,你是爵士乐队的嬉皮士吗?"

我没听过爵士音乐,也没见过嬉皮士。他们是不是一回事,我也不知道。但以后我拉小提琴时尽量把身子弄得直直的,怕让薛部长说我是爵士乐队的嬉皮士。

三个月后,我就能拉《新疆之春》了。又专门练习了一个月,我的快弓已经能够拉《智取威虎山》里的圆号独奏那一段《打虎上山》了。至于《红灯记》,照着给我的配器分谱,就能演奏下来了。刘玉文很满意,夸我说小曹在这方面有天才。

排《红灯记》,主要演员必须得有B角,也叫备角。铁梅的备角是十一矿宣传队招来的,叫谷小莹,年龄十六岁。向仁夸她说,稚嫩里含寓着稳重,秀气里显现着端庄。向仁喜欢她,她也跟向仁好,像只依人的小鸟,走哪跟着向仁。

国庆节过后,我们文工团由薛部长带队,代表着大同矿务局三十五万煤海儿女,到驻在省内的各大部队去慰问。

我们是乘坐着火车出发的,先直接到了山西南边的运城,到那里的部队慰问。回的时候就不是坐火车了,是由部队派车送,把我们从这个部队送到下一个部队。

文工团的人,都是坐大轿车,薛部长由部队的政委陪同着,坐小卧车。

在侯马时,我们逛大街,我买了一把孔明的羽毛扇,又给我妈买了一件白色的的确良衬衣。谷小莹见我买的是女式的,用二拇指指着衬衣,悄悄问我:"老实交代,给谁买的?"我一听,放声哈哈大笑。她大概是让我的哈哈大笑给吓着了，红着脸跑开了。在车上——往往是老王和向仁坐一起，而我跟她坐一起。我悄悄跟她说："我是给我妈买的。"她一听，缩着脖子捂着嘴，不出声地笑呀笑。

在临汾的部队时，我中暑了，身上发烧。谷小莹给买了橘子汁，让向仁给我，还让向仁跟我说不是她买的，是向仁给买的。我长这么大，是头一次喝橘子汁。真的，我们家从来没有买过这种东西。我不懂得对水。一喝，太浓太稠，还太甜，甜得齁嗓子。可我就那么仰着脖子喝了。第二天，病好了。

后来我们四个人走哪都相跟着，逛大街我走得离开一会儿，她就大声喊："小曹哥——"怕我丢了。

到了太原，我们的队伍又往东掮，拐向了大寨。

我在大寨买了个草帽，上面印着"农业学大寨"几个红字。我跟拉手风琴的小麻还在写有"大寨"二字的山墙下，拍了照。返回大寨招待所宿舍，我拿起二胡随手拉着《苏武牧羊》，就拉就想起了慈法师父唱《苏武牧羊》的样子。我好像是又听到了他那山羊在"咩咩"叫的声音。

李指导员进来，笑笑地跟我说薛部长叫你。

薛部长叫我干什么？

薛部长只要是到了文工团，想让人们都是点头哈腰的。我从来没有跟他那样过，哪怕是一次，也没有。一是我不会那样，二是我觉得那没必要。您当您的领导，我好好地拉我的小提琴，您非得让我跟您点头哈腰有个啥意思。您如果问我正事，我会跟您说的，而且也是很有礼貌地跟您说，就像您那次说我拉小提琴时的姿势有点"摇头摆尾"嬉皮士，我就笑笑地点头说以后注意。那以后我真的是很注意，不让自己成了嬉皮士。可平素您来文工团是看大家排《红灯记》，看进展如何，又不是专门来看我了。再说了，有那么多的人跟您点头哈腰还不够吗？还非得加上我？

我不理睬他可又不是对他有了什么意见，没有。人家是大干部，我一个小小的团员能对人家有什么意见呢？如果是他进了我们屋，而且屋子里只有我一个人，那，我肯定会跟他打招呼的。可没有这样的场面发生过。

其实我也主动跟人家打过招呼。那次我跟家里来了，在文工团大门碰到他，我笑着叫了一声薛叔叔。大概是我的声音有些低，也可能是我脸上笑得不太厉害，他没理我。从那以后，我一见他，就想起他说我拉小提琴的姿势像是爵士乐队的，那他一准儿是还认为我是个嬉皮士。我心里就觉得害怕，觉得吓得慌，就想尿尿。

我悄悄问李指导员薛部长叫我干啥，李指导员笑笑地说，没啥大事儿。

没啥大事儿那就是有小事儿，可这小事儿又会是什么呢？

我放下二胡，去找薛部长。他的宿舍门开着，坐在圈椅上，跟部队的政委聊天说话。薛部长说："天要下雨，娘要嫁人，由他去吧。要这么说，老人家并没有意思要往下打。"部队政委说："老人家的心胸是没有人能比得了的。"薛部长说："都写进党章了，你已经是法定的接班人了，就等不及了。"部队政委说："就是叫那个瞎指挥给坏了事。"薛部长说："历史上好多的大事都坏在了女人……"薛部长看见了我，停下了要说的话。

我叫了声"薛叔叔",站进了屋里。他们没说让我坐,我就站在一进门的地方。

"是你拉《苏武牧羊》?"薛部长问我。

我说:"噢。是我拉。"

他说:"你知道苏武是个什么人?"

"什么人?"他把我问住了,我低声地说了句"什么人",就再不会继续说什么了。

他说:"年轻人应该学点历史,要不的话,就会糊里糊涂地犯错误。"

"犯错误?"我又低声地说了句"犯错误",我觉得有点不明白是怎么回事。

他手指着我,脸对着部队政委说:"我以后得给他们多讲点历史。"又把脸转向我,"好了,你先出去吧。以后不许拉《苏武牧羊》了。"

我糊涂了,没走开,看他。

他说:"告诉你,《苏武牧羊》是投敌叛国的曲子。苏武和林彪逃跑的是一个路线。"

我更糊涂了。

"去去去,去吧。我们这里有工作要谈。"他呼扇着右手撵我。

我糊里糊涂地出去了,糊里糊涂地回到我的宿舍,糊里糊涂地拿起二胡,又糊里糊涂地继续拉起来,拉的还是《苏武牧羊》。吴福有不知道刚才的事,还跟着我唱。

老王和刘玉文也进来了,一起跟着合唱:

......
转眼北风吹,

雁群汉关飞。

白发娘,

望儿归,

红妆守空帷。

三更同入梦,

两地谁梦谁。

任海枯石烂,

大节定不亏。

能使匈奴,

心惊胆战,

恭服汉德威。

苏武留胡节不辱,

雪地又冰天,

苦忍十九年,

渴饮雪,

饥吞毡,

......

"集合集合。装台装台。别唱了别唱了。"李指导员进来了,大声地招呼人们去装台,看着我,就笑就把我的二胡按住说:"别拉啦别拉啦,装台装台。"大伙儿都去了礼堂。

大寨的礼堂比我们矿务局的礼堂要好,一看就很现代化。台前下面还有乐池。我们这次带的是小节目,乐队还是在台上的左侧的位置。

我们还发现了一个以前没有见过的现象,那就是,演出前观众进场时,谁来得早,谁就自觉地坐在后排,来得迟的,后面都坐满人了,反而得往前坐。这个以前从没见过也想象不到的现象,让我们有一种新鲜的感觉,不由得从心底佩服大寨人这种共产主义的精神文明。

演出中,郗洋洋的独唱"生产队里开大会,诉苦把冤申",唱到一半时,台下有个老汉给放声哭。随后,就有人站起,举臂高呼:"不忘阶级苦,牵记血泪仇——"我看吴福有,他也看我。我们都想起了在大同红九矿彩排时有过的场面。可眼前的这个一呼千应的气氛,更浓烈,使得我有种热血沸腾的感觉。

大寨是我们这次慰问演出的最后一站。回了大同,李指导员宣布,放假一个星期。我们都拍手高呼。

一个星期后,我来到文工团,向仁告诉我一个消息,说谷小莹再也来不了了。她让驻运城的部队紧急招去,当了文艺兵去主演李铁梅。我的心"咯噔"了一下,没说什么,闷闷不乐地坐在乐队室,扶起吴福有的大提琴，用手指一下一下地没完没了地拨着一个曲子，"快快上山吧勇士们，我们去参加游击队……"下午下班时，向仁按按我的肩膀，说："走哇，到我家吃饭去。"我摇摇头，继续一下一下地拨着，拨着。吴福有说走吧走吧吃饭去，大食堂快关门了。我说你走你的吧，我回家。

第二日，李指导员把我叫到她办公室，让我坐下。她转告了薛部长的决定：我被开除出文工团。

理由是，我不听劝阻，多次拉奏投敌叛国的曲调《苏武牧羊》。

让我三天之内，到企业处橡胶厂报到，去接受工人阶级的再教育。

铁匠房九题

1. 总 管

跟大赛演出回来,我们文工团放假一个星期。而就在这一个星期里,我当了一回总管。

我们一块儿耍大的小朋友有那么十来个,老王岁数大,排第一,下面是:银柱、二虎人、冀生、昝贵、二虎、小彬、四蛋、五虎儿,还有我招人。我排在第六位。

我们至少也一块儿耍了有那么十多年了,可耍着耍着,二虎人说要结婚呀。还是真结,不是耍过家家。我们问说,好好儿的你结的个啥婚,是不是嫌跟大大、弟弟、妹妹住一个屋有点挤,要跟一个从不相识的女同胞去另住呀?他说就是。老王说,就是个啥你就是,你跟新媳妇住一块要更挤。

"大大"就是父亲。在我们大同地区,叫父亲有叫爸爸的,有叫爹爹的,有叫大大的。要简称着叫,就是,爸、爹、大。我叫我父亲就叫爹,二虎人叫父亲就叫大大。

我叫二虎人大大叫张叔。

张叔跟我说,招人我看这个事宴你就给咱们当他总管哇。我说行,这有啥不行的。他说你知道这婚宴当总管尽要做啥?我说知道。他说,我就知道你知道,你们这一伙儿,就数你能行。我说哪儿呢。

　　这年我年龄二十二,可从来没当过总管。可张叔相信我,我就得先答应下来。没当过不怕,我知道我五舅舅常给人当办事宴的总管,我去问问他就啥也知道了。

　　当时的大同,红白事宴都不在饭店办,无论请多少人,都是在家办。

　　我先帮张叔罗列出要请的人数,一拨儿一拨儿地加一块,最后定下来是一百七十人。

　　请这么多人,吃什么、档次多高,都依着时兴的来。十个人一桌,每桌十个凉盘儿,十个热盘儿,两瓶高粱白,喝完了瓶装酒,就上散装白酒。不分男女老小,一律都是白酒。没有饮料,更没有啤酒。当时人们还不知道啤酒是什么东西。肉买多少鱼买多少,各种菜各种的调味又该买多少,这由厨子提前做出预算,我只派两个朋友帮着张叔去采购。

　　二虎人他们家住在牛角巷路北一个高坡儿大门的小四合院。一进大门是个二十多平米的二门巷廊,过了二门巷廊就进了正院。正院的东南西北都有住户,二虎人他们占着东面的那三间房。这三间房里,南面的两间,是他们家住人的房,北面的一间小屋原来不住人,放杂乱东西。现在把这间小屋重新修理粉刷后,当新房。

　　在那天,要请全院的人坐席。院里的人来坐席不用出礼钱,但他们得把房子让出来。这样，全院所有的房子，都由总管我来安排。

我算了算，正房的五间房住着两户人家，加上西房的闫婶婶家，他们三家每家的炕上和地下各安一桌席，共六桌。南房许大爷家的地儿小，只能在炕上安一桌。这样加起来，每派儿同时能开七桌，两派儿就是十四桌，这就把大数儿下来了，重要的客人也都安完了。最后一派儿三桌，吃饭的就是他们家人和我们帮忙的，这就好说了。

结婚的日子定在了一九七一年的十一月十二日。但在这之前的好几天，我就把心操在了这上头。

结婚的头一天，我们布置新房。

新房不大，不足十四平米。一进门正对着的东墙摆着的是一个碗柜，张叔说那碗柜上面应该也挂个啥才对。我说不急，到时候就有了。

我为这次的婚事创作了一首七律诗，用毛笔字把它书写在了四开大的绘画纸上。为添喜色，我用大红颜色的水彩在上面画了好多印章，印章形状大小都不相同，内文也不一样，记得有两枚是"紫气东来"和"闲云野鹤"。我早想好了，碗柜上方就要贴这张书法。原打算是结婚那天再贴，后来干脆就提前贴上了。

对联我也早就写好了，这得等第二天一大早贴。

冬天天黑得早，紧忙着就黑了。四十瓦灯管把个十四平米的小屋照得雪白。

一院的住户都来参观新房了，都说又有雅气又有喜气。西房闫婶婶的女儿新华夸说："室雅何须大，花香不在多。"我一下子觉得，这句话用在这个小屋确实是好，可后悔没有提前想起来。不过又想，已经有了七律书法了，再写这句话就有点多了。

人人都夸我的七律，说词儿编得好，字也写得好，红色的"印章"更好。遗憾的是，现在问谁，也都想不起尽是哪八句了。不过有两句我是记得的：

来年今朝稼穑日
喜听团囡啼声朗

张叔早就知道这两句话是什么意思了，可一见有人看我的这首诗，他就说："招人你给解释解释这是啥意思。"我就给解释。

我有时候不在跟前，他就给人解说呀："招人的意思是，明年的这个时候，我的龙凤胎孙子孙女就两个月大了。"老汉就说还就把两手拢在胸前，好像是已经一左一右地正在抱着他的"龙"和"凤"。老汉眯着笑眼，幸福的样子。

二虎人家对面的西房也是三间屋，住着两户人，北面是闫婶婶和她的独生女儿新华。新华二十岁，有个好工作，在市展览馆上班，当讲解员。能当讲解员的人不用问，模样儿长得肯定好。她细眉细眼儿，像林黛玉。再一个是她的普通话说得好，那声音像铃铛儿。她还好唱，我们多会儿到二虎人家，也都能听到她在唱。有时候也弹大正琴，要不就是又弹又唱。

闫婶婶家的南隔壁住着刚结婚还没半年的小两口，女的叫转转，是个农民，没工作。可转转更好看，无论是身架还是眉眼，都像是后来出现的电影明星巩俐。她男人叫六六,是个煤矿工人,隔三天五日才回回家。

喜宴的厨房就设在转转家。她家的窗前垒着一米宽两米长的大灶台。两个厨工师傅正在二百瓦的大电灯下,忙着做第二天的菜。院里一满是香喷喷的好味道。二百瓦的大电灯把院照得像是白天。

看看手表,快到半夜十二点了,我们就都各回各家了。

第二天天亮前我们又都来了。我们都听见了三响放大麻炮的声音。这是我安排二虎人的弟弟放的。

作为总管的我,正式上任。我首先打开我的红柜,取出喜烟喜糖。在场的人,不管男女,每人给他们十块杂拌儿糖,一包"大境门"香烟。因为是喜烟,不会吸烟的人也都收下装起来。就连东家张叔他们,我也是一样的待遇。他们也都收下。发烟的时候,我按舅舅事先教给我的,说:"喜啦,喜啦。"他们说:"同喜。同喜。"

当天的任务,我已提前都做了安排。

四蛋来得迟些,我见他空着手,问他红旗呢,他说一会儿就有人往来送。四蛋能说会道,我安排他当结婚典礼的司仪,并让他负责在正房窗前布置典礼会场。典礼的程序,我也早用大红纸写好了。四蛋很重视他的这个司仪工作,还专门换了身新衣服。

我这个人不讲究穿戴,提前没想到这个事。在四蛋的启发下,我说朋友们:"走,都回家换新衣服去。"二虎说:"那新媳妇来了就认不出谁是新女婿了,咋办?"老王说:"你们别想得美。人家肯定认不错。"

146

我们家都距离着不到一百米，一会儿都打扮着来了。不知道是在我们的影响下，还是原本也打算这么做，金梅、转转、新华他们，全都换上了新衣服。我们小伙儿，一个比一个英俊；她们女青年，一个比一个漂亮。

客人们，你们来吧，跟我们比比。

我们贴完对联贴完双喜字，又在各家的门口贴上写有"喜宴厅"三个字的红纸告知单。这时，四蛋借的红旗也送来了，我们又帮着四蛋把典礼的会场也布置起来。两面是红旗，当中是毛主席像。以前的新郎新娘是拜天地，现在新事新办，拜毛主席，祝他老人家万寿无疆。

天气也好，暖烘烘的，满院是吉祥的红色，人们的脸上都是喜洋洋的。

安排新郎官去娶亲时，我们才知道二虎人没有套讲究的衣裳。他是要穿他工程公司发的工作服去，这可不好。我就把我的衣服脱下来给了他。我那是文工团发的浅灰色的毛料中山装，穿在身上很挺，一看不是个泥瓦匠。

十点钟娶亲的队伍骑着自行车走后，我先把我们朋友们的礼钱记在礼单上。那时候行喜宴礼，每人上两块钱。我们商量后，每人出五元。

按现在的眼光看，当时的礼钱实在是有点儿低，可再又一想，当时人们的工资也不高。我们算过，我们十个人的平均工资，每个人每月达不到四十元。

新华又弹起了大正琴。我说小彬："走！给她露一手儿。"我让别人在大门外瞭着，等媳妇一来就响大麻炮。我和小彬进了闫婶婶家。

新华站起谦让,我没客气,要过琴就弹。弹的是新疆风味的《万岁万岁毛主席》。我弹,小彬唱。我们表演完,新华说:"原来你们都是高手儿。"我们又让她弹,她就后退就连连地摆手说:"不敢,不敢。"同时,我们看出,她的脸还有点红。我们要的就是这种效果。

现在回想起来,我们当时的那种做法,就像是大公鸡在小母鸡面前展示自己的羽毛,实际上是想赢得人家小母鸡的欢喜。不讨话返回来说,新华一而再再而三地放声唱歌大声弹琴,她也是想引起我们的注意。当新华又请我们弹一曲时,外面"咚——嘎!""咚——嘎!"地响起了大麻炮。有人喊:"新媳妇来了——"

我事先已经安排好我们的七个端盘子的弟兄,谁负责哪个喜宴厅谁负责哪个喜宴厅,并把头一派儿上席的七桌客人也都拉出了名单,给了他们七个人。

我舅舅跟我说了,安席最重要的有两桌。一桌是娘舅家的人,这是二虎人的主儿家。二虎人叫姥爷的叫舅舅的叫表哥的,都是二虎人母亲的娘家方面的人。这一桌人最是得罪不得。这一桌人要安排在首席,也就是东正房的炕上。

我舅舅说,另一桌得罪不起的人是送亲的人,也就是新媳妇今天带来的人。这一桌人要安排在第二桌,也就是正西房的炕上。

我舅舅说,把这两桌人都安排好了,你这个总管就当好了一半。

舅舅还告诉我说,除了陪同送亲的席,第一派儿不安排东家的人,东家的人一律要到各个桌子上敬酒。主儿家席和送亲的席,东家最少要去敬三回酒,而这都是由主管来提醒。

在我舅舅的规则的指引下,在我的弟兄们的配合下,第一派儿顺利地撤席了。

第二派儿又陆续地开席了,并也在下午三点顺利地下来了。

第三派儿是最后的三桌了,我们朋友一桌,院人一桌,东家儿和厨工一桌。厨工师傅说:"你们都上席。我俩就炒菜就端盘,顺便跟你们吃上口。"

正吃着,转转的六六从矿上回来了。我们也把他招呼在朋友桌。他挺能喝酒的,我们一人敬他一大盅,他都给喝了。

吃饭当中,我们商量着黑夜如何听新媳妇的房。六六给出主意说,为了听得真,你们站在窗台上,用舌头把窗户纸舔湿,然后用舌头一顶,就能一点声音也没有地把湿纸顶个大口子,把耳朵贴在口子上,里面有啥动静都能听着。

夜里,吃完对面儿饭,要笑完新媳妇,已经是半夜十二点多了。我们都说乏了,回家睡觉去呀。张叔把我们送出二门巷廊问说:"愣鬼们,你们不去听新媳妇的房?"我们告给张叔,我们这是假装走,等他们睡下了就往回返。张叔说:"对,我给你们留着门。"

我们出了街,张叔在里面用很大的声响,"嘎哒"地把大门的插关给上住,可后来又悄悄地给拔开了。

听新媳妇的房,这在我们雁北地区是个风俗。东家总要安排人去听房。

十多分钟后,我们轻手轻脚地返进院,摸到新房窗台前,可新房窗前空空的,没个蹬踩的,我们不好上窗台。

"走,听转转的去。"

转转家窗台前的大灶台好像是专为听房而垒的,冀生、小彬、二虎三个人都上去了。他们用六六本人教给的法子,用舌头把窗户纸顶出了三个窟窿洞,把三个耳朵堵在了洞口,听里面的动静。我和老王他们在二门巷廊等着,可越等越不出来,我们就各回各家睡觉去了。

第二天三个听房的互相补充着跟我们学说。

六六想跟转转做那个啥,转转不让,说:"谁叫你喝醉酒骂我呢。"六六说:"喝醉酒还算? 喝醉酒不算。"转转说:"不不不。"六六说:"不不不。"不不不的,最后就做开了。

冀生学得最有意思,能学出"嗯嗯吃吃"的音调。正学着,转转从她家出来了。冀生就把她叫过来,问说:"谁叫你骂我呢?"

转转一下子愣住了,就想就说:"我多会儿骂你了?"

冀生说:"谁叫你喝醉酒骂我呢?"

四蛋说:"喝醉酒还算? 喝醉酒不算。"

转转这下子机明是怎么回事了,骂了声"枪崩猴们",红着脸跑开了。

第三天中午,我们又在张叔家吃的饭。这次是"谢客"饭。这次就不是"渣澄"了,这次吃的和结婚那天的一样,也是席。这是计划中的一顿饭,在厨子做的时候就给多做了一桌"谢客"饭。

我们叫张叔坐在炕正面,让金梅在地下伺候我们。张叔叫了几声金梅,金梅在地下顾做营生,没听着。张叔又大声喊:"枪崩猴,枪崩猴。"金梅听着了,问做啥。张叔说:"给大大够够那瓶酒。"张叔的碗柜有瓶汾酒。

"枪崩猴",这本来是骂人的话,意思是让拿枪打死了。可张叔叫金梅"枪崩猴"不是骂金梅,好像金梅的小名就叫个"枪崩猴"似的,他是在叫她的小名。

张叔喝多了,不住气地叫金梅给我敬酒。

"枪崩猴!给招人哥敬酒。"

"枪崩猴!给招人哥敬酒。"

这次吃完饭,我的总管任务就结束了。

2. 处 分

总管当完了,放假的一个星期也过去了,我该去新平旺上班了。

我黄挎包里装着喜糖,到了文工团。

向仁在我宿舍坐着,看见我,她"小曹小曹"地招着手,把我叫到了跟前,告诉了我谷小莹被招走的消息。

一整天我都是闷闷不乐的,不想跟人说话。晚上回了家,也是不想理人。坐在炕上弹秦琴,节奏很慢地轻轻地一下一下地拨,一声一声地弹。其实,我就弹就走着思,听得我妈跟玉玉说话,我才意识到自己是在弹什么。我弹的是新疆民歌《阿瓦日古丽》:"灰色的小兔在那戈壁上跳过来跳过去,可曾见美丽的阿瓦日古丽? 我要寻找的人儿就是你……"

我妈跟玉玉说:"你姨哥自当了回总管,一满是个大人了。吃完饭也不到牛角巷去跟娃们要。"

玉玉说:"谢客那天金梅大大喝多了,一股劲儿地叫金梅给姨哥敬酒。枪崩猴,给招人哥哥敬酒。枪崩猴,给招人哥哥敬酒。"

我妈说:"吃谢客饭那天你又没在跟前你咋知道?"

玉玉说:"是新华跟我说的。张叔那嗓门,他在家说话,站在街上也能听着。"

我妈说:"新华咋就跟你学这?"

玉玉说:"肯定是想探探咱们家的口气。"

她们偷偷看我。我瞅了玉玉一眼,"哗"的一声狠狠拨了一下弦,把秦琴放下,没理她们。

第二天我骑车到了文工团,李指导员在大门口迎住了我,说你来我这儿一下。

我从来不进领导的办公室,她找我这是有什么事呢?这事看来还不是一句话就说完的,要不的话,那在大门口直接告诉我就行了嘛。

我把车子推进小花园,去找她。她让我坐在椅子上。

李指导员在我的眼里是个非常好的人,她的男人是矿务局管理生产的副局长,据说实权很大。可人们都说,李指导员从来没有半点领导夫人的架子。

我想起黄挎包里有二虎人的喜糖,昨天就装来了,可我听了谷小莹当了文艺兵的消息后,心里麻烦得忘了给大家吃了。我掏出一把放在桌子上说,李姨您吃喜糖吧。

她笑着说："你,也……"

跟我一块儿从九矿出来的张新民,在我们去大寨之前结了婚,对象就是演《红灯记》李奶奶的,他还请文工团全体去参加了婚宴。我赶快说:"不是不是,李姨。是我的朋友刚结婚,我给当总管。"

她笑着说："我以为你休息了一个星期,也结了呢。"

我笑着说："哪会呢,李姨。"

她停了停说："小谷走得急,她让我转告你,说她会给你写信的。"

我看李指导员。

她继续说："小谷可真是个好女孩,可惜的是……"

我摇摇头,没说什么。

她说："两个人通通信。通信也是交流感情的方式。我跟我男人也是老通信老通信,就通成了。"

我笑了笑,没作声。

她说："她来了信,我给你保管好。"

她来了信,你给我保管好?我心想,小谷要是给我来了信,我也就能直接收到,还用着麻烦你给我保管?

她说："保管好,我给你打电话,通知你。"

给我打电话?通知我?我不明白她这样说话是什么意思。

我说："李姨,您找我,是……?"

她说："是这,那个,你,以后,那个……是这。在大寨时薛部长不让你拉《苏武牧羊》,可你还非要拉。薛部长为这很生气,说这是个政治态度问题,是个很严重的事情,得给个处分教育教育。他说,因为这

153

个,让你下去。"

"让我,下去?下哪儿?"我不明白。

"薛部长说,让你去接受工人阶级的再教育。"

"工人阶级?哪的工人阶级?"我有点急。

"企业处,橡胶厂。"

刚才我一听"工人阶级",心里头吓了一跳,以为是让我回九矿去下井,一听是去企业处的厂子,这才把心放下了些。

李指导员说:"薛部长说让你准备准备,三天内去橡胶厂报到。"

虽然是没让下井,可这个消息也把我一下子打蒙了。我脑子里一片空白,不知道该说什么好,说声"噢",站起了身。

李指导员说:"其实小曹,这个事情也不是没有回转的可能。我猜着是,薛部长为啥说让你三天之内,而不是说马上,说明还是留有余地的。"

我不明白李指导员说这话的意思,看她。

她说:"你找薛部长去承认承认错误,表个态。在不知情的情况下,误拉了曲子,叫我看,也不是个什么严重的问题。我看这事是可以商量的。"

商量?跟谁商量?我又说了声"噢",出去了。李指导员又在身后说了什么,我没听着。我是急急地去找老王。

我急着要把这个事告诉老王。

老王正好是刚进了乐队排练室,正在卸围脖儿。

老王跟我笑。老王的笑永远是那种和善可亲的样子。

可我看见他就好像是受了委屈的孩子看见了亲人,一下子想哭,可我忍住,没哭。

听完我的学说,老王说,开什么国际玩耍,走,我跟你去找她去。我说不是李指导员,是薛部长。老王把我拉进了李指导员办公室。

老王跟李指导员说:"这么热爱音乐献身音乐的一个孩子,这么优秀这么上进的一个孩子,又有能力,别的从来没有打过扬琴的人,你叫他马上打扬琴试试看,他能行吗? 肯定是不行。可小曹就能行。排《红灯记》让我们改西洋乐器,我们都很费劲吃力,可小曹很轻松地就改过来了,这是能力。他有这个天分,却不让他发挥。要处分他下厂,去接受什么再教育。"

老王有点激动,没头没尾、断断续续说:"如果是个坏孩子,捣乱的孩子,不认真工作的孩子,也算。可小曹依老为实,大话不说,见人笑一面,见了我们都叫叔叔姨姨,是我们硬不让他叫,才改成了老王。这么优秀的一个孩子,就为拉个《苏武牧羊》? 真是奇了怪了。"

向仁和几个乐队的人也都进来了。

为了缓和气氛,李指导员说先吃喜糖,吃块喜糖再商量。她给老王剥了一块,也给自己剥了一块,给别的人也一人一块。

老王说,我一会儿就代表乐队全体,去跟薛部长请愿。向仁说咱们一块儿去。

李指导员说:"小曹是个好孩子我能不知道? 我也跟薛部长说了。可我的想法是,别的人去找他效果不好,弄不好反而会僵得扳不回来。解铃还须系铃人,唯一的办法就是,小曹亲自去跟薛部长认错,承认自己错了。"

大家你一句我一句地分析后，一致说李指导员的看法是对的。

我一直是没有作声。

刘玉文说："好汉不吃眼前亏，小曹去吧。下个软儿，就还能在自己心爱的岗位上，打你的扬琴拉你的小提，多好。"

"去吧去吧。"向仁把我推出李指导员的办公室，老王跟小花园把我的自行车也给推出来。李指导员还告诉我薛部长的办公室是在东方红大楼的二层。

我骑上了车。回头看，人们在文工团大门外看我。我跟他们挥挥手，快快地骑走了。

薛部长，您是个大人，我是个小孩。您是个领导，我是个您手下的手下的手下的一个小兵兵，一个爱好音乐爱好得死去活来的小孩。就因为我拉拉《苏武牧羊》，您就给我处分。

昨天我妈说我自当了回总管，长大了。可我没认为我长大，我一直不把自己当作个大人，一直以为是个小孩儿，学生。

我从小就是这样，见了生人就拘束，见了领导，很害怕，吓得慌，不敢跟人家主动说话。但是，单独在路上碰到熟人的话，我也会说的。

那次火车上在厕所门外碰到您，我又主动地叫您薛叔叔了，您又没理我。您没理我是您没理我，不是我没跟您打招呼。

我妈教育我要"仁恭礼法"，可又没说让我见了领导就低三下四就点头哈腰。

我爹也没教过我这样子。如果他见了领导就低三下四就点头哈腰的话,那他也不至于本来是大同的抗战干部,却让打整到了怀仁去上班。六十岁退了休了还不让回家,还让到一个手工业作坊缝纫社去继续为革命工作。

我真喜欢我的文工团拉二胡拉小提的工作,我又没捣乱,又没不上进,可领导不要我了,要让我去工厂接受工人阶级的再教育。

唉,这该咋办才好。

我就骑车就这么想着,想着。路过东方红大楼,我没有下车,我继续骑着,骑着,向前骑,骑进了城,拐进了圆通寺巷子,回了家。

我心里麻烦,回家不像以前那样高兴地大声说,妈我回来了。我也想假装没事人似的,可我没做到。这次我只是低声地叫了一声,妈。我妈看了我一眼,觉出有什么不对了,可没问我,还像是往常那样说,俺娃回了?

其实,她应该问我,昨天刚走,今儿咋在半前晌就回来了? 她没问。

我妈没说话,看我,等我往下说。

其实,我想了一路,可也不知道该怎么跟我妈说这件事。

不说也得说,想不起该怎么说也得说。

我说:"妈,我遇到了麻烦了。"说着,眼泪不由得流了下来,没控制住第一滴眼泪,下面就"哗哗"地流开了。

我妈大声喝喊说:"男子汉!"

她这么一喝喊我,我才不哭了,才跟我妈说了是怎么回事。

我妈没作声,一直听完,才说话。

她说:"这两天我看出你是有事了,心想你长大了,没问你,等你张口。看看,到底也是有事了。"

我妈不知道,其实昨天的伤心事跟今天的伤心事,不是一个事。

我妈让玉玉把五舅舅也叫来了。

五舅舅说:"现在的这个情况是,这个人想让你去给他说好的,下软,道歉。如果你跟他下了软,那你就还能继续留在文工团,打你的扬琴,拉你的胡胡,做你喜欢的事。你如果不跟人家下这个软,这事恐怕是过不去。你顶撞领导,领导是要给你个颜色看看的。"

我说:"我又没顶撞他。"

五舅舅说:"人家说《苏武牧羊》是投敌叛国的曲子,不叫你拉,你非要拉,这还不是顶撞吗?"

我妈说:"招人,你自己认为自己错了没?"

我说:"妈,我没错。"

她说:"那好,俺娃自己做决定哇。妈觉得俺娃已经是个大人了。"

初中时,我因为转学误了半个月课,俄语一直没跟上,是班里的下等水平。可二年级有次俄语考试,在监考戴老师的"指点"下和同位儿的"帮助"下,考成了班里的第三名。同学们和老师们都拿异样的眼光看我,我心里又懊恼又麻烦,觉得没脸见人,不知道该怎么办。回家我跟我妈认错,我妈那次没骂我,还给我出了个伟大的主意,让我偷偷地找戴老师补习,后来我的俄语真的给补习上来了,在又一次考试时,我的俄语仍然是第三名。

这次,这么重要的大事,我妈不管我,让我自己做决定。

3. 铁 匠

一大早我就骑车到了文工团。

我们宿舍共四个人,我们九矿来的三个,另有拉手风琴的麻有才。

他们三个都还没有醒来。我抬起胳膊看看手表,表不走了。这两天连住的伤心事,把我麻烦得连手表也忘上了。刚才跟家走的时候看过衣箱上的马蹄表,是六点多,一路我骑得飞快,现在最多也就是个早晨七点。

我悄悄地打包着行李,麻有才让我惊动醒了。他问说你这是干啥呢? 我说走呀,到橡胶厂报到去。他说那你带行李去呀? 那里可没单身宿舍。我说你咋知道没有,工厂能没有单身宿舍? 他说我搞过个对象就是那个厂子的,知道那个厂子肯定没有单身宿舍。

"文革"当中我上高中时,在大东街的毛纺厂插过厂,那个厂有单身宿舍。我跟学校参加工作,到了红九矿也有单身宿舍,后来来了文工团也有。我以为,是个单位就有单身宿舍。

麻有才告诉我这个橡胶厂是个几百人的小厂子,有个家属院儿,也是给有老婆孩子的老工人住,单身职工们都是跑家。

吴福有张新民也都醒了,吴福有劝我跟薛部长下下软说说好的,咱们还在一起多好。我说你别说了,我主意拿定了,没错我是不会认错的。

他说:"你要把心爱的工作扔下呀?"

我说:"没办法。是人家不要我,我也没办法。违着良心去求饶去下软的事,我不做。"

他们三个又说了些什么,我不想听了。我把捆好的行李就那么留在床上,说以后再来取。

把床头柜里面我的小零碎东西装在黄挎包里,看了一眼我的小提琴,转身要走。吴福有忙忙乱乱地就穿衣服就说等等等等,我送送你。我说别了,伸手拍了一下我的小提琴,大步地跨出了宿舍。

当我大步大步地走出文工团大门时,鼻子一酸,眼泪涌出来,但我忍住了。我紧咬着牙关,把就要流出的泪水止住了。

我骑车到橡胶厂去报到。

还没到厂子,就闻到了一股难闻的橡皮味。我心想,我将永远地要闻这种味道了。但我转念又想,这总比下井强。要下了井的话,那能把我妈担心死。

门卫是个戴着红袖章的后生,把我拦住问干什么?我说是来报到。他要看我的报到手续,我说没有。他说没有手续就来报到?我说是矿务局革委会的薛部长让我来的。门卫说你打的旗号倒是挺大,那你有薛部长写的条子吗?谁知道你说的是真的假的呢?

他这一句"真的假的"把我说得心里慌慌的,我心想,别报不了到,不让我在这里上班,那薛部长说要不干脆哪来回哪,再把我打发到红九矿去下井可坏事了。

我说我真的是薛部长让我来的,你们不信问问我们文工团李指导员。他说你是文工团的?我说噢。他说那咋就来当臭橡胶工了,咋了？是犯错误了？我不知道该怎么回答他的这个分析判断。

他说那你等等吧，等领导上了班再说。

哦，原来还不到上班儿时间。我不由得抬起手腕，看了一下不走的表。

我想把自行车推进大门，后生不让。我只好是在大门外等着。

那后生原来是在屋子里，大概是为了看我，也在门外站着。可人家穿着军绿棉大衣，我却是平常的衣服，身上感觉是冷浸浸的。看看他红袖章上的字：企业处群众专政委员会保卫部。

人们陆陆续续地来上班了，有的骑车，但大部分是步行的。所有进厂的人都在看我。起初，他们一看我，我赶快把头掖一边儿，要不就是看地。可后来想起，万一是领导来了，别耽误过去。

我求门卫说，我不认识哪个是领导，要是领导来了大哥跟说说，就说我是来报到的。

人家没看我，"哼"了一声。

看着有个像是领导的，可人家没给拦住说我的事，那人走进去了。

一个四十来岁的细个子瘦人步行过来了，他冲我说这是劳资办雷主任。他跟雷主任说了几句话后，雷主任叫我跟他走，把我领进了劳资办公室。

我说雷叔叔我没有手续，您给文工团李指导员打电话，她就跟您说呀。听我这么说，他笑了一下，让我在外屋等着。他进里屋打电话。一会儿出来了，笑笑地说文工团待得好好的你来这里干什么？走哇，先领身工作服。

他把我领进库房,给我抽出一身劳动布工作服,一副白线手套,一块毛巾,两条肥皂。

他又笑笑地说:"局长夫人说你是个好孩子,让我招呼你。那你说你想干啥哇?"

见他是笑模样,又说局长夫人让招呼我,我就大胆地说,不想去胶皮味儿浓的地方,想学点车工这样的技术。

我不知道车工是做什么,但好像听说这是好工种。他从上到下打量打量我,说:"维修车间的锻工房倒是短个人,可不知人家师傅要不要你。走吧,要不试试去。"

他把我领到维修车间,里面正组织着全体人马学习,由一个虎牙女工在念报纸,说中国代表首次参加联合国大会。见我们进到里面,她才停下来念。雷主任说明来意后,人们都看我。和一个个壮得像牛的小伙子们相比,更显出了我的瘦弱。

我在外面冻了好长时间,这时又有点紧张,觉得有清鼻涕要流出来,我赶快拿手背擦了一下。

半天没见有人表态。

当我觉得没了指望时,一个五十多岁的老汉站起说"来哇",他就把我领到了锻工房。

进了锻工房,我看到了靠墙的顶上有很大的抽风机,那形状像个倒悬着的大漏斗。抽风机下面是烧铁块的火炉。火炉前面是个大铁砧,铁砧上放着一把小手锤,旁边还立着把大铁锤。地上还躺着把更大的铁锤。

我这才明白过来,锻工原来就是铁匠。这我以前是不知道的。

这个老汉就是我的师傅,姓白。

他个头跟我差不多,属于中等。他的体形也属于中等。他说话很慢,像是结巴子怕结住那样,慢慢地说。他问我家在哪住?我说在城里头。他说新平旺有住处?我说没有。他说哎哟哟,得大冷天跑家。

白师傅穿着件小皮袄。他不像别的师傅们那样,皮袄只是披着或是敞着怀,他是紧紧地穿在身上,还要把扣子也都一颗一颗扣好。

他见我只是抱着一身单衣工作服,问说劳资没给你个皮褂?我说没。他说走,我跟你跟他们要去。去了劳资,雷主任说我的编制是在压胶车间,那里是没有皮褂的。白师傅说不管你那,在我这儿就得按锻工算。雷主任说,那要不给领上个旧的。白师傅说旧的也行,不要烂的,走,我去看看。白师傅跟着那人到了库房,过了很大的一会儿才出来。他抱着个皮大衣,跟我说:"你跑家,这个大大的,暖和。"大衣有六七成新,里面是白羊皮,外面吊着黑布面。山羊皮大毛领子披在肩上,我穿着下了膝盖。长这么大,我这是头一次穿皮大衣。穿着这件大衣,一看就不是个下井的,是个井上的技术工人。

我心里踏实了下来。橡胶厂要了我了,我不会回到红九矿去下井了。那我妈就再也不会担心我,会让井下的四疙瘩的石头把我砸死了。

见我穿着大皮袄回来了,我妈知道我是当了工人。

她说:"妈猜出你不会给那个狗日的去点头哈腰。行!是曹敦善的个儿子。"

我没作声。

我妈说:"不是妈说,那拉胡胡终究也不是个正经的做项。"

我妈这话让我一下子又想到,文工团的一切,将跟我永远永远地不沾边儿了,永远永远地跟我再见了。

我不由得深深地长叹出了一口气。

Ade,我的蟋蟀们!Ade,我的覆盆子们和木莲们!……

Ade,我的扬琴,Ade,我的小提,Ade,我的……

见我不作声,我妈又说,还是当工人好。她还举例说,她的姑父就是铁匠,别的铁匠只会打个勺子铲子,可人家老汉会打剃刀剪子。靠着这点手艺,老汉谁也不敢下看。我妈说的她姑父,就是我的姑姥爷。

我知道,我最知我妈这是怕我因为离开文工团心里头麻烦,才这么说着,来安慰我。

玉玉说:"姨姨,姨哥这次没让打发到红九矿去下井,也是挺好的了。"

我妈大声地说:"下井?哼!他敢把我娃娃再撺到下井,那我非把狗日的掐死不可。"

我看见,我妈说这话的时候,眼里"唰唰"地射出一种凶凶的光。

这时我想到,如果这次真的让我回九矿下了井,那我妈真的能拿刀把那个部长给捅了。

我妈有这个胆量也有这个能力。为了儿子,她什么事也能做得出来。

大概是为了缓和气氛,玉玉说:"姨哥穿着大皮袄,像是威虎山的。"

我说:"啥?威虎山的小土匪?"

玉玉说:"座山雕。"

我说:"杨子荣好不好?"

玉玉说:"好。杨子荣。"她掉头跟我妈说,"姨姨您看姨哥多像是个杨子荣。"

我妈说:"杨子荣是谁?"

我和玉玉都笑。我妈也笑。

我知道,我们这笑,不是那种发自内心的快乐的笑。我们这笑,是她们怕我伤心、我怕她们麻烦的那种相互安慰的笑,无奈的笑。

4. 机关户籍室

我每天骑车跑家,小三十里路,得骑四十多分钟。早晨来上班,我中午就不回去了。但我也不在矿务局机关大食堂吃午饭,一个是大食堂距离着我们的厂子还有四里路,大冷天的不想来回跑那么远。再一个更主要的原因是,我不想在食堂碰到文工团的人,甚至是医院的学校的那些认识我的人。自我被撵出来,我就不想看见他们。我总觉得自己好像是做了什么没脸见人的坏事似的,怕人家问这问那,哪怕是说些同情我的话,我也不想听。

我的午饭是跟家带着干粮,在我们锻工房吃。我好吃菜包子,我妈每天都给我带的是菜包子。中午快下班时,我就动手准备我的美餐。我先把三个大菜包子放在取暖的大火炉的铁盖上,让它们慢慢地烤着,这当中我在烧铁的小炉上用大搪瓷缸烧开水。水开了,我做鸡蛋汤。澥好的山药蛋淀粉汁和香油调料汁,玉玉在家里早就给定着量地准备好了,装在小瓶瓶里。

白师傅问我,你黑夜回家吃啥?我说,搁锅面。他说,啥是搁锅面?我说,做好菜汤,再把面条煮进去。

他说:"我看你是个娇养养。家里的白面保险是叫你一个人吃了。"

"娇养养"是大同方言。意思是指受到父母娇惯的孩子。人们常说"娇养养,白面瓮里打躺躺",意思就是说大人太娇惯这个孩子了。当时人们都吃供应粮,白面的比例是百分之三十。

我实话实说地告诉白师父,"文革"前我爹在怀仁清水河公社当书记时,我妈在我爹工作的村里开荒种地,种了有四五年,家里攒了好多粮。我妈就用这些粮跟邻居们换白面。白师傅问我你爹现在还在公社?我说"文革"一开始我爹就让造反派给撵得靠边儿站了,现在退了休了又让到怀仁县的缝纫社上班。

白师傅说退了休了还让上班?我说我妈骂我爹是个"担大粪不偷着吃的真心保国",我爹最听党的话了,党组织让干啥就干啥。说这话的时候,厂技术办公室的陈永献技术员也在跟前,他说"文革"了还有党组织?我说这我不懂,可我爹老说是组织组织的,常说不听组织的话对不起党给发的工资。

人们都笑。

我们锻工房有个单人床,床上铺着个灰色的棉门帘。吃完午饭,我盖着白师傅给我领的大皮袄在床上睡一觉。有时候一直能睡到白师傅又来上班,给火炉加煤,我才醒来。

早晨我骑车来厂,一进我们锻工房,屋里就已经是暖烘烘的了。火炉早就生着了,铁水壶的水也快开了,"沙沙"地响着,地也打扫了,洒过水的地面有股子泥土气,扑鼻扑鼻地香。这些本该是徒弟我的事儿,可白师傅却是早早地来给都干了。他说:"你冷哇哇地跑家。"

有次我进了厂,发现自行车前轮胎没气了,我问白师傅附近有补带的没有,他说,看你有钱的。我看他,他说,搁那儿哇。中午白师傅把我车子给推回他家,把里带给补好不说,还把车子也给擦干净了。我感激地看他。他说:"好好儿的洋车,看你那骑得日脏的。"

以前我有宿舍,碰到刮风下雨天我就不回了,可现在我没有宿舍了,天气再不好也得回。有时也坐公共汽车,可公共汽车站距离我们厂五里地,这五里地还得步行。我是尽量骑车,实在是不行了,才坐公共汽车。

我当了铁匠,小彬骑车来过我们铁匠房。中午我领他到梅香饭店吃饭,他看对了一个女服务员。当时没说,我们骑车相跟着回家时,他在路上才说那个女服务员真好看,胖胖的手腕儿,圆圆的脸,真像是琏二爷的多姑娘。我说我明天给问问。他说你真的给问问?我说肯定给你问,如果那个女的有活口的话,那我当晚就进城去你家告诉你。

他说我盼着你明晚到我家,那就说明有了好消息。我说你等着吧,好消息一准儿会有的。

第二天,我问完了,那个女的说她没意见,回家问问妈。我一听,有戏,很高兴。按头天说好的,下了班就骑车进城。可骑到四二八厂后门时,刮来大黄风,一步也不能骑,只好是下车推着走,硬是咬紧牙,把车子推回到小彬家。小彬姐姐看见我灰头土脸的,感动地说,彬彬,啥叫好朋友,这就是好朋友。她还给我冲红糖水鸡蛋,说让补补营养。

小彬家在南门外,距离我家有五里多地。我回了家,我妈看着我那疲惫的样子,心疼地说,你也死心眼儿,非得今天去告诉他,来回多走了十里地。我说我跟他说的是,有了好消息当天就告诉他,说话总得算话才对。我妈说,招娃子,不是妈说你,哪么你也是有点死,跟你爹似的。

白天短了,没等下班就黑了。白师傅总是催我说早早儿走哇,早早儿走哇。有一回我走得倒是挺早,可骑车到了老平旺电厂,刮起了白毛雪旋风,不一会儿又起了沙尘暴。沙尘打得我连眼也睁不开,呛得我气也出不上。大皮袄让刮得都给翻卷起来,更加大了我的阻力。自行车我也得两手把紧,使劲儿拽住,才不至于让强硬的大风给刮倒。我咬紧牙关,心里默默地念着毛主席语录:"下定决心!不怕牺牲!排除万难!争取胜利!"可是,念了也没用,还只能是费死劲地一步步往前挪。快到我们大同一中了,我想把车子寄放在学校,在路边等公共汽车,可这时候我一下子想到了我的爹爹。

我上初中时,他在怀仁给我买了自行车,为了我能提早半个月见到车子，他顶着北风用了十九个小时，步行八十里，硬是在半夜时，推回到了圆通寺。他不会骑车，不会骑车的人推起车子会更费劲。想到我爹爹，我的力量来了，我决定不往学校寄车子了。我要学习我爹爹的榜样，发了狠，拼着命，一步一步地往前移动。终于在晚十点多到了家，可我也像我爹爹那样，进了家门，就给累得一屁股跌坐在了地上。

我妈说招娃子，咱们在矿务局问个房哇，房租再贵也得问。我说妈，别了，一下到哪儿问去。我说妈我想好了，再要是碰到坏天气，我就不回了，就在铁匠房睡呀，有大炉子，半点也不冷。碰到这样的坏天气，我不回您甭担心就行，甭又瞎想着说我咋了，路上出了啥事了。

玉玉说："姨哥你的行李不是还在文工团放着吗？碰上坏天气你到文工团去睡，谁还能不让？"我说："没人不让，但我不会去的。我宁愿在我铁匠房睡，也不会去文工团。我明天就去搬行李。"我妈说："那俺娃明儿走的时候带上两双挂面，万一不回了，煮着吃。"我说："噢。"

第二天我妈给我带了挂面，还让玉玉给调了半罐头钵子酱油香油葱花调料，还给我带了几颗鸡蛋，怕鸡蛋在路上冻了，玉玉还用毛巾给包裹住又装在我的黄挎包里。我做好了万一的情况下不回来的准备。

原打算趁中午文工团人少时，去驮行李。可是上午十点多，陈永献师傅到铁匠房来叫我，说劳资办有我电话。我赶快跑去接，电话那头说："你是小曹吗？我是张叔，你来我办公室一趟，我跟你说个事。"

张叔在机关户籍室工作，是我们文工团张宝兰的父亲。半年前，张宝兰求我到家教她五妹妹拉二胡。我一个星期去她家教两个中午。自到了橡胶厂，二十多天了，没去过她家。张叔说要跟我"说个事",听口气,不像是要跟我商量教他五女儿学二胡的事,那会是什么事呢?

我跟白师傅请了个假,去了机关户籍室。

张叔说:"听宝兰说你的行李一直还在文工团宿舍放着,我们一家人思谋着橡胶厂没有单身宿舍,你家又在城里住,这大冷天的跑家,咋能受得了呢。我看你把行李搬我这里吧。"

我看看张叔的办公室,说:"您让我,把行李搬这里?"

张叔说:"对。你把行李搬过来,这就是你的宿舍了。白天咱们各上各的班,下了班这个屋子就是你的了。"

我看了看,靠墙有张单人床,上面有个蓝色的大棉垫。

我不知道说啥好,我高兴得连"谢谢"也没想起说。

我也不管是中午不中午了,当下就到文工团取来了行李。

张叔还给我倒腾出了半个卷柜,两开门,里面是两层,说让我放些东西。

张叔帮我把床铺好,让我到他家吃午饭。我说以后的吧,张叔没硬坚持让我去,他自己走了,把我一个人留在他的办公室。

我原地转着身,看看这里,看看那里。

我这不是在做梦吧?

我看看脸盆架,看看办公桌,看看大卷柜,又看看我的床铺。

不是做梦,是真的。

哇!我有了单身宿舍。

矿务局的机关户籍室,成了我的单身宿舍啦。

5. 对 联

我到铁匠房的最初那几天,白师傅不让我干活儿,只让我在一边儿看。凡有坯料需要锻工房加工,白师傅就站在门口喊两声"胖虎",电焊房的胖虎就摇晃着身子,笑眯眯地过来了。白师傅把烧红的铁块从炉膛夹在砧子上。胖虎"噗"地往手心儿吐口唾沫,就把大锤抡起来。该往红铁块的哪个部位砸,该轻砸还是该重砸,该快还是该慢,这全由白师傅的小手锤指挥。尽管白师傅嘴里没说"你看着,你听着,你记着",但我明白,他这是让我观看学习。我在一旁认真地看着、听着、记着。胖虎跟我说,铁匠翻翻手,家里啥都有,小曹你好好儿跟白师傅学吧。

有个上午,我见白师傅又到门口要喊胖虎,我就主动说:"师傅,今儿让我给试试。"白师傅没看我,说:"明儿的哇。"原来这一日的活儿很多,把胖虎累得直说够呛。

第二日,我正式握起了十二磅重的大铁锤。

以前在铁匠房没人的时候,我也试过这把大锤的重量。我不往什么东西上砸,只是空着抡,抡五六十下也不觉得有多费劲。但实际操作时就不一样了,虽然每天只是些零星小活儿,可一个星期下来,我的两手满是血泡。有的已经破了,有的还刚生起,有些是两个三个的连成了一片。数了数,大大小小二十多个。我忍着疼,不和任何人说。

休息了一天,又是星期一。炉膛的铁料烧红后,白师傅又把胖虎喊进铁匠房。胖虎以为白师傅有别的什么事要吩咐,站在那里等着。

"等啥？锤。"白师傅说。

"说我？"胖虎问。

"不说你说谁。"

"有的师傅可会心疼自个儿的徒弟呢。"

"话才多！"

胖虎不敢再说什么了，摇头晃脑地但又是笑眯眯地拿起了锤。那表情好像是在说，您偏心眼儿不讲理，我也没办法。

我又没跟白师傅讲过也没让他看过，不知道他怎么就知道了我的手上有血泡。他跟钳工房的人说，别看小曹是个文人，可真坚强，手上那么多血泡硬咬着牙一声不吭，要是胖虎，早就嚷嚷得满世界的人都知道了。他这些话是背着我说的，可我听后心里热乎乎的。

白师傅还跟家里拿来紫药水，让我抹手掌。可我怕抹了紫药水，我妈会发现我的手有伤口，我没有抹。白师傅问我说，抹了就会好得快，你咋不抹？我跟他说了原因。他说，哦，小曹还是个大孝子。可我回家后，一进门玉玉说，姨姨让五舅舅给你买了紫药水，快抹上吧。我问玉玉，你们咋知道我手起了血泡。玉玉说我倒是没注意，是姨姨早晨说的，说你手疼得抓筷子都抓不紧，还说你洗脸不用手，只是用毛巾蘸水擦。还说这点你也像姨父，说姨父有年把耳朵冻得脱了壳，但是一声没吭过，从没说过疼。

我手掌疼的那个阶段，白师傅一连半个月没让我动锤。

我跟我妈说了这个事，我妈说白师傅尔娃真是个好人。

我以前还遇到过一个好人师傅，那就是在红九矿下井时的范师傅。

我跟范师傅又不是亲戚又不是故里，以前也不认识，可他就是这么地照顾我，而且也不图我能给他个什么回报。范师傅真是个好人，我虽然连他的大名叫什么也不知道，可我知道他是个大好人。

小时候我妈让算卦先生给我算过命，说我处处都会遇到好人来帮忙。现在我又遇到了白师傅。这两个工人师傅，让我一辈子都忘记不了他们的好。

当然，关于这个范师傅，我没跟我妈说过，那要是说了可坏了，我妈就知道我下过井的事了。

一进铁匠房门的左首，有个大气锤。白师傅给示范过咋用。胖虎说，小曹，这个家伙难呢，我贵贱掌握不了，你慢慢学吧。在没人的时候，我试着练习，练了几次后，我把筷子放在锤下，正式往下砸。能把筷子夹住抽不出来，而筷子也没有被砸烂。

正好白师傅进来了，过来往出抽抽筷子，抽不动，又把气锤拉起来，拿出筷子看看。

他让我再试，再试，我还是能做到这样。

不一会儿白师傅把胖虎他们叫来了，让我表演。

表演成功，白师傅脸上笑笑的。胖虎说："培养出好徒弟了，看老汉虚的，嘴笑得就像是油钵儿。"

快过阴历年了，那天白师傅从家带来两张大红纸，让我给写对联。白师傅说不用问我也知道你会写。白师傅叫胖虎到厂办借毛笔和墨汁。胖虎跑了一遭,墨汁和毛笔都拿回了,可我一看,毛笔太小,不能写大字。我从破门帘上揪出些棉花,绑在筷子头儿上,就拿它当毛笔。这是我跟我爹爹学的,他就好用这种笔写大字。春联写好了,维修车间的人都跑过来看,都夸说好字好字。胖虎说:"难怪呢,白师傅成天就叫我替他徒弟抡大锤,原来人家有这么一把牙刷子呢。"

人们都笑。白师傅也笑。

后来,厂里的人们都从家里把大红纸拿来了,还都要求我用棉花笔写。那几日,抡大锤的事都是胖虎代干了。我把床当成了办公桌,坐在一个皮溜子做的小马扎凳上,成天地写对联。有好几个师傅故意多拿了纸,让我留下给自己家写。我用这些纸给铁匠房写了一副大大的。

上联是:锤声震撼旧世界

下联是:炉膛炼出新宇宙

横联是:黑手高悬

一九七二年还属"文革"期间,这副联很适合当时的形势。

下午,白师傅就从家里带来糨糊,让胖虎给贴出去。胖虎说,还没到大年呢。白师傅说,叫你贴你就贴!

陈永献技术员说,不仅是字写得好,联儿也编得好。他说"锤声震撼"如果改成"铁锤砸烂"那就更对仗了。他最佩服"黑手高悬"这个横联,他说把毛主席诗词里的句子借用在这里,对于铁匠来说,既得当又深刻还形象。

胖虎竖起大拇指说:"高! 实在是高! 高家庄!"他的师妹咏梅问说:"胖虎,你给说说引用了毛主席诗词的哪一首?"胖虎摇着头连声说,不知道不知道。见白师傅搓着下巴在笑笑地看对联,他明明知道白师傅不认识字,却故意说:"白师傅,您给念念。"白师傅瞪他一眼说:"去!"他赶快缩着脖子往后退去,就退就说:"这老汉,这老汉。"

第二天一上班,陈永献技术员又来到锻工房。他跟我说,"我回家跟我爸说了,我爸说,还是你那句'锤声震撼'好。"从那以后,他没事儿就到铁匠房找我,我俩交上了朋友。

他比我大五岁,我叫他永献哥,有时候也叫陈师傅。

我们锻工房的洗脸盆原来是放在马扎凳上,我写对联的那几天,脸盆就放在地上。白师傅吩咐胖虎,告给咏梅,从废料堆找点细钢筋给锻工房焊个脸盆架。胖虎说给了师妹。第二天上午,咏梅端着一个漂亮的脸盆架给我们送过来了。

哇! 真好看。"弓"字形的三条腿儿捧着一个大圆,中间部分焊接了两个小圆。两个小圆又起到了固定的作用,造型又好看。大圆的圆周两旁,左边焊接了放香皂的小筐,右边焊接了搭毛巾的"]"形半方框。整个架子又刷着光闪闪的银粉。哇! 真好看。

白师傅说,小曹喜欢你拿回去哇。我摇着头说,我不要。白师傅说,拿回去哇,你不看都是用拃数来长的下脚废料焊成的。我细看,果然是一小截一小截的短料接成的,有的连十公分长也没有。只不过是咏梅的焊接技术好,又打磨得好,不注意看不出来。我说,那咱们锻工房? 白师傅说,再让她找些废料焊一个就是了。

我把脸盆架绑在自行车的后衣架上,可我出大门时,正好碰到了那个负责任的、戴着"企业处群众专政委员会"红袖章的后生,把我给拦住了,不让往出带,要厂革委主任的条子。我只好又推着车返回来。白师傅见我推着车回来了,问我是车子又坏了? 我说了怎么回事。他说,走走走,我送你去。

那个群专的后生还在大门口把着,白师傅很生气地大声跟他说:"卖废铁连一块钱也不值。再说小曹为一厂子人写对联,那工钱值多少,你算算! 屁大点事你闹了个烟熏气。"见白师傅生了气,那后生不敢言语了。

"走走走。走你的。"白师傅把我推出了厂门。

我这是头一次见白师傅生气,还有点霸道和不讲理的成分在里面。

回了家,我把这个脸盆架放在了一进门那里,也就是我妈修整我时让我罚站的地方。

玉玉跟我妈说:"姨姨您看真好看,正好是给我姨哥结婚时摆新房。"我妈说:"就是。那快放起,到时候再往出够。"玉玉说:"那我给拿破布条缠住,要不弄脏不好洗。"我妈说:"正好有你姨父个烂秋裤,补补纳纳不舍得扔。"玉玉说:"您够出来,我给铰成条。铰成布条好缠。"

听了她们的话,我冲着她们大声地说:"缠啥缠?就摆这里用哇么!缠。"

见我有点生气,她们都不作声了。

6. 扣 子

我说的扣子是真的扣子,但也是说围棋。

我最初见到围棋是在小学三年级时。

那年夏天,西门外的大同人民公园东湖西岸刚修建起长廊,我们一伙小孩子们就常常到那里去耍。长廊是南北方向的,足有二百米。中央有个大房子,叫歌舞厅。有个星期天我又和小朋友们去那里耍的时候,见到有两个人,盘腿坐在歌舞厅外的南边台阶上,下围棋。

当时我又不知道人家那是在做什么,只是觉得好奇,就站在旁边观看。看着看着,我觉得那俩人很像是在玩我们小朋友玩的那种"羊吃狼"游戏。

玩"羊吃狼",一方是两匹狼一方是一群羊。可他们两方好像都是羊,一方是白羊一方是黑羊。

狼吃羊的棋盘是在地上画着的,他们这也是画着的,但不是在地上,是画在一张黄色的布上。每个人跟前有个小布袋,一个人的布袋里装着黑色的子儿,另一个人装的是白色的。不管是黑色的还是白色的,那子儿还都是鼓肚儿,放在棋盘上时,还有点摇晃。

又看着看着,我看出了些门道,我看出,只要一搁哪个子儿时,中间的一伙子儿就要被吃掉。

有意思。有意思。

我问那两个人说，叔叔你们这是耍啥呢？用白子的人回答说，围棋。

见他们不讨厌我，我试着跟装白子儿的那个口袋里捏出一个棋子，感觉是沉沉的。可又感觉不出这是什么东西做的。狼吃羊是孩子们捡的石头子儿，这难道也是石头的？我想再多捏几个棋子在手里，好试试它的重量，可一伸手，黑子人说"别动"，吓得我手停在半道，不敢动了。

那以后，连住好几次去公园时，我都要去歌舞厅南面找那两个人，可一直再没有见到。

当我在九岁也学会下围棋时，常常能想起那两个人。那是谁跟谁呢？一直也没弄清楚。

我是跟我们圆通寺的慈法师父学的围棋。

常来找师父下棋的是个白胡子老汉。他们下围棋也下象棋。他们下象棋的时候总也要斗斗嘴。白胡子说："我看了，这盘我是要赢。"师父说："你赢？赢动了你哇。你赢，我看你是迎见了拾狗粪的了。你赢。"说完"啪"的一声，把棋砣儿剁在了棋盘上。可他们下围棋的时候却是文文静静的，就像是花园遇到的那两个人，眼睛盯在棋盘上，一句话也不说。

师父在"文革"中被三中的红卫兵逼得上了吊，他家的棋也被作为是"封资修"的"四旧"给没收了。可我还想要围棋，想跟我们街坊的小朋友耍。我们就到商店去买,售货员不知道围棋是什么东西,我说像扣子,售货员说想买扣子到那头去。我想这倒是个好主意。主意是个好主意,可实际上没闹成。我先买了一百八十一颗黑扣子,可无论怎么转都配不上和黑扣子一样大的白扣子,转了好几天,把城里的商店都转遍了,没有。返回又去退黑扣子,不退给了,说是已经下账了。我只好把那一盒黑扣子全给了我妈,说您使唤去哇。我妈骂我说"你一满是疯了,买这么多扣子做啥"。

后来我们又想起个好主意,买了三斤木匠用的那种腻子,又跟本院儿刘叔叔要了白油漆黑油漆,动手做围棋。很顺利,很成功,棋子的手感也好。既然展开摊子,干脆就一鼓作气做了两副。

老王是我们街坊十多个朋友里唯一的一个有工作的,在大同日报印刷厂上班。他比我大五岁,还是个独身,家里没别人,就他自己。老王的家就是我们的围棋俱乐部。我是当然的教练。我把我知道的都教给了他们。

我们就用这种腻子围棋,耍了好几年。

耍着耍着,有一个小伙子找上门了。他说听说你们这里有伙下围棋的,想跟你们学学。

想学那就教教你。老王先教我二教,可最后的结果是,我们一盘没赢,让人家给把我们教了,教得还不轻,我们都是不到中盘就败下阵来。老王谦卑地说,请问高手贵姓大名? 高手说,免贵姓裴,裴永康。他临走时留下句话,你们学学吴清源吧。从那以后我们才知道大同下围棋的人很多，也才知道地球上有个围棋大师叫吴清源。

我们不去学谁。我们这些"不知有汉无论魏晋"的桃花源中人，继续瞎玩我们的。尽管是瞎玩儿，但我们也有很严格的规则，一是"落子生根不悔棋"，二是"观棋不语真君子"。如果谁憋不住想支着儿，下棋的人就说"身边无青草"，下话是"不要多嘴驴"。

我最痛恨的是悔棋，我认为悔棋就是说话不算话。说话不算话的人是我最瞧不起的人。做人，你怎么能说了不算呢？

四蛋的大哥是市体委的，提供消息说围棋可以不当是封建社会的"四旧"了，大城市已经有卖的了。我想到了文工团的郗洋洋，她是北京知青，每年都回北京。我真想求求她给捎副正经的围棋，可我现在不是文工团的了，是铁匠，不知道求人家还顶事不顶事。算了吧，不求她了。我妈常说"吃糠不如吃米，求人不如求己"，算了吧，不求她了。再说了，文工团那地方我是再也不想进去了。

一想到文工团，我的心像是有针在扎。

知道我又有了宿舍，而且是就我自己一个人的宿舍，我妈跟玉玉说，咱们哪天去眊眊你姨哥的这个新家去。我心想我妈这是又要视察呀，她一定还想到我的铁匠房看看。小时候我在大同五小上学时，她就到过我们班。中学我跟大同一中转回五中她也到过我们教室。那年我在红九矿上班时，她也去过，还非想要到井下看看是个啥样子。我妈想把我学习的工作的生活的环境，都知道知道，熟悉熟悉。我知道，她是想一闭眼，就会想象出她的招人是在哪里，是在干什么。要不的话,她坐在家里也不安心。

我说明儿星期日,我正好能领你们去。我妈说,妈是说的个话,莫非真的去呀?我说去,您顺便看看我的铁匠房。我们的铁匠房可不跟您想象的村里的铁匠铺一样,我们还用气锤。您再看看我中午吃完烤包子,午睡的床,上头铺着两个棉门帘,睡上去可软和呢。

第二天上午我们一块儿跟家出发。玉玉跟我妈坐六路车,我骑车。我比她们先到,在新平旺公共车站等住她们。我让我妈坐在前大梁,让玉玉坐在后架上,三个人一辆车,把她们带到了我们厂。我妈说干啥有干啥的好,我娃娃到底是当了铁匠,身体眼看着是比以前强多了。我也觉得是这样的,要以前,我是不会带得动她们两个人。

戴红袖章的那个后生不让我妈跟玉玉进厂,说这是易燃易爆单位,生人不能进。我说我以前领我朋友进过,你也没拦。他说那我是没看见,看见我作准要拦你。我说你看看,她们两个像是坏人吗?他说,坏人头上又没写着字。我说这是我妈,他说姥姥也不行。说了半天好的,不行,这可是我事先没想到的。我妈说,小孩子鸡巴,越拨拉它越硬。招人咱们走哇。

不让进那也没办法。我们只好是返走了,到了我的机关户籍室。

从冷处进了家里,我妈跟玉玉同时说"看这暖和的"。

玉玉还没见过暖气是什么样子,她摸摸说,还烫手烫手的。我妈也摸摸,没作声,但那表情是很满意的样子。

玉玉说:"姨哥的命,哪么也是好。"

我妈说:"用说。"

中午了,我领她们到梅香饭店吃的饭。我妈好吃的梳背子象眼子,我都买了,还有了个素炒辣子白,主食是葱花饼。我妈说,招娃子,俺娃一上午乏的,喝上口哇?我说喝就喝上口。我要了二两浑源老白干。我想起在晋南富家滩矿,那年去看七舅舅,当时饭店冷得要命,七舅舅要了白酒,我们在里面对了饺子汤,觉得真好喝。我也叫那位胖胖的服务员端来饺子汤,对进酒里。我妈说,呀呀呀,招人你瞎闹,说着,端过碗尝了一口说,寡了寡了。

吃完饭她们要去商店,我说我不去了,我想回宿舍迷糊会儿。我妈说俺娃迷糊俺娃的去哇,俺们逛完商店就走了。玉玉说姨哥你放心哇,有我呢,姨姨走不丢。我妈说,俺娃睡醒还回家哇?我说回。

睡醒后不等天黑我就回了家。一进门,玉玉说姨哥你看箱顶上是啥?我一看,有两个并排摆着的硬袼褙方的盒盒。我觉得挺面熟,一下子想不起是哪见过。

我揭开看,哇!是扣子。一盒是白的一盒是黑的。

我看玉玉。玉玉说,姨姨到了你们新平旺的百货商店,一进门就说要去看扣子,到了扣子栏柜,姨姨一眼就看中了这个白扣子,跟服务员说:"就这种,要二百颗。"

玉玉又说:"姨姨说那年见你买了一盒黑扣子,知道你是要当围棋。姨姨一直还注意着,在城里头商店问寻,可没有。今天在你们的商店给看着了。你是没见到姨姨当时那个高兴的样子。"

我早把扣子的事忘记了,可我妈却一直是给我惦记着。

我看我妈。

我妈说:"俺娃自当了铁匠,一概不听得俺娃动胡胡呀,弹的呀。妈还看出,俺娃连那胡胡和弹的,眼睛瞭也不瞭一眼。妈知道俺娃是离开文工团,心里麻烦得过。这下妈给俺娃配上了围棋,俺娃耍去哇么。我知道除了胡胡,俺娃二好耍的就是围棋了。"

玉玉说:"姨姨跟我说,别看你姨哥成了,可成了成了他也还是个孩子。孩子就该是耍,不耍看憋坏。"

听了她们的话,我心里一阵子激动,可又不知道该说啥好。我从来是,心里知道,可嘴里不会表达。我最多会说个"妈您真好",可这次我连这句话也没说。

7. 玉　玉

姨姨来大同看过三次病。头一次是我不到五周岁玉玉不到四周岁的那个秋天。

那个秋天,先是大同三中上学的七舅舅在暑假期间,回村里结了婚。结婚没多长时间,他的暑假也结束了,就又返到大同去上学。

我爹也是在那个时候,到了省里的党校,要去进修文化,时间是三年。

就是在那个秋天,我姨姨病了。我妈就把她领到大同看病。

当时我们的家,是住在草帽巷十一号院的一间东下房。那天早晨我睡得好好儿的,听得玉玉"妈妈"地叫妈,我也睁开眼,家里没有我妈和姨姨这两个大人了。玉玉趴起身"妈妈"地喊,我也趴起身"妈妈"地喊,没人答应。玉玉放开声就号,我也跟着号。我们两个就号就跳下地,往街外跑。跑出街大门,往南跑,跑到草帽巷南口,站住了。我们没再敢往前跑,站在路边的土坡上往西瞭望。瞭望了一阵,觉得没什么指望,也可能是觉得身上冷,又哭着返回了家。这才穿衣裳,穿鞋。刚才每人的身上只穿了一件主腰子。

主腰子就是家做的布背心,雁北人叫家做的背心叫主腰。

穿好衣裳,我拉起她的手说,走咩寻她们去。玉玉也没问我这是到哪儿寻,就跟我往外走。

我知道我妈她们是到了一医院。头一天我跟着来过,也知道咋走咋走就能到那里。我领着玉玉很顺利地来到了一医院,俩人在走廊里大声地"妈妈"呼喊着,我妈和姨姨"哎哎"地答应着,跟诊室跑出来。

医院给姨姨开了一个月的中草药,让回家去吃,吃完让再来医院复查诊断。我妈又领着我们三个人一起回了应县姥姥家。一个月后,又来大同复查时,我不想跟着她们了,我总是觉得大同不如姥姥家好。表哥想跟,我妈就让我留在姥姥家,把表哥领上了。表哥这是头一次上大同。

这时的节令,进入了冬天。

我妈后来说,当时已经是预感到姨姨的病怕得是治不好,就领着姨姨他们,在大同的北街照相馆照了一张合影,做留念。照相馆给姨姨化了个很时髦的妆,还给表哥戴了红领巾,假装是城里上学的学生。当时我表哥在村里的大庙书房读书,村里的孩子是没见过红领巾的。

快过大年的时候,他们全体人跟大同返回到姥姥村。

腊月二十三,我爹跟太原省党校回来了,到姥姥家接着我跟我妈,一起回了下马峪村过大年。我妈也早已经是把我们下马峪的家打扫干净了,炕也烧热了,窗户纸也糊好了,一开门就能住了。

过了正月十五,我爹又去省党校,我跟我妈留在姥姥家。

姨姨的病不见有好转,农历的四月,我妈就又领着姨姨到了大同。这次把我们三个孩子都留在了村里。

我妈领姨姨在大同看病,住了有好几个月,但一直没看好。姨姨在草帽巷我们家,去世了。我妈雇了辆毛驴车儿,把姨姨跟大同拉回来了。

姨姨发引那几日,下马峪姑姥姥留在家看门。她让三表姨和喜舅舅来钗锂村参加丧事。姑姥姥是我妈的亲姑姑,老早年时,就嫁到了下马峪村。经姑姥姥和姑姥爷的介绍,我妈又嫁给了我爹。姑姥爷当铁匠时,让日本兵抓过壮丁,挨打挨骂还吃不饱,白受了三个月回来,原本很壮实的身体垮下来。在农村进入高级合作社时,姑姥爷去世了。姑姥姥三个孩子,大的我叫大表姨,二的我叫喜舅舅,还有三表姨。姑姥爷去世前,大表姨就嫁给了本村姓石的一家人,姑姥姥拉扯着喜舅舅和三表姨过日子。

办完丧事,我妈领我和玉玉到下马峪,看望姑姥姥。

我妈背着玉玉,我一路跟在她们后头。进了姑姥姥家,我妈把玉玉放在炕上。当时姑姥姥不知道我们要来,在炕上坐着。她伸手把玉玉拉在怀里,"二梅二梅"地放声哭。二梅是姨姨的小名。

我妈没有去开我们家门，我们就在姑姥姥家住。姑姥姥问我，招人俺娃好吃啥？姑姥姥给俺娃做。我说好吃炒鸡蛋。姑姥姥问我能吃几个炒鸡蛋？我说能吃三个。

姑姥姥家只有五个鸡蛋，全炒了，给我的碗里拨了一多半，剩下的给了玉玉。别的人都没有，他们是烩苦菜。喜舅舅看着馋，说我，招大头你能吃了？给舅舅来点。我说不给，我能。他骂我招大头，我就不给他。他说吃不了就拿擀面杖往下筑你。玉玉把碗推给喜舅舅说，喜舅舅我吃不了，给你吃哇。姑姥姥说玉玉，俺娃不给他。玉玉说，喜舅舅要拿擀面杖往下筑姨哥。听了这话，一家人都笑了。三表姨说，原来玉玉是担心喜舅舅真的拿擀面杖筑招人，才赶快说吃不了，她是救她姨哥呢。

村里人的家里，虽说是没有多余的被子，但一般又总有条给客人准备着的。姑姥姥把好的被子给了我妈，我妈一边是玉玉一边儿是我，有点挤。我妈说，去哇叫表舅搂着，我说不跟他。三表姨撩起她的被子说，招人来，表姨搂俺娃。我就钻进了表姨的被窝儿。

三表姨比我大十岁，喜欢我。

在姑姥姥家住了两天，返回了姥姥家。原计划，我妈要把我和玉玉领到大同上学，姥姥说玉玉小着呢，迟上上一年哇，叫她明年再去。我妈就没领玉玉，只把我一个领到了大同，来上学。可因为我也不够年龄，没上成。我妈又把我送回了姥姥家。

腊月，我妈先头去了下马峪，打扫家，烧炕。长时不住人的冷家，得连住烧三五天的炕，才能把家烧暖和。一切都安顿好了，我妈来姥

186

姥家接我和玉玉。我爹的党校放了寒假,也返到了下马峪,我们一起在下马峪过大年。

玉玉比我小十个月,但也是一九四九年出生,我俩都是属牛。第二年秋天,我俩都到了上学的年龄,我妈就把我和玉玉一起领到了大同,到学校报名。可是,因为玉玉户口不在大同,学校不收。

大同不收她,我妈也没把她送到村里去上学,就让她在我们家住。我妈的考虑是,要把她的户口办到大同我们家,这样她就能在大同上学了。

想把玉玉的户籍办到我们的户口上,必须得把她当成是我爹我妈的孩子,把她的姓也改成曹。

改玉玉的姓,这得姨父同意才行。但是,姨父没答应。他说:"如果是不改姓哇,办到大同自然是好。可改姓,那以后再说哇。"我妈说:"改了姓后,她还是你的女儿,还叫你爹,叫我还叫姨姨。改姓也只是为了叫孩子能到大同上学。"

在玉玉把姓宋改成姓曹这个问题上,姨父一直没有松口。

玉玉在我们家住了两年,这当中一直没有说服了姨父。后来才知道是什么原因,是姨父的母亲不同意。也就是说,是玉玉的奶奶坚决地不同意。姨父是孝子,不能不听妈的。

就在我要上小学三年级时,我妈说玉玉说啥也该上学了,不能在大同上在村里也得上,总不能让孩子长大是个睁眼瞎。为了她能上学,只好是在我放起暑假,又要开学时,没有再领着她到大同,而是把她留在了村里上了学。这样,本来我们是同岁,可玉玉比我低了两级。

　　玉玉在村里上学的时候,大庙书房不叫大庙书房了,叫作钗锂村初级小学。

　　在村里,玉玉常年就在姥姥家住,姨父每年给往过背点口粮,可穿衣打扮和上学的费用,都是由我妈负责。不仅是玉玉,就连姥姥和七舅舅、七妗妗,以及忠孝、妙妙、平平,所有人的生活费用,都是我妈供着。

　　七妗妗在村里也劳动,但只能是挣回一点点口粮,分点高粱秆玉茭秆当烧的。

　　在大同的五舅舅一家,人口多收入少,没能力帮兄弟。

　　是我妈扛起了赡养姥姥、供养表哥、供养玉玉、供养七舅舅一家人的大梁。这供养里面,还包括着培养七舅舅读书上学在内。

　　七舅舅先是在大同的太宁观小学念高小,后来在大同三中读初中,后来又到大同煤校。我妈供着七舅舅一直在大同念了八年书。直到我上高中的时候,七舅舅才有了工作,在晋南的富家滩煤矿学校当了教员。

　　无论是寒假还是暑假,一放了假,我就让我妈把我送回姥姥家,跟玉玉跟表哥去耍。

　　我姥姥院没有东上房和东耳房,只有堂屋和西上房,还有西耳房。只要我一回了村,七舅舅也就放假回来了,他和七妗妗还有妙妙、平平一家人住西上房。我和姥姥、表哥、玉玉黑夜就在西耳房睡。为了省煤油,睡觉前,西上房就不点灯了,所有的人都是挤在我们的西耳

188

房说话。七妗妗就给炒豆子，要不就是在火盖上烙山药片。玉玉往往是等不住山药片烙熟，就圪窝在炕头睡着了，硬往醒推也推不醒她。

过时节吃炖羊肉，七妗妗先给摆出三个碗，摆在炕沿上，把我们三个大孩子叫到跟前。七妗妗说："招人，俺娃先端。"我就先从三个碗里端走一个。第二个是让玉玉端。玉玉端走，给表哥剩一个碗。有回表哥嫌剩的碗里肉不多，赌气不吃了。玉玉就说："要不你跟我换。"表哥跟玉玉换过来，这才高兴了。实际上七妗妗给三个碗摆的东西是一样的，而七妗妗每次叫我先往走端，因为我是"客人"。而我这个"客人"每次也是就近端一碗就走，不挑。

再大些后，表哥和玉玉就能帮着七妗妗做营生了。玉玉帮着七妗妗到碾坊压碾，打扫家；表哥负责到井台担水。七妗妗夸玉玉说，玉子洗完的锅，那才叫盘干碗净；玉玉扫地，把水瓮后头和大柜底下，也都要探着扫了。

在村里上学的孩子，放假的时间跟大同的不一样，他们是放秋假。我放暑假回姥姥家时，表哥和玉玉他们还在学校上学。当他们放了秋假后，我妈就把玉玉接到了大同，在我们家住。扯了布，让五妗妗给她做一身新衣裳。到她快开学时，再把她送回村里去。

表哥也跟着玉玉一起来过我们家住。但表哥不常来，玉玉常来。玉玉说话，早就有大同的口音了，表哥一直说的是应县家乡话。

玉玉看外表，看不出是个农民，而表哥一看就是个村里的孩子。表哥在十五岁时，到了大同二中上初中，班里的同学们就叫他"村香瓜"。玉玉一看就是个城里的人。

因为以前她也常来我们家住,街巷的人们都以为她是曹大妈的孩子。她还跟我们街巷的香如和金梅两个女孩,交了好朋友。

金梅就是我给当总管那家的,二虎人的妹妹。

一九六八年,我参加工作在九矿上了班,玉玉也从公社农中毕业了。她原来盼着农中毕业,会分配个工作,但是白盼了,学校只给了个毕业证,让回家等着,说有了机会就给安排。玉玉来了大同。我妈说,以后就在姨姨家住哇,甭回去了。

七舅舅的工作调到了汾西矿务局技校,开学呀,他领着妙妙跟村里来了。七舅舅给联系好了,妙妙就要到他们技校读书呀。

妙妙提着半布口袋葵花饼,说想上街卖个零花钱。

我说:“你圪蹴街上去卖呢?干脆卖给我哇。”妙妙说:“表哥你给我多少钱?”我说:“你这是几个饼子?”她说:“八个。”我说:“你一个打算卖多少钱?”她说:“我妈说了一个能卖五毛。”我说:“一个五毛,八个是四块,我给你二十块。”妙妙说:“就是嘛,我就等你这句话。再说,卖给街上的人我吃不上了,卖给你还能吃上。”说着,她跟布袋里掏出一个葵花饼,掰开好几份儿,分给大家,说:“吃哇吃哇,表哥请客。”

大家都笑。

妙妙早就想着能到七舅舅那里读技校,这下如愿了,读出来就能安排工作,妙妙真高兴。我们一家人都替她高兴。

七舅舅跟我妈说,姐夫叫玉玉回去呢。有人给姐夫说了个寡妇老人,姐夫让玉玉回去给做主,看看找还是不找。

七舅舅说的"姐夫",是玉玉爹,我姨父。

玉玉走了一个月,跟村里返到大同,说给爹做主找上了那个寡妇老人。

就这样,姨父在四十二岁的时候,在女儿的"做主"下,又成立起个家。

自这以后,玉玉就正式地在我们家住了下来。

我妈早就把她当成了自己的女儿,她也早就把姨姨当成了自己的亲妈。

这下,玉玉就是我们家的一员了。

8. 小集团

我妈给我配上了白扣子,让我下围棋。可我记得那年我把一盒黑扣子给了她,她骂我说,你一满是疯了,买这么多扣子做啥。

我问我妈,您咋知道我买扣子是要当围棋。我妈说,妈起初也不知道你做啥买那么多扣子,后来想起你跟死鬼和尚下围棋,那围棋就像是扣子,妈就机明了,知道俺娃是为了下围棋,可你是没有配到一样大小的白扣子,才把黑扣子给了我。

我说妈您真给配好了,样子完全相同,有可能就是一个厂子出的。

我的扣子围棋真好,大小薄厚跟师父的云子差不多,就是稍微轻了一点。这没关系,习惯了就好了。

我求厂技术科陈师傅给用硬纸画棋盘,他说你不是见过布的吗?那我给你画块布的。我就去商店选了块米黄色的正纹市布,到五舅舅家让妗妗给码了边儿,让陈师傅给画。四蛋说他见过市体校的围棋,棋纸是淡天蓝色的,比黄色的好。我就又买了淡天蓝色的布,让陈师傅给画。

一个人不能下围棋,我家又小,我就把我的扣子围棋拿到了老王家。比起腻子围棋来说,我的围棋要好得多,当主盘。再开第二盘第三盘时,那就是腻子围棋了。

老王爷爷去世后,有人跟老王换房。老王把房换到了西门外花园里,一间换一间,但这是排房,屋子里面积大些。自那以后,我们集中的地方从牛角巷挪在了花园里老王家。

我们这一伙儿,围棋下得最好的,是我跟老王。两人实力不相上下,老也是拉不开距离。下得二好的是小彬和四蛋,二虎和二虎人是第三好。我们下着下着,最后就成了固定的对手了,对手没来等着,也不跟别的人下。

自有了机关户籍室当宿舍,我妈不担心我了。有时候我进了城不回家,直接就到了老王家。有次中午陈师傅叫我到他家吃饭,我带的干粮就省下了,下午下班我的黄挎包里装着三个菜包子,就进城直接去了老王家。老王正做饭。他问我吃了吗?我说没有。他说那正好有好吃的。是他厂里的徒弟订婚,给他拿来的油炸糕。我说我还有菜包子。吃完了,我还能给做鸡蛋汤。

老王给铝锅加上了水,水开了,把菜包子和油糕装进铝笼屉里,蒸。本来是用不了五分钟的时间,菜包子和油糕就都蒸热了,能吃了。可我们在这当中却下开了棋。下着下着,把菜包子和油糕的事给忘记了,而且是忘记得一干二净。按古书上说的那样,我俩直杀得"天昏地暗日月无光"。锅里的水熬干了,我们不知道。铝锅底烧红了,我们不知道。铝锅底烧化了,我们不知道。笼屉底也烧化了,油糕菜包都掉进了灶坑里,我们还不知道。

小彬在家吃完饭约了四蛋来了,一进门大声喊"什么味儿",我跟老王才被跟战场上喊回来。老王说了声"坏了",跳下地端锅,但是,只端起个空壳壳铝锅。锅底没有了,铝笼屉底子也没有了,当然了,菜包子和油糕也没有了,都在灶坑里,早烧成炭了。

锅里的水烧干了,锅底烧化了,油糕包子掉进灶坑里,烧着了,那家里应该是多大的焦煳味道呢?可我们居然是没有闻到,没有发觉。小彬说,这要不是我们亲眼见,跟谁说谁也不会相信这是真的。

四蛋说,那你们吃啥呀?再做吧。我说,老王快别做,把这盘下完再说。老王说,你不吃我还得吃呢。他要张罗着做饭。我把他拦住。小彬说,有什么了不起,大不了是个不吃。老王说,不吃就不吃,上炕,继续杀。

那晚我俩没吃饭,下了一盘又一盘,谁也没觉出肚子饿。

我们就这么捉对儿地厮杀,越杀越眼红,越下越火儿大,经常是从晚饭后一直下到天明。

我们不光是下棋,我们也玩儿别的。老王是报社印刷厂的,能跟报社的人借出照相机,"135"的、"120"的,我们都耍过,德国的、上海的都耍过。

我们还继续看书，我们"抢救"过一批书，再加上各人跟自家往来拿的，统共有一百多本。老王最爱"抢救"回的那一套十二个分册的《辞海》了。大十六开的简装本儿，封皮纸跟内文的纸一样的质地。没有人来家跟他要的时候，他就在家里自己学习《辞海》。我是看《红楼梦》，看完一遍再看一遍，他是反复地看他的这十二本简装《辞海》。老王是我们一伙里面最有学问的人，说起啥，他也懂得。这都是这些年里，他跟《辞海》里学到的知识。

老王爷爷是地主成分，家庭出身不好，没人给他介绍对象。

我跟我妈说，把玉玉说给老王吧。我妈说，老王人倒是个好人，谁找上也不错，他成分不成分那倒是寡，咱们不嫌他这，可玉玉又没工作又是个农民，以后生个孩子也是个农民，招娃子，你快别给人家老王增加负担了。我也偷悄悄地问过老王，老王一听说，快别价，招人，我连我自己也快养活不起了，咋能再养活别人。

老王快三十的人了，还是光棍一条。

他打光棍对于我们这些小伙伴们倒是大有好处，整天混在他家，吃呀喝呀，摆开战场杀呀。要不是他家的话，我们哪能有这么个好去处。

我跟老王探讨过周慕娅二姐说过的，《红楼梦》里木石之缘、金玉之缘之外的金金之缘。探讨的结果，猜出大概是说那一大一小两个金麒麟。但各有各的对象了，这又能说明个什么呢？老王说，你去问问二姐，我说先别着呢，等咱们研究出个所以然了，再去问。后来，我让撺出了文工团当了铁匠，也就没心情再研究这了。

春节后,矿务局又组织会演,红九矿宣传队排了样板戏《沙家浜》。他们来演出的头一天,赵喜民就给我打电话,告诉了我。我说我不去看了,你们中午有时间的话,到机关户籍室,我在那里等你们。

那天,他们来了好多的人,有十多个人,把屋子挤得满满的。

他们早已经知道我被撵出文工团,当了铁匠,可你一个当铁匠的咋就住进了矿务局的机关户籍室?我说这是文工团张宝兰父亲的办公室,让我当宿舍。李新胜用手指着我说,啥意思?咋就让你住他的办公室?我说没啥别的意思,是我教他五女儿学二胡。李新胜说,我告诉你个悄悄话吧,红九矿有人说"曹乃谦说的话比他弹的三弦儿好听,曹乃谦唱的歌儿比他拉的二胡好听",你想知道这是谁说的吗?我最怕人这样跟我卖关子,你有啥明着说。我说我不想知道。可当他们离开机关户籍室时,李新胜走在后头悄悄跟我说,告诉你吧,那是周慕娅在她的日记里写的话。我说人家日记里的话那你们咋就知道了,偷看了?李新胜说,哪儿是偷看,她写完就那么展开在那里明摆着,那还不是故意想让人看,那还不是有意想让人看完后给你传过来?

过年时,我给老王的门外编写了一副春联:自信对弈三千局,我被你输四万子。横联是:其乐融融。

我们下围棋判断输赢不是数目,是数棋盘上各自占的"十"有多少,我们叫数子儿。当时我们不知道有数目这样的说法,所以我在春联里说的是"我被你输四万子",意思是我每盘都能赢你十多个子儿。

可就在大年初一的夜里,我们正"其乐融融"的时候,老王家的门"哐当"一声,被用脚给踹开了,闯进一伙端着步枪戴着红袖章的人,叫我们不许动。我们当然是被吓坏了,谁也不敢动。红袖章们用绳子把我们像拴牲口似的拴连起来,把我们带到了街道的群众专政委员会,也就是"文革"前称作派出所的那种地方。

我们做的两副腻子围棋也被带走了。我们大家积攒的一百多本书,连同书箱也被搬走了。

群专的怀疑我们是一个反革命集团,怀疑我们的围棋是炸药,怀疑我们预谋炸平旺电厂。

群专的问对联是谁写的?是什么意思?为什么不写革命的新春联?你们想和谁对着干?

秀才遇见兵,有理说不清。我说是我写的,可我说不出为什么没写革命的新春联,也说不清要和谁对着干。

他们给我们每个人都做了讯问笔录。问我父亲是干啥的,我说我爹是公社的书记。他们说,党委都没有了,哪儿来的书记,分明是个走资本主义的当权派。我不敢言语了。我发现,你咋说他们都说你不对,就像是我们厂的那个戴红袖章的门卫后生,他咋说都有理。

他们给我们的定性是:小集团。

后来,经过检验,腻子棋子不是炸药。经过分析,那副对联和反革命宣言也不怎么能挂上钩。第二天中午把我们放了出来。出来之前,让每个人都写了保证书,保证再不私结社团,还勒令我们换上革命的新春联。

跟群专院一出来,我们统一了口径,就说是跟老王家刚耍回来。然后一个一个的,灰溜溜地各回各家。孩子们都是没精打采的,家里大人以为这是过大年熬了夜了,根本也想不到会有别的什么原因。我们被群专了一黑夜加一上午的事,一直没有暴露。

吃完中午饭我没敢睡,就给老王重新写对联。我妈问说,没时没响的你咋又写对子? 我说老王家的那副对子让风给刮没了。我妈说:"你连个瞎话也不会说,这两天哪儿刮风了。"

我吓了一跳,以为是我妈发现了什么情况。可我妈紧接着说:"那是你们不会打糨子的过。妈给你打,打好拿个大口瓶装去。"

我这才咽了口唾沫,把心放下来。

老王家的对联换成了:春风杨柳万千条,六亿神州尽舜尧。横批是:造反有理。

我们的那百十多本书一直没还。我和老王试着去要他的那十二册心爱的《辞海》,但没要出来,说是内容有毒。

9. 春闺过路

过大年的正月初三,我带了三瓶汾酒,到白师傅家里给他拜年。他老伴儿是农村户口,在我们厂皮带车间上临时班儿,我叫她师母。她说小曹你给他这么好的酒他舍也舍不得喝。白师傅说舍不得喝我摆那儿看,看看也高兴,也顶是喝了。老伴儿说,甭摆啦放起哇,放起等喜喜办动事宴喝。

师母说的"办动事宴",这是雁北地区人的说法,意思是:办喜事的时候。

喜喜是白师傅的儿子,二十岁。喜喜还有个妹妹叫欢欢,比哥哥小两岁。

师母说,喜喜是农村户口,也早早地给他找个农村户算了,再迟了小心找不上。就像你白师傅,三十多岁才结婚,那也是我为他有点手艺,要不我也不跟他。她问我小曹你多会儿办事宴呀?我说我还小,早着呢。她问有没有?我说没有。她说你那条件高,不敢定还想找个啥。又说,就像我们这种小户人家你肯定不找。起初白师傅不说话,听到这儿,打岔儿问我,你爹过年回来这得多住些日吧?

说话间,喜喜和欢欢进来了。他哥妹俩是出外拜年去了。喜喜见过我,叫了我声小曹哥。欢欢没见过我,但随着她哥哥也叫我小曹哥,还加了句"过年好"。欢欢穿着件解放军的男干部穿的上衣。我说师妹穿这个褂子挺好看。喜喜说是他的,让妹妹霸走不给了。欢欢说,那我每天替你担水你不说了?白师傅说喜喜,你不能老让妹妹给担水。喜喜说她愿意。欢欢说,你好意思直是个让我担?喜喜说,你好意思直是个穿我的袄儿?欢欢说,好意思。喜喜说,那我也好意思。看着哥妹俩斗嘴,白师傅笑。

师母又把刚才让白师傅打断的话茬儿提起了,说不想让女儿找农村的了,想让女儿找个有户口的。她说小曹你手跟前有那合适的给咱们介绍上个。欢欢听到说这些话,进里屋了。白师傅又要打岔儿说别的,师母说,我跟小曹说个正事你咋老打岔儿?白师傅笑笑的,不说了。我说我有个朋友叫小彬,在铁板厂上班儿,我完给问问。

后来我倒是真的给问过小彬。我说你不是喜欢个《红楼梦》里头的女子吗？这个像是伶牙俐齿的五儿。小彬的妈跟着大儿子在贵州居住，小彬跟着姐姐在大同生活。可他姐姐一听白师傅的女儿是农村户口，说不找。我还怕师母在厂子碰到我问这事，她倒是也没问。我想那一准儿是白师傅不让她问。

维修车间的西隔壁就是矿务局农场，里面栽种着几十亩果木树。春天里的一段日子，不管有没有风，维修车间的工人只要是一出车间，就能闻到隔壁院果花那淡淡的、甜甜的香味道。那天，胖虎跳过院墙折花枝，让看园老汉和狗给追了回来。

一天上午胖虎又指着隔壁院，让我跟他去折杏花。我说不敢，怕让狗咬。他说没事，刚才爬上了墙头，瞭瞭没人。我说去就去。我们就绕到墙头低的地方跳了过去。这次很顺利，老汉和狗都不知道到哪儿去了。我从开白花的树上折下两小枝，跳墙时把花碰掉些，可上面还有好多快要开花的蕾骨朵。我找了个玻璃瓶，闻了闻，有汽油味儿。白师傅说，"胖虎去，到我家小房找个去。"白师傅家就在厂子对面的家属院，没用五分钟胖虎给取来了。取来了一抱，足有四五个。白师傅，你干啥把我小房儿的瓶子都拿来了？我那还等着卖钱呢。胖虎说，您少卖上个哇，拿一个我怕万一一打了，还得去取；再说了我还想要，再说了我还想给咏梅插一瓶。咏梅是胖虎的师妹，就是常给我们念报纸的虎牙姑娘。胖虎正在追咏梅。

我把花枝拿水养在了瓶里，摆在工具箱上。过了三天，那花蕾们就有了行动;又过了三天,有一半就都给张开了。看着那白色的花,我一高兴,吟出一首《清平乐》,用筷子棉花笔蘸着清水,像宋江写反诗那样,登着工具箱把这首词草写在墙上:

　　春闺过路
　　千人留不住
　　俏弄香色洒四处
　　倾倒痴君无数

　　而今春闺又来
　　我也钟情动怀
　　初作攀墙探花
　　满园独怜李白

多少年没粉刷过的铁匠房,墙皮黑黑的,清水写过字的地方白白的。黑底白字,有种从石碑上拓下来的效果。白师傅说胖虎:"你能?"胖虎眯笑着眼:"咦——我哪能。"

白师傅一没做的就站在工具箱前,就搓下巴就端详着他徒弟的这首杰作。他还到别的车间跟人们说,你们去看看小曹写的,可好看呢。

这首词,又把陈永献技术员吸引过来了,他还专门带来相机,把黑底白字的这首词拍了下来,说洗出来给他爸爸看。

每个星期一,我和白师傅都要搬着马扎凳到维修车间参加一个小时的政治学习,都是由咏梅给念报纸。念完报让人们讨论发言。开始是谁也不作声,后来有人就逗王银师傅,让他讲小时候的事儿。其实就是想逗他说说十岁大的时候在日本矿长家当小用人,伺候日本女人洗澡的事儿。日本女人让他烧好水后倒在大浴盆里,她洗的当中水凉了,喊他再给往进端热水添在木盆里。他说他起初不敢看那个女人的光身子,后来就不怕了,痴住眼看。日本女人骂他良心大大地变坏了。人们问日本女人告矿长没有,他说没有。他说如果告了的话,他用手掌在脖子上比画着说"我的这颗脑袋就死拉死拉的有了"。

　　人们都笑。他还说那个日本女人心眼儿挺好,还常给他糖吃。他还说日本女人洗完澡,就让他也脱光衣裳,进那个大浴盆里洗。他说他不敢不进去洗,他说不洗的话,日本女人嫌他日脏,就不叫他当小用人了,那他就挣不了钱养活奶奶了。人们问他,她洗完的水让你洗,那水肯定有股味儿了,他说是有股香味儿。人们又都笑。他说你们笑啥? 人家那水里放着香精。

　　有时候人们也让白师傅给讲小时候的事,白师傅不讲荤的,他讲年轻时候好耍个高跷。他说他们在忻州窑住着的几个小年轻,扛着高跷拐子步行到城里扭高跷,扭完,连夜还要往回返。咏梅惊奇地问,忻州窑进城,那得有多少里? 人们给算了算,有三十五里。咏梅说,就为个扭高跷,来回走七十里? 白师傅说,挡不住个好嘛。他说有次半夜往回走,走不动了,带的干粮也吃完了,就在平旺火车站爬夜,让巡逻的日本鬼子把他们三副拐都给没收了,说是凶器。白师傅说王银师傅，你还一天价夸日本人好，给你糖蛋蛋吃。王师傅说，我是夸日本女人好，我又没说日本鬼子好。人们都笑，白师傅王师傅也都笑。

我家有点事，那天下午我请了假提前走了两个小时。第二日早晨，我早早来厂上班，进锻工房，白师傅在扫地。扫地前他也早已经洒过水了，水也渗得快干了。砖地潮潮的，房里又有股子泥土芳香。我说师傅我来我来，我把干粮往工具箱上一放，就赶快跟白师傅手里拿扫帚。要以往，他会说你缓缓哇，乏的。这次他把扫帚给了我说，扫就扫哇，想扫也扫不了几次了。

我看白师傅，心想这话是什么意思。他说夜儿个后晌陈永献来寻你，你走了。

我没问他陈师傅找我干啥，我知道白师傅会继续跟我说的，只不过是他说话慢，得等等。

白师傅说："小陈寻你是问你想当警察不，我说那还不？"我问："当警察？"他说："他爸爸让他问你。我说那还不？用问？"正说着，陈师傅进来了。

原来是，"文革"初，把公安局、检察院和法院都砸烂了，用军事管制委员会来代替。现在，又要把军管会撤销，恢复公检法。一个部门要扩大成三个独立的单位了，这样就得招新人。陈师傅的爸爸能帮我进了矿区公安局，问我想不想去。

白师傅说我："去哇。总比个黑眉瓦眼的铁匠强。"我说："我得回去问问我妈。"陈师傅说："我爸已经给你报了名了，但你最好是明天就给个答复。"白师傅说:"明天啥呢明天。这阵儿你就回去问。夜长梦多。"陈师傅说:"我看你也别问了,就去吧。"我说:"这是大事,得让我妈来决定。"白师傅说:"跟大人商量商量,也对。去哇去哇。这就回去。问完赶快来。"白师傅把我推出锻工房门。

就这样,在贵人的帮助下,我成了一名政府机关部门的正式警察。

跟厂子走的那天,维修车间的工人们都出来送我。

白师傅把我送出厂大门,只是说了个"你完来哇",别的没再多说什么。

红袖章"群专"后生笑笑的,把我的车把抓住,问说:"我也听说这个事了。小曹你说说咋就能当警察? 我可想当警察呢。"白师傅皱着眉头说:"腾一边儿腾一边儿。"把他拨开了。

我推着自行车慢慢地往前走,走了一大截,捺回头瞭,白师傅还在厂门口站着。

见我回头瞭,他冲我挥挥手,大声说:"骑哇,骑哇。"我这才上了车,骑走了。

政工办九题

1. 签 到

在《文工团九题》里我写到,一九七一年过完国庆节,我们大同矿务局文工团在局领导薛部长的带领下,去昔阳大寨慰问演出。中途,我用二胡拉奏《苏武牧羊》,薛部长听着了,说苏武和林彪逃跑的路线一样,说这是投敌叛国的曲子,不让我拉。我不同意他的看法,继续拉。因为这,跟大寨慰问回来后,他就把我打发到了一家工厂,让去接受工人阶级的再教育。

在《铁匠房九题》里我写到,我在这家工厂当铁匠时,结识了陈永献师傅。后来,他又把我介绍给他父亲。我就常去跟他父亲下象棋。我叫他父亲叫陈叔。有天陈师傅跟我说,“文革”时被砸烂的公检法由军管会代替,现在撤销军管会,又要恢复公检法这三个部门了,他问我想不想进公安系统工作,想进的话他爸能帮我。

就这么的,在贵人的帮助下,当了一年铁匠的我,就要到矿区公安局当警察了。让十月一日上午去报到。

我妈说,十月一日不是国庆吗,让去报到,这天不是都放了假了,单位有人吗？

我爹说一看你就是文盲，人家是公安部门，公安部门多会儿也不放假。我妈说莫非大年也不放？

我爹说那作准的，警察一放假，那坏人不就是正好要作乱吗？

我妈好像是明白了，点点头，又冲我爹说，这些日你甭着急着去那烂缝纫社，等娃娃报到完，看看是往哪个派出所分配。

我爹说用说，我肯定是得等娃娃的安排有了一准的消息才走。

一个月前我就听陈叔说，新成立的矿区公安局编制是干警八十名，已经跟军管会公安组分出留用了一部分人，但还不够。这次要新招三十名警察，年龄限制在二十五岁以上三十五岁以下。

矿区公安局机关党支部王书记找我谈话时说，你们这批新招上来的年轻人，都要充实到基层。当过解放军的都到刑警队，其余的都是要下到基层派出所。

他说，矿区政府下面下设着十五个街道办事处，每个办事处都有一个派出所。

这也就是说，矿区公安局下设着十五个派出所。

我想当侦查破案的刑警，可我没当过解放军，看来只能是到派出所了。

我妈说俺娃跟领导舅舅们说说，就说我妈就我一个，我爹在怀仁工作，看看领导舅舅们能不能照顾照顾，到个近便些的派出所。

我爹说到了单位，就别舅舅舅舅的啦。

我妈说拿起筷子还有个大头小尾儿,咱一个刚去的娃娃见了长辈,能没个仁恭礼法? 叫个张舅李舅,没啥不对的。

我说我知道。我又想想说,距离大同最近的就是新平旺派出所和公交派出所,二近的就是一矿、二矿、九矿,还有五矿和三矿。剩下的一个比一个远。

我妈说,要是到了八矿就灰了,你玉兰表姐在八矿,我知道,离大同城有一百多里。

我说我打听了,一百多里的是十二矿,八矿是八十多里。

我妈说,你尽量跟叔叔们说说。我妈让我爹说的,把舅舅改成叔叔了。她总觉得,叫舅舅和叔叔才是仁恭礼法了。

我说我跟说说,我妈说,要说你还得是早说,等人家定下来谁去哪谁去哪,你再说就迟了。她说饭要早吃事要早知,啥也是个这,宜早不宜迟。

我说噢。

我妈说,那要是万般无奈了,分在了远的矿,那也得去。到时候妈跟你去,把你爹一了儿扔的怀仁算了。

我爹笑。

我妈说反正公安局是不会再稀罕你那吹呀拉呀的了,你那要饭的手艺就没用了。再说,要是还在文工团,你那身体瘦弱的,人家公安局不敢定还要不要你。

我爹说我娃娃这一年打铁打的,有了手劲儿。毛主席说的就是对,要一分为二看问题。有好处就有坏处,有坏处就有好处,就拿我被下到了公社,当时看上去是个坏事,可……

我妈抢着学我爹常说的话,"六二年别人家的娃娃都饿肚子咱娃娃没饿肚子。"

当年我爹让从县委组织部下放到了公社当书记后,正赶上了困难时期。我妈就到了我爹公社,去开荒种地打粮食。

我爹说:"莫非不是?啥也是一分为二。去年把娃娃下放到了铁匠房,看上去是坏事,可娃娃要是不打这一年铁,身体能这么好?公安局能要?再说,我后来打听了,那年老史的两个女子,就是因为说咱娃娃的身体不好,瘦弱的,才没看对。"

我妈说:"反正是那个狗日的啥部长想害我孩子,实际上他是帮了我娃娃。"

我爹说:"我娃娃命好,遇难能成祥。"

我说:"要不当铁匠,那我首先就认不得陈师傅,也就当不了警察了。"

我妈说:"陈师傅是个好人,是娃娃的贵人。咱们多会儿也不能忘了尔娃陈师傅。"

我爹说:"我娃娃命好,走哪也净碰那贵人来帮。"

我说我瞌睡了,咱们休息哇。

我妈说那快睡哇,妈明儿早早起来给俺娃做饭,俺娃吃了早早儿去。

第二天我妈早早地起来给我做饭,我骑着车早早地就到了新平旺。把车打在了机关户籍室窗台下，我步行着去公安局。

按照陈师傅告给的路线，我经过了大同煤校大门，又继续往前走。他告给我说，过了大门再往西走，走脱了煤校的围墙，就看见公安局的大院了。

其实，在一个月前，当我知道了这个消息后，我就骑车来过，来"侦察"过这个地方。

跟煤校的围墙比，这个独立的大院往后退缩了好大的一大块，门前空空的，但又是平平的，铺着沙石，没种一棵树。后来才明白，这是停车场。

红墙砖红红的，房顶的红板瓦也是红红的，一看就看出这个大院是刚修建起来的。竖着的大门牌，白底黑字，凿刻着刚劲有力的魏碑体：大同市公安局矿区分局。

我的心不由得激动了一下，右手握成拳头。好！这就是我的单位。

通知书上要求，上午九点前在大会议室签到。

我看看手表，八点多一点。

一进大门，远远地就看到了大会议室了，好像个小礼堂。门敞开着，能看出里面已经有不少人了。

会议室里面排着一排一排的长条椅，一股油漆味儿。

一进门摆着一张办公桌，上面有本"大同市公安局矿区分局会议签到簿"，也没人管，谁来了就自己在上面签到。我也在上面签了到，写下了我的名字：曹乃谦。这时，我又不由得激动了一下。

来的人有二十多个了,还有两个女的,都长得很好看,年龄跟我差不多,二十五六。其中有个讲普通话的,穿着解放军服装。我想,人家一定是当过兵的,能到刑警队。女刑警,真牛!

一会儿,王书记进来。下各个单位与新招人员第一次的面谈,就是他。

人们都认识他,他也都认识来报到的人。他先坐椅子上看签到簿,最后站起,看来的人,看见了我,招手说:"小曹,你到下办公室。孙主任找你。"

我就往他跟前走就说:"孙主任?"

他指着一进大门右首的一排房说:"从北边数,第三个门。门上写着呢。"

我好像是听明白了,出了大会议室。

第一个门门头的牌子写着是总务室,第二个门是财务室。第三个门,是办公室。

我心想,还专门有个叫"办公室"的办公室? 这我以前不知道。

我轻轻敲了两下门后,紧接着大声喊:"报告!"

里面没人答应,但我听到有脚步声走来。门被拉开,一个四十多岁的人笑笑地看我:"是小曹吧? 进,进。"

哇,我妈说领导舅舅,这个人可真的像是我认识的一个舅舅,一时想不起是哪个舅舅。

他说:"签到了吗?"

我说:"签了。"

他说:"签了就来,你先帮着抄个培训安排。"

他把我领到隔壁的一个屋,办公桌上已经摆好了毛笔和砚瓦,中楷毛笔的笔头也湿过了,砚瓦里墨汁也倒好了。床上展开着有各种颜色的纸,纸上面都印着有白点点,素素净净的,好看。

他说:"你选哪种颜色也行。把这个都抄好,赶快贴出去。"

他给了我一张稿纸,是这次对我们新民警的培训安排。

第一讲:政保;第二讲:内保;第三讲:治安;第四讲:刑侦;第五讲:预审;第六讲:派出所。每半天一讲,三天讲完。主讲人谁谁谁,都写得很清楚。

另有一张附页,"各派出所与矿名对照":

矿区公交派出所:新平旺;

新平旺街派出所:新平旺;

煤峪口街派出所:红一矿;

永定庄街派出所:红二矿;

晋华宫街派出所:红九矿;

忻州窑街派出所:红五矿;

……

"文革"中,大同矿务局革命委员会把下属所有的矿都按序号作了排列,如红一矿红二矿红三矿……不再叫原来的煤峪口、永定庄、同家梁等等这样的老矿名。在这个"对照"里面,是把各矿又都恢复成了原来的叫法。十五个派出所与原来的所在矿名都提到了。但我发现矿名的顺序,又没完全挨着。我想了想后,觉得应该过去跟孙主任说说。我过了孙主任屋说了,他笑笑地说那样抄就行了。

我说那我都抄好了,抄在了两张彩纸上。

他说好。放下手里的工作,他跟我过了隔壁。

我选的是两张黄色的纸。他看看桌上我写好的两张彩纸说:"好! 黄底黑字,清清晰晰,好! 来,那你赶快把它贴在大会议室门口。"

漂亮的女兵出来帮着我贴好了。大会议室人们都出来,围着看。

我看看手表,快九点了。

我把装糨糊的罐头缸送给了孙主任,说快九点了,培训开始呀,那我过去呀。

他笑着看我,说:"小曹,我刚才跟闫局长说好了,这两天的培训,你就别听了。我这里还有急事儿,还得让你来帮。"

孙主任说的急事是,让我在大门洞给办一期墙报,内容是"批判林彪反党集团"方面的。他说三天后矿区政工办要来人检查。

他说,刚才我把稿子整理好了,说完,给了我一些这方面的资料,有报纸也有手写的稿子。

我先到大门洞观看了观看,对左右两边的白墙方量了方量后,提出了我的想法,一堵墙是漫画,一堵墙是文字。漫画墙用白纸,文字墙用彩纸。

孙主任说,你怎么办都可以,需要什么,到总务去领。

"要个助手吗？要的话，我让小陈帮你。"他说。

"先不要，往墙上贴的时候再说。"我说。

"好。"他说，"记着是三天后，上头要检查。"

"没问题。"我说。

我初中时就跟我们班一个叫岳林林的女生办黑板报，办了三年。高中，我们班的板报也是我办。在文工团时，也办过几期。办墙报，对于我来讲，用句文雅的话说，简直是轻车熟路，而且是太轻车熟路了。再用句人们常说的歇后语来说，张飞吃豆芽——小菜一碟儿。

孙主任强调的是三天时间，我一天就办完了。

下午五点多，往墙上贴的时候，孙主任把小陈叫来了。

他说的小陈，原来是那个漂亮的女兵。

小陈问我说你是曹乃谦吧？我点头说是。

她说："你分在了五矿，忻州窑街派出所。"

我问："你咋知道？"

她说："刚才宣布了。是按照咱们签到的顺序分的。不算当过兵的，你是第六个签的到，第六个对应的是五矿。"

我问："啥对应？"

她说："你写的你贴的，你还不知道？"

我说："我不知道。"

她说："就是早晨九点前，我帮你贴出的'各派出所与矿名对照'那张附页。"

我说："哇，原来是这样。"想了想又说，"这倒也公平。"

她说："幸好我来了个第一名。我分在了矿区公交派出所。"

我说："你不是刑警队？你不是当兵的？"

她笑着说："不是。我是穿我弟弟的解放军衣裳。他现在还当着兵。"

2. 考 核

听我说我分在了忻州窑街派出所，又听我说这个所距离大同城不到四十里，算是比较近的所，坐公共汽车一个多小时就到了。我爹说，管他，娃娃这也算是安顿住了。

我妈绷着脸说我："招人你可得给妈记住，可不许打人。"

我心想，你常常是动不动就打人呢。心里这么想，嘴里可不敢说出来。谁知道我妈好像是知道我刚才咋想了，又说："妈那打人那还算是个打人？那不算。你跟你表哥不听说，打两下。街上碰着跟我不讲理的了，动动手，那就不算是打人。谁叫他们跟我不讲理了。"说完，她自个也觉得挺失笑，笑了，笑完又跟我绷着脸说，"你当警察的打人，那是知法犯法。你是个管打人的人，可你打人，是错上加错，是犯王法的。"

我知道，我妈这是又想起了在我五岁的时候，她让北街派出所的那个姓邱的警察打过的那件事了。那件事我也记得清清楚楚的。我好像还能记得姓邱的那个警察的长相。

我说："妈您放心，我保证不打老百姓。"

我妈说："这就对了。我不让你打人这里头，还有个重要的是，你打了人家谁,谁也记恨着你呢。人家有了机会非报复你不可。就拿北街派出所姓邱那个狗日的,我能不记恨他?"

我爹不想听我妈说记恨呀记恨呀这样的话,打过岔儿问我,谁到哪个所谁到哪个所,是咋定的? 我妈一听问这,也赶快插话问我:"你说没说? 妈就你一个。"

我说你们别提了,人家领导是按报名时签到的先后,排下来的谁到哪谁到哪。第一早的是个女女,人家到了矿区公交派出所。我要是骑车直接就到公安局的话,哪能还尽上她? 我肯定就是第一名,就到了矿区公交所,要不的话,也是新平旺所。可我给延误了。在没当过兵的里头,我是第六个签的到。

我妈说:"看看,看看,不听我的。我跟你说的是啥,啥事也是宜早不宜迟。看看。"

我爹说:"管他。忻州窑所一个来小时,比起那远的,也行了。知足就能常乐。"

我妈问:"让多会儿到忻,那个,啥啥所?"

我说:"忻州窑。让大后天去报到。"

我爹说:"我看来,一了儿等娃娃到了忻州窑报到走了,我再去他怀仁吧。这两天我给家安顿些烧的吧,上回也没安顿。"

我爹每个月跟怀仁回来一趟,送工资。每回回来都要到炭厂给家拉炭,拉一小平车,八百来斤。这个月要不拉的话,那下个月就拉两小平车。拉回来敲成碎块儿,倒在炭仓。这些事还不让我插手,都是在我不在家的时候,他抓紧着就给做了。

我说:"爹,您走您的吧。您已经六十多了,拉煤的事,以后让我给办吧。"

他说:"不用俺娃不用俺娃。"

我说:"爹,我这就要到矿派出所,还愁给家拉些煤?"

他说:"看你说的。不能不能。不能说你一到了矿派出所当个警察,赶紧就要给家拉煤。这不好。"

我说:"我花钱买,又不是白拉。"

他说:"那也不行。你去了是做工作去了,又不是为自家办事去了。"

我妈说:"你看你这个担大粪不偷着吃的爹,一个真心保国。"

我说:"我是说您老了。"

他说:"谁说我老了。我还上着班儿,能叫老?"

我妈说:"行了,招娃子,你爹想拉就叫他拉哇。他强活儿能给家做这么点贡献,就叫他做哇。你安心上你的班儿哇。"

第二天早上不到八点,我就来到公安局。大门洞已经有好几个人了,看我办的墙报。评论说,这几个林彪画得好,简简单单,可又挺像。我也睄着看了一眼,也觉得挺好。其实我那是照着报纸上的漫画画的,又不是我创作的。

进了大院,孙主任在他的门前站着。我叫声孙主任,说,您早早儿的。

他跟我招手比画着,说你来你来,把我招呼进他办公室。

215

"我看你今天还不能去听培训。来,你还得帮帮我的忙。"

我没作声,看他。

他说:"是个这。这两天我手头的事儿过多,多得有点捌不过手了。上头又催着要'批林'方面的简报,我看这一期《公安简报》,你给编吧。资料我已经准备好了。"

他给了我一沓手写的稿子。

我说:"孙主任,我没弄过这。编简报,我不会。"

他说:"你能办了墙报,就能编简报。无非是一个在墙上一个在纸上。"

我心想,哪会是这么简单呢。

他说:"试试。你试试。"

我说:"我还没见过简报是个什么样子。"

他说:"来,你先看看这种样式。"

他桌上已经准备好了几期《公安简报》,拿起递给我。

我看看,每期第一页的上半页,是统一的红字,毛笔楷体书写的"公安简报"四个字。

他说:"报头是统一的,事先就印刷好了的。这是死格式。内容每期跟每期不同。篮子是一样的,就是往里装的东西不一样。"

我翻了翻,里面的内容各是各的事,每期有每期的大标题。

他说:"我知道你能行。"又说,你是大同一中的高中生。大同一中可是省重点,能考到大同一中的学生可都是好材地。再说,我知道你跟大同一中到了晋华宫矿宣传队,原来没弹过三弦,让你弹,你没几天就会弹了,跟晋华宫宣传队到了矿务局文工团,原来没打过扬琴,让你打,没几天你就会打了。

我心想,领导们连这都知道?

他大概是看出了我的疑问,说,公安局往进调一个人,那不调查清楚能行吗?你的《春闺过路》写得好,"而今春闺又来,我也钟情动怀",好!

我笑了。

他说:"试试吧。你还到隔壁,去试试。有什么不懂的,过来问我。"

我说:"那我,给试试。"

我端着材料要出门,他又说,记着一条:写公文材料,语言词句不能花哨,不要修饰,形容呀比喻呀歇后语呀,都不上。

我点点头,过了隔壁。他在身后又鼓励我说,你能行。

我坐在办公桌前看资料,孙主任又过来了,说:"你是编辑,手里的材料是有权改动的。这是下面提供上来的,有些内容杂乱,该删掉就删掉,该修改就修改。"

我用了一天时间,把这一期的《公安简报》弄出来了。正如孙主任说的,有些资料是得该修改,但我没敢大动,基本是原样。孙主任看后,说好好好。他把有几处划掉后,说,简报简报,要简洁。

他填写了日期,填写了期号,又签写"拟用,请闫局长阅"几个字,说,你可以下班了。

院子里清清静静的,培训的人们也已经各回各家了。

217

我回了家,我爹也把拉回的大煤块都砸成了小核桃,整理在了煤仓里。院也清扫了,洒过水的地上有股子泥土气,还有股子煤炭气。

我爹正在洗脸。

家里一股炖猪肉的香味道。

当第三天早晨我进了公安局大院时,孙主任又在他的办公室门前站着,又在跟我招手。我心想,今天的培训要讲派出所的内容,我别又有什么事给拦绊住,听不成了。

孙主任指指局长办公室,笑笑地说,闫局长找你。

让我半点也没想到的是,闫局长说经过对你的考核,局里决定,把你破格留在机关。

考核?破格?留机关?

我这才意识到,这两天孙主任给我布置的这一项一项又一项让我"帮帮忙"的事儿,原来是对我的考核,而且是,我通过了考核,让我,破格,留在了局机关。

这么说,我不用去忻州窑了?

闫局长笑笑地说,我要进大会议给他们讲一课,你去找孙主任吧,他会详细安排你的工作。

进了孙主任办公室,他问我想到了吗?我摇头说,没有。他说有人却想到了。我说谁。他说,小陈。早晨她问我说,文工团那个打扬琴的小曹是不是要留在机关呀?

我说可是我半点儿也没想到,我还心想说今天要讲派出所,我得听听。

他说光靠半天时间也听不出个啥，那些以后看资料吧。工作，明天再谈吧，你先去整理你的政工办吧。

我说："政工办？"

他说："对，你以后就是局机关的政工干事了，隔壁就是你的办公室。"

"我的？"我说。

"对。你一个人的。去整理整理吧。"他说。

那两天进这个屋没太注意，这回进了屋我专门看看，有床，床上有军绿色的厚棉垫。地上有卷柜，有办公桌，有椅子，有火炉，有脸盆，有脸盆架，有扫帚，有簸箕……

有人推门进来了，抱进个硬袼褙肥皂箱，里面是毛巾肥皂还有办公桌上的墨水瓶蘸水笔等等的东西。他又让我跟他到库房一趟，我们两个人一块儿抱进来床上的东西。

被褥都是浅粉色底子白色花点点图案，床单是浅蓝色的。

还有军绿毛毯。

还有，这是啥，噢，窗帘，也是浅蓝色的。

我真高兴。铺好后，先就躺倒在新床铺上，怕把床单弄脏，两腿抬得高高的，空蹬了两下。铁匠房白师傅说我"小曹我看你是个娇养养，白面瓮里打躺躺"。我现在正是在"打躺躺"。

哇，真好！

我回家跟我妈说："妈，我说啥也得把您接来看看我的办公室。是我一个人的。被子褥子啥的,都是一崭崭(chǎn)儿新。"

我妈说:"妈那得去看看,说啥也得去看看。"

她是来看了,可她是跟我父亲来看的,是我父亲到怀仁走了半个月后,病着回了家,我领着他到矿务局医院来检查了。

我以前没进过大医院,不懂得咋看病。我想到了陈师傅的爱人,她叫李月英,是矿务局医院化验室的。要不是她的帮助,我连头尾也找不见。

检查完,中午就在我的政工办休息的。我爹躺在我的新床铺上,心满意足的样子,高兴地说:"看看我娃娃。爹工作了一辈子,也没你这么好的办公室。看看我娃娃。"

我妈看见我泡在盆里的球鞋,骂我"一个懒娃娃",问在哪打水。我说我给打去。我到茶炉房打水的时候,她跟着我。

我给到饭店买饭回来,我妈已经给我把球鞋洗了,还把办公室也打扫了。

也许是在医院里检查完,我爹觉得不会有什么大病;也许是看见我一个人的办公室亮堂堂的,他高兴,精神很好。

后晌,孙主任进我办公室看望我爹,说您有这么优秀的一个好儿子,真是有福气。我爹更高兴了。

我妈说他一个小孩子,得让叔叔们好好儿地敲打敲打他。

孙主任问候了一气出去了。出了院,又在院里喊我说,小曹你一会儿回家时,到我办公室取个文件,捎着往市局送送。

我知道,他故意站在院里大声说话,是让别的领导听,让小曹回家的时候给市局送文件,是公事。我知道,他是为了让我爹妈都坐着公车回城里。

我开开门说,我这就回呀。他说,那我让车过来。

当时,我们单位只有一辆帆布篷顶的"北京"吉普车。

路上,我妈跟我说,你们孙主任真像是忠义的舅舅。

我一下子想起来了,真的像。我在五舅舅家那三年,经常跟着忠义到他舅舅家。我叫他舅舅也叫舅舅。

孙主任真的像是忠义的舅舅。

到了大同西门外,司机问我家在哪住,我说,让我妈他们下去步行哇,咱们先到市局。司机说,那不行,孙主任吩咐要让送到家。

在圆通寺大门口,我妈我爹下车了。

街人们都睁大眼,哇,小卧车。哇,小卧车。

3. 七 九

矿务局医院给我爹的体检结果,在第五天后全部出来了。说别的没什么问题,就是感冒引起了低烧,又致使肝脏有点炎症,建议到专门的医院复查。五舅舅说,那就到传染病医院去复查复查。复查的结果,肝有炎症,让住院输液,说消下炎就好了。住了半个月医院,我爹果然好了,吃饭香了,也精神了。大夫建议回家休息,说不要感冒,不要生气。还强调,千万注意别过度劳累。

五舅舅说这次利利索索地好了,这还不够个好?我爹说人活七十古来稀,姐夫都六十二了,再一眨眼就是七九六十三了。

我妈说管他,好了就比啥也好。我爹说该着去取工资了,这次能往回开两个月的。

我妈说家里又不急着用钱,你多歇缓上两天怕啥,我看你是急着又想去做你那没完没了的革命工作了。我爹说,说这话不当呢,我不去工作,一个月能挣人家这八十三块?再说我这已经是闲坐了小一个月了,人太闲了也不好。

五舅舅说姐夫说得也对,人是走蹿着好,活动着好,不能老是闲着。

我爹他就又到了怀仁,又像往常那样,一个月回一趟一个月回一趟,回来送工资时住些日子。唯一的一点不一样的是,以前回来只住个四五天就急着要走,现在是能让我妈拦挡得住个八九十来天。

局机关每天最少有两个人值班,一个是带班的领导,一个是普通的干部。一值一个星期。值班表事先就安排好了,上一个人值完一个星期后,会主动来告诉你"该你接班了"。你值一个星期后,就应该主动告诉下一个人。这叫交班。

这些,我以前是不懂得的。我参加工作有四五年了,从来没值过班。

第一次接到值班的任务,我悄悄问孙主任,值班是要做什么?我说我小时候跟妗妗到缝纫社值过班,我清清楚楚地记得,妗妗说值班就是睡一觉。孙主任说,咱们这也是睡一觉,但得在有电话的屋里睡。

他知道我是真的不懂这些,就往详细说了说。

他说，一个公安局机关，到了八小时以外，不能说干警们都走光了，只有个看大门的老汉，那不行，那得最少有几个公安人员在。

他说有时候上边，比如说市公安局打来电话，有事通知下面。也有时候是查岗，问哪个领导值班，如果不在，就叫脱岗，出了问题是要负责的；也有老百姓来电话报案，那你就赶快用电话通知给分管管辖的派出所，让他们出警处理。这些你都得要问清情况，做好记录。

他还说了好些别的注意事项，我点着头，一一记在心里。

第二次轮到我值班时候，已经进入腊月了。带班的是张副局长。晚上九点多，我接了个电话，说过大年呀，市局给你们准备了十扇猪肉，让第二天上午到市局去领取。我问多少钱，对方说不要钱。我把这个电话告诉了张局长，他说十扇猪肉，那咱们的吉普车还装不下，得寻个车。

第二天他打电话跟哪个单位给借来辆大些的车，让我坐着车到了市局。走之前，他还让孙主任给我开了介绍信，盖了公章，证明了我的身份。可是到了市局，无论是问哪个部门，都说不知道这事。市局办公室让问行政处，行政处让问内保处。问来问去，都说没这个事。

我以前给市局送过材料，那只是送到了门卫的收发室。这次，我把市局大楼上上下下转了个遍。

二处处长是个小个子老头儿，看了我的介绍信说："守义写的。守义想吃肉了。"守义是孙主任的名字。我也不敢多跟人家答话，拿着介绍信下了楼。

事情没办成，我只好是灰溜溜地返回了单位。

一院人等着分猪肉过大年,见我空手回来了,再一问我是怎么回事,都笑。笑我,也笑张局长。张局长指着我说:"看看你这个电话接的,取电话记录簿来!"我跑回值班室拿过记录簿,他翻看翻看说,看看你,你也不问问来电话的人是哪个部门的,叫个啥名字。就写了个到市局取猪肉,别的啥也没记。

开始他还是笑着说,后来生气了:"嘴上没毛,办事不牢。"说完,把记录簿扔给了我。

我把自己关在了屋里。

我很懊恼,很伤心,觉得很对不起张局长,因为我接了这个害人的电话,让他在那么多人面前,没有了面子。

孙主任进来了。他是来安慰我了,说:"这没什么。接到报假案说杀人了放火了的欺骗电话,也常常是有的事。"

我说要是能查出是谁给打了欺骗电话就好了。孙主任说,硬下功夫的话,市局政保处就能查到,但太费事,不值当的。

他说政保处,我想起内保处。我问说:"内保处处长认识您的字体。"孙主任说:"那是我本家的叔叔。"这时我想起,他们的口音一样,都是灵丘县的。

我说:"他看完您写的介绍信说'守义想吃肉了'。"

孙主任笑了,说:"等哪天我领你到老汉家,吃肉去。"

汾西煤校放寒假了,七舅舅领妙妙回来了。玉玉想她爹了,也跟着七舅舅他们回村过年去了。

我爹说我也可想再回下马峪过个年,我可想下马峪呢,可想两个哥哥呢。

我爹说的两个哥哥,一个是我的大大爷,另一个是我的四大爷,他们是亲兄弟。

我妈说多少年没回过了,村里咱那房灰塌二乎的,可得好好儿收拾,想回咱们明年回哇。我爹说明年说啥也得回回,我贵贱是想两个哥哥了。

正月在五舅舅家吃请,妗妗问我爹说这一过年,姐夫是六十几了? 我爹说六十三。妗妗说姐夫逢九呢。我爹说逢是逢九呢,可逢了个灰九。你不听老年人说,七九六十三,不死鬼来缠。五舅舅说那是老话,这会儿这医疗条件好了,人们的生活也好了,没那种老说法了。

忠义说:"姑父,人家联合国调查了,中国人的平均寿命比一九四九年高了十五岁。"

我爹说:"忠义有知识,比他表哥有知识。"

我妈说:"招娃子就会圪锯个胡胡。"

我表弟忠义学校毕业后在神头电建当了工人,可他喜好学习,爱看杂杂乱乱的书,知道的事儿比我多多了。我们有啥不懂得的,都问他,他都知道。

我从初中的时候开始,每年过年,总要给表弟表妹们压岁钱。最初是两毛,到后来是一块,再后来是两块。我每次总要偏心些丽丽。倒也不是多给,钱数是一样的。但是,如果给别人是钢镚儿,给她就是新新的亮闪闪的纸币,要么是十个一毛的,要么就是两个五毛的。别的弟妹们知道我跟丽丽好,也不计较。

丽丽说:"表哥当了警察了,真牛。"

过了年,孙主任说,你也下基层去走走,到各所收集一下年前布置的"拒腐蚀,永不沾"活动,看收到什么成效;再了解一下"爱民月"活动的开展情况。

他告诉我说,编写《政工简报》要有具体的事例。要想有生动的事例,光听他们在电话里汇报不行,你得下去了解,正好也下去认认各个派出所门朝哪儿,不能说上边的政工干部,对下边什么也不知情。

调入矿区公安局半年多了,我从来没有下过基层派出所,我也想下去看看,可领导没说,我不敢自己做主往下跑。

我妈听说我要下派出所,首先提出说你去去挖金湾矿,去眊眊你二姐。还强调说,去的时候别空手栅栏的,说二姐有两三个孩子。

我妈说的二姐是姥姥村里东院大舅的二女儿,是我的二表姐。东院大舅跟我的五舅舅七舅舅是叔伯弟兄,他们的爷爷是一个人,也就是说,他们的爷爷,也正是我妈的爷爷。

我妈说,我主要是跟她姊妹们相处得好。

我这次下基层是先尽近处,一天一个所儿,逐步往远走。有的时候,局机关有事,我还得参加。轮到到二姐他们八矿,已经是一个月以后,天很热了。我妈不让我空手栅栏的,上午办完公事后,我到矿商店转,不知道该买个啥好,最后买了十根铅笔十个作业本儿,心想现在用不着的话,以后也用得着。

二姐夫是井下运输工，正好在家。他不好说话，要说也是慢慢的，就像我当铁匠时的白师傅。二姐能说，说话声音响亮。说二姐夫无能，一脚踢不出个响屁，来个人也不会说个话，只会跟你笑一面。她挖苦二姐夫啥，二姐夫也不恼，只是笑。

二姐就是有三个孩子，老大老二是女的，三三是个男孩。我跟二姐夫吃饭时，二姐不让孩子们吃，把他们撵出外屋。里面一个长得最好看的，扒在门口说，表舅是公安局。我问你叫个啥？她说我叫智素芬。我问小名儿叫个啥？她说小名不好听。我问叫个啥？她笑着捂住嘴，不说。

二姐说，叫个改蛋。我说挺好，咋说不好？二姐说，我为下一个养个男孩，就叫她改蛋，果然第三个就是个男孩。我说挺准。二姐说，可有讲究呢，你是警察你不信这。

说起我爹，二姐问姑父多大，我说今年六十三。她一听，说，"呀，逢七九呢。七九六十三。这个九不好。快叫姑父甭上那班了，快回家歇缓着哇。"

我说我爹身体还可以，就是去年感冒引起过肝炎，也治好了。

二姐见我有点不相信她的说法，又说招人你可甭不信，老年人的说法可有讲究呢。你回去跟姑姑说，甭叫姑父上班儿了。

二姐夫说："就是，国家干部，六十多了，不上，也一分不少，上那做啥。"

二姐说："主要是，这个七九说啥也得躲过去。招人你可甭不信，真的可有讲究呢。"

我说:"行,二姐,我回去一定跟我妈说。"

我是不相信这种"七九六十三,不死鬼来缠"的说法,我真的认为这是迷信。我倒是相信遗传因子的说法,我的爷爷八十六才去世的,而我村里的大大爷四大爷,都快八十了,还很硬朗。

我没跟我妈说,二姐说"这个九不好"这样的话。只是说,二姐让我爹甭去怀仁了,一分钱也不少,上啥班?

我妈说,你那个真心保国的爹,不让他上班那就顶是要他的命呢。

我笑,笑我妈把我爹说得真也是准。

下基层回来,我连着写了几期《政工简报》,有一期还被矿区政府的《政工简报》原文转发。

孙主任问我说,你下基层回来好长时间了,没见你领补助?我问啥补助,他说你下基层中午在哪吃的饭?我说八矿是在亲戚家,九矿是在朋友家,其余的都是在饭店。他说,你下基层这算是出差,能领伙食补助,车票也能报。我说车票都扔了。他说你家是不是钱多,不稀罕这几个补助?我说我长这大从来没领过啥补助,不懂得这个事。

他说:"那那那,你到会计小贺那儿要张出差补助表。等等,我这里好像是有。"他拉开他的抽屉,找出张表,说,"填一下。你把车票都扔了,那就按出差一个月算吧。"他教着我填好表,又在上面签了"准报。孙"几个字。他又说等等,我好像是想起,你也从来没领过值班补助吧?我说没有。他说呀呀呀,你这个小同志。他又给了我张表,帮我算了算值班的天数,把表填好。他又在上面签了"准报。孙"。

我在小贺那里一下子领出六十多块钱,比我一个月的工资还多,回家全给了我妈。我妈说看这单位好的,到到八矿二姐家,还给发钱。

"批林运动"进一步走向深入,与"批孔运动"结合了起来。报纸上整天是"孔老二"呀"克己复礼"呀。

矿区区委组织召开"批林批孔"大会,各单位的领导要在大会上发言,公安局是发言的重点单位,特别强调的是,要联系实际。

孙主任让我给闫局长写发言稿。

我以前没写过发言稿,这该写个什么呢?

还得联系实际,这"克己复礼"该联系个什么呢?

这可是难坏了我。我把自己关在屋里,憋了一天,没憋出两行字。

按我妈讲的笑话,我这可真的是,急得我一头一头出脚汗,可到头来还白出。

回了家,我爹跟我妈又谈拉炭的事。

我说:"爹,咱们那炭不是还很多嘛,不到拉的时候。"

我爹说:"你那妈费烧的,爹明天再给安顿上两车,再放放心心地到怀仁。"

我说:"您该走就走您的,过两天单位不忙了,我给安顿。"

我爹说:"快不用俺娃不用俺娃。爹窝囊了一辈子,没本事给俺娃娃弄个好工作。俺娃娃自个儿弄了个好工作。快不用俺娃。快不用俺娃。"

我妈说:"你老了。你得服老。六十三了,你当你还三十六?"父亲说:"老了,咱们不会少拉点?拉不动八百拉五百。就按你的,咱们明儿拉一趟后儿拉一趟。"

第二天,我没硬坚持着自己拉,也没留下来跟父亲一块拉,就急着赶到了单位,去写那个要命的"克己复礼"发言稿。

父亲他没按我妈说的那样一天拉一趟,他还是给拉了两趟。第一趟回来他说这拉五百斤跟没拉一样,于是就又去了个第二趟。可就是这第二趟,把他给累坏了。整理完洗洗脸就躺下了,连饭也不想吃,我妈硬让他吃,这才吃了五六个饺子,喝了一杯酒就躺下了。我晚上八点多回来,他已经脱了衣裳盖着被子睡了。也不知道他是怕我责怪他还是真的睡着了,一直没跟我说话。

第二天他说精神了,吃完早饭就走了,到怀仁上班去了。可走了不到半个月,回来了,是让庞会计给送回来的。

我爹全身蜡黄,连白眼球也是黄的。

留庞会计在家吃饭,他死活不在,说还想赶下趟车回怀仁。我心想他大概是怕让我爹传染了病,没硬留他。

把庞会计送出大门,他悄悄跟我说,曹书记这次是在缝纫社累着了,我问说咋累着了?他说有天中午人们下班刚走,纺织公司给送来了一车劳动布,司机把二十个大包给卸在街门口。曹书记让宋大爷给看着,他自己一包一包,往库房里抱。那一大包足足有一百斤,你想想,一吨东西。最后一包宋大爷帮了一把,结果宋大爷把腰也扭了。传达室宋大爷说,一车东西卸在门口,像座小山。

我问是啥车,他说是"嘎斯"。我不懂"嘎斯"是啥车,他说就那种

苏联的能装两吨的小卡车。他说自那以后,没一个星期,你爹病了,不
精神。

我没言语。

他说曹书记不精神,跟我们说这次不能急着回家,先在县医院看,
看好了再回,精精神神再回,要不叫老伴跟孩子说我呀。

他说领曹书记在县医院检查完,大夫说咱县看不好,到大同吧。

我没言语。

他说:"怎么说,这七九也是个灰九。"

4. 谷面糊糊

庞会计临走还转达了贾主任的话,说如果需要到太原的话,给我
们打个电话,我们派人来陪侍。我说真给你们添麻烦。他说,应该的,
曹书记的病是得在了单位,少说了,单位有这个义务。

送走庞会计,我妈让我把五舅舅叫来了。

我妈说上回是传染病医院给看好了的,这次我看咱们还到那儿去
住院。

五舅舅说,肝的病也就得是到传染病医院,别的医院不接收。

住进了医院,我妈说我爹,这次看好了,说上个啥也不叫你再去怀
仁了。

我爹不作声。

传染病医院的大夫认得这个病人,说,上次好了不是强调过你们
吗? 是不是又感冒了又劳累了? 我妈说,就是拉了两车炭,可拉回来

231

也还是激激溜溜的,又到怀仁去上班了。

大夫说,老汉六十三了还上班,那钱挣多少是个够,多会儿也是身体第一,没了身体别的啥也没了。

五舅舅说,老汉是国家干部,不上班,也一分不少挣。

大夫说,那还上啥班? 图个啥?

我妈说我爹,听着没,你图个啥?

我爹"唉"了一声,不知道是因为没听我妈的话而后悔地"唉"了一声,还是不同意别人的"图个啥"这个说法,而"唉"了一声。

输了一个月液,不见有好转,主治大夫说这种病就怕复发,不行再治疗上一个疗程。

一个疗程又是一个月。

又一个月过去了,我爹的精神状态和饭量虽然是有所好转,但那些该是正常的指数,还不正常。

主治大夫把我叫到他办公室说,有点不对头,我看你们还是趁早些转院,到太原的省肿瘤医院吧。

这些日,我已经知道省肿瘤医院是个什么医院了。我的心不由得一阵发紧。

我说不能到北京吗? 他说不行,我们这里只能是往省城介绍。

当时的公职人员看病,实行的是公费医疗制度。不用个人花看病的钱,但想转院必须是一级一级地往上转。

他说你们如果想到北京,那可得有大关系,要不的话,根本就别想住进医院。

我们哪的大关系,没有。那只好就往太原转吧。

一听说又要转院,我爹就说:"咱们住得好好儿的咋又转院呀?招娃,咱们就这儿治哇。"

我知道我爹很疲劳了。好不容易这个检查室那个检查室地转完了,他不想再楼上楼下地爬那些楼梯了。但不行,明明知道这里治不好,怎么还要待在这里。

我跟五舅舅还有我妈商量后决定,到太原。

我给怀仁缝纫社发了电报,庞会计第二天就来了。

解放初的那几年,我爹在省党校学习过,对省城有感情。听说转院是到太原,他说你们说去就去哇。

省肿瘤医院,楼高,树绿,大夫的大褂儿白,病房的窗户大,屋里亮堂。我爹认定这里肯定能把他的肝病治好。大夫让他做啥他就做啥,就像是要完成党交给的任务那么认真,咬紧牙,楼上楼下地坚持着。

我说:"爹,大夫让您多吃饭,只有多吃饭才能有抵抗力。"他说:"行。身体是革命的本钱。"

他永远忘不了革命。

我在医院外面租了一间八平米大的小屋,屋里有个小铁炉。我给他做鸡蛋羹,吃的时候上面撒一层白糖。他想吃加酱油醋的,不想吃撒糖的,但听大夫说糖对肝有好处,他就横着心往下吃。我给他热牛奶,又是加了不少的糖,让他泡饼干。我给他炖鸡,炖得烂烂的。我给他到一家饭店买汆羊肉丸子,端回小屋热了,再给他端到病房。

那天,他跟我说:"招娃子,爹可想吃顿谷面糊糊煮山药瓣。"

谷面,就是谷子磨的面。我爹小时候他们家穷,不舍得把谷子皮去掉吃小米,而是连皮一块儿磨成面,喝这种带着糠皮的面糊糊。

山药瓣是我们的家乡话,就是把一个整的山药蛋顺着一个方向切成四块或是六块,这就叫山药瓣。人们说,把山药切成四六瓣。

我说:"山药瓣容易办到,可这谷面到哪儿去找?"

我爹说:"爹是百思六想的瞎说呢。爹还想见见你大大爷、四大爷,能见着? 见不着。爹这都是百思六想的瞎说呢。"

五舅舅打来电报,说我妈乘坐明天晚上的火车来,让我接站。我跟我爹说我妈明儿来呀,我爹很高兴。

可我到了火车站却没接住我妈,出站的人群里,咋瞭也没有我妈。我又返到了候车室,"妈妈"地大声喊,没有我妈的影子。

我妈是个文盲,从来没到过大城市,这可怎么办?

长这么大,我头一次是这么地发急。

我急急地赶快往医院返,一撩门帘,我妈在病床前坐着。

"妈你咋就找见了?"我又惊奇又高兴地问。

"鼻子底下莫非没个嘴?"我妈说。

"妈您可真厉害。"我发自内心地佩服。

原来我妈是下错了站,她提前就跟太原东站下了车,一路问人找到了医院。

住一个病房的,是本地人,他说太原东站离医院最近。

原来我妈下错站是错对了。

我妈来了,我爹的精神一下子就好了,不用人扶,自己就能坐起来也能躺下去。

我妈说庞会计,我来了人手够了,你回家歇缓上两天去哇。庞会计说也行,我正好回单位还有点事,顺便回家添点衣裳再来。

我把庞会计送出医院,他跟我说你妈真是个刚强人。他说他原来想着我妈看见病人会哭,可没有。他说你妈一进门,好像也是个探视病人的一个别的啥亲戚似的,问了些如常问的话。

我说我从来没见过我妈哭过。庞会计说你爹倒是看见你妈来了,眼里有泪花。

庞会计走了十天,穿着个大厚厚的中式棉袄,又回到了医院。

大夫们隔三岔五地会诊,一个疗程又一个疗程过去了,可最终他们也没了信心,劝我们直接回家。他们没让我们再去别的医院试试,而是说哪也别去了,回你们大同吧。临完还说了句我最不想听的话:"别再看了。老汉想吃点啥吃点,想喝点啥喝点。"

主治大夫跟我说,我们确认是癌,胰腺癌。他说美国总统得了这种病也治不好。

白天回大同的火车没卧铺,黑夜的有,可下车的时间是半夜。我妈说半夜三更的。我爹听说回家,也有了精神插话,说就坐白天的哇。

车上的人一看我爹皮肤蜡黄,病成那样,怕传染,都躲得远远的。我爹可以一个人躺在那里,要回家了,情绪好,精神也好。

车上我给削苹果,我爹说俺娃真会削。吃了几片儿。

快到怀仁，我妈跟庞会计说："我看是把那个匣匣备上它哇。"

庞会计说："我一直有这个想法，可不敢说。"

我妈说："把它摆在家门口，冲冲这灰运。"

庞会计说："我回去就给安顿。"

我听出，他们说的是棺材。

庞会计在怀仁下了车。

到了大同，晚上九点多了。

进了阴历十一月了，天很冷。

接到电报后，是忠义到火车站接的我们。忠义想得周到，他蹬着三轮平板车，平板车上还躺着一辆自行车，是给我预备的。自行车下面还压着两件大衣。当下我们就把忠义夸了一顿。我妈说，要是忠孝和招人的话，他俩万辈子也想不了这么周到。

玉玉在家。家里暖和和的。

我爹说："医院再好，也不如咱们家。"

我妈说："那货，你也能说对一句话。"

我爹说："你看你，你看你。"

我们都忘了疲劳，都笑。

我妈问我爹想吃点啥叫玉玉给做。我爹说用问？玉茭面糊糊山药瓣。我爹知道家里没有谷面，就说了个玉茭面。

我爹是永远都在替别人着想的一个人。

我妈跟玉玉说，看你姨父这点苦命哇。

玉茭面糊糊山药瓣做上来了，我爹只喝了半碗，吃了两瓣山药。

我妈说,你想喝了半天就喝了半碗。我爹说,还是那谷面糊糊好。

我妈说:"跟哪给你寻谷面去。"

我爹说:"我是说的个话。莫非还真的能让娃娃到下马峪去寻?大老远的。"

第二天,我爹就说我,招娃子,这么长时间了,爹就是个这了,你该去人家单位给上班去了。

我嘴上说"噢噢噢",可手跟前有点别的事,一直没去。

第三天,我爹又催我,还带点生气的样子,说:"我不稀罕你在跟前忽绕,你离得我远远的。"

从没见我爹这么地生气,我妈跟我摆手,说招娃你快去哇。

那以后,我每天都得骑车到单位。走的时候,跟他打招呼说,爹我上班去呀。他说俺娃去哇,路上小心点。

我去了单位。

孙主任跟区委政工办借了一个材料员小韩,帮着编写简报。小韩比我大几岁,是个大学生。他跟孙主任挤一个办公室,办公桌面对面。我给孙主任掏出钥匙,说让小韩在我的屋子吧。孙主任说,就叫他跟我在这儿哇。

问过我爹的病情,孙主任说工作有小韩帮我,你还全心全意地照顾老父亲吧,不要把后悔留给未来。还说我当初就是没照顾好父亲,现在想补报也没法子补报了。

孙主任跟我说,小陈很关心你父亲的病情,昨天还来了,让我告诉你,如果需要吉普车,跟她说一声,她弟弟在部队给首长开车,着急了能用。

小韩说小陈的爸爸也能给派个车。我说她爸爸给我派车?小韩说我,小曹你可找到了好靠山。我不明白他说啥,看他。

他看出我不是假装,说你是不是不知道,她老子是咱们矿务局的大领导,小陈没跟你说过?我说没有。

孙主任说,小陈姓的是她母亲的姓。她又不是那种好显耀的人,一般人都不知道她爸爸是谁。

小韩说她爸是咱们矿务局的薛部长。

哦!

我心里"咯噔"了一下。

是个他!

自跟太原回来,我爹每天都要逼着我到单位。督促我去上班,就好像是他的任务似的。

腊月二十三那天,他没再像以往,催我去上班,而是说:"招娃,给爹,买,大红纸。写对子。"缓了缓又说,"给爹把炮子也买回来。"又跟我妈说,"那货,今儿咱们吃油炸糕哇。"

自有了病,我爹一直不吃油腻的和油炸的东西。

从太原回来,我爹反反复复说的一句话就是"七九六十三,不死鬼来缠"。我知道,我爹这是想提前过大年呀,腊月二十三,人们叫小年。他心想着只要把年一过,他就是六十四了,就不怕鬼来缠了。

我爹的毛笔字写得很好。他一九四四年以前，在村里当私塾先生时，学生的课本都是由他给用蝇头小楷抄出来的。我们家每年的春联也都是他写的。我最佩服他写"福""寿"这一类的斗方了。写这样的大字他不用毛笔，是把筷子的方头绑上棉花当笔，写出的字那才叫棒。

我爹还喜欢放爆竹。我天生胆儿小，听到放小鞭炮也害怕，更别说二踢脚、大麻炮了。我们家过大年买的爆竹都是由我爹给放。

我把红对联纸买回来，我爹他还坚持着要自己写对联，但他一捏住笔手就颤抖，他已经连支笔也拿不动了。

他说还是俺娃给写哇。我写好后给他看，他不住气地说好，"比爹强，比爹强。"以前，我爹说我的字"鬼忽灵丁"，我爹这是头一次夸我的字比他的强。

我写的横联是：喜旺东山。

东山，敦善。

我隐隐地又是无奈地，为我想到的这个谐音而悲哀。唉，该死的阎王爷呀！

贴好对联我把三板小鞭炮和一捆大麻炮都给响了，红红的纸屑铺了一院，加上红红的对联和炸油糕的味道，过大年的气氛出来了。

可就是从腊月二十三这天起，我爹开始昏睡。喊他，他哼一声，不喊他，他动也不动。

腊月二十五，七舅舅和妙英跟汾西煤校放寒假回来了。

我爹已经是昏睡了两天了。

我妈说七舅:"七娃子,姐姐看了,你提前回村里哇。去把下马峪的房打扫打扫,糊糊窗子,泥泥灶火台,拾掇拾掇。有人问,就说是我姐姐和姐夫过完年回呀。"

我妈抿紧嘴,停了停又说:"如果你姐夫命大,能闯过这一关,那过了年,等天暖和了,我真的领他回村住上些日子。他一天嘟念着想回下马峪,嘟念着他的两个哥哥,那就领他回。如果命小闯不过去,那更得回,活着没,回去,死了也得,回。"她努力地控制住自己,没有,没有让泪流出来。

我妈让七舅舅给姥姥用自行车带着过年的东西,妙妙坐着长途汽车,他们回应县村里了。

我爹在昏睡当中,嘴里常常是含含糊糊说着"谷面糊糊,山药瓣","谷面糊糊,山药瓣"。问他说啥,他又没声音了。

这可怎么办?可就在这时候,我一下子意识到,我爹说"莫非还真的能让娃娃到下马峪去寻?大老远的",他那是在提醒我:下马峪村有的是谷子,也有的是碾坊。可他又想到大老远的,怕儿子劳累着,就没明着说。

也正是在这个时候,我才想到,我爹一心一意地想喝碗谷面糊糊,那我跑一遭下马峪怕什么。

我就跟我妈说了这个想法。我妈说:"莫非就下马峪有谷子,哪个村没有个谷子?"

这一下又提醒了我。

我说:"妈我想起了,我给到雨村跟方悦哥家找谷子去。"

我妈说:"方悦村远的,莫非就雨村有,别的村没有?"

我妈的话又提醒了我,我当下就骑车到了城东,跟曹夫楼村的社员要了十来个谷穗。十来个谷穗不值得上碾子碾,我就往家返。我想到,回家用捣花椒的铁钵子捣就行了。

以前我跟冷处进了屋是不敢到我爹跟前的,可这次我一进门,就趴在我爹耳朵跟前说:"爹,我给闹回谷子了。这就能给您做谷面糊糊山药瓣。"我爹眼皮张了一下,哼了一声,嘴唇也动了动,好像是在笑。

我妈也弯下腰趴到跟前说:"那货,你甭圪挤眼,等着啊。娃娃给你,给闹回谷子了,我这——给你做。"我妈就说就流泪,她已经是再也控制不住自己的悲伤了,眼泪"吧嗒、吧嗒"掉在我父亲的脸上。我也哭着,说:"妈,咱们赶快做哇。"

我跟我妈还有玉玉,三个人就哭就用手搓谷穗。我们谁也顾不得谷芒芒扎手,狠死地把谷子从穗上搓下来,再放在铁钵里捣。一钵一钵地捣成末末后,又用罗子罗,往下罗谷子面。罗了有二两多。我妈哭着说足够了,玉玉咱们赶快给做,招人你给往醒喊你爹。

我妈说这话,好像是说我爹是睡着了,让我往醒叫叫,叫起来吃饭。实际上,我和她心里都清楚,我的爹已经是不行了。但我妈她们还是在抓紧着做糊糊,我也是一声又一声地呼喊着他。喊一声"爹",他的嘴动一下,好像是回答我。可他的眼睛不往开睁了,我咋喊说您醒醒睁开眼他都不睁。

当我妈把半碗谷面糊糊山药瓣捧过来时,我把我爹扶起来,让他靠躺在我的怀里。我在他耳朵跟前说:"爹。饭熟了。谷面糊糊山药

241

瓣。爹您醒醒。谷面糊糊山药瓣。"他一下子把眼睁开了,看碗。嘴一动,好像是要说话。可猛地,他的头垂了下来。

那天是农历的寅虎年腊月二十八,公历是一九七四年二月八日。

5. 下马峪

我爹昏睡的那几天,五妗妗把装老衣裳也都给做好送来了。我妈说我爹:"那货,你不是急着想穿这身衣裳吗?五子家给你做起来了。起来看看,试试合适不。"

怀仁把松木棺材也给送来了,就停在了家门口前。我妈又说我爹:"那货,匣匣也给你做好了。起来看看,满意不。"

我妈说上个啥,我爹也不理不睬,不作声,不言语,只是在昏睡。

我妈想用棺材跟装老衣裳给我爹冲冲灰气,可是,我爹还是在腊月二十八的下午五点,咽下了最后一口气,离开了我们,离开了他心爱的革命工作,走了。

我给怀仁打电报,说二十九回老家下马峪。他们在二十九下午把嘎斯卡车开来了。

我的朋友,老王他们都过来帮忙。

走之前,我妈让众人往汽车上搬了好多的煤块。

事实证明,这是太重要的一个事情了。我妈在悲痛之中还能想起这么重要的事,实在是让人宾服。

天快黑的时候,我们出发。临走前,我给孙主任写了封请假信,让小彬明天给发出去。他说过年呀,别收不到,我明天骑车到你们公安局,亲手给给你们孙主任。

怕路上有个什么紧要的事,表哥忠孝还有二虎,两人跟着回的下马峪。两个人在车上一个穿着我在铁匠房发的大皮袄,一个人穿着我在公安局发的警服皮大衣,但天太冷,又是夜里,到了下马峪,他们说差点就冻死。

表嫂刚坐起月子,表哥得走。他和二虎第二天跟着车返回怀仁,后又乘坐着火车回到了大同。

七舅舅和七妗妗两人已经按照我妈的吩咐,在前些日来过下马峪了,给裱糊了窗户,打扫了家。

我们再次为我妈能在我父亲病重的悲痛中,把这些事都想起来,安顿好,而表示宾服。还有摆在棺材前我爹的那张十二寸大相片,也是我妈在我爹昏睡的那些日,让我到照相馆给放大的。

我妈一声招呼,家人父子们都来了,站了一地。

我妈说:"曹甫谦,你当总管,给五大妈操办这个事宴吧。"

曹甫谦说:"用说,五大妈。我当然是全力以赴地来打发五大爷了。"

下马峪叫办丧事叫"打发",叫出殡叫"发引"。

我妈教我叫曹甫谦叫大哥。

大哥曹甫谦就全力以赴,当总管。跟我妈商定出殡的时间,定在了九天后的正月初六。还跟我妈商定了这个事宴尽动谁。"动"就是请,动谁,就是请谁来参加这个事宴。家人父子、亲戚六人,再加上抬材打墓的人,都算起来,最高人数是九十人。

大哥说:"五大妈,动这么多人,您这是大办呀。近十多年了,村里没人这样大办过。"

我妈说:"你五大爷的最后一桩事了,要大办。"

大哥说:"办大事宴,烧柴是不行的,得炭。村里一时是买不到炭。我见您把炭也都预备下了,有千数来斤,足够。"

我妈说:"粮呀油呀肉呀蛋呀水呀酒呀鼓匠呀烟火呀纸扎呀等等其他的,需要啥,全靠你给来置办。你也甭再问我。我只出钱就行了。"

大哥说:"顶事了。"

我妈说:"你也甭跟招人商量,他屁也不懂一条。"

大哥说:"但我得给他布置个任务。"

大哥给我布置的任务是,三天内到马岚庄、段庄、东安峪、钗锂,去这四个村给亲戚报丧。

钗锂,是我姥姥村。七舅舅七妗妗虽然来下马峪给打扫过家了,可他们还不知道我爹去世。钗锂村还有我姨父,也就是玉玉的爹。对于这个事宴,我舅舅姨父他们,都属于亲戚。

大哥是下马峪村的党支部书记,他跟我说:"招人,我本可以让人到大队部用电话来传叫,告诉给这几个村的谁谁谁,有什么什么事。可是不能这么做。报丧,必须得你本人亲自去才行。"我说:"我亲自去。"我问他讲究不讲究上午下午。他说不讲究,看病人讲究,报丧不讲究。

我先去的是马岚庄大姐家。我大爷的大女儿在这个村住。我去的时候已经是下午了。大姐非要留我吃晚饭。擀面条,趷鸡蛋。趷鸡蛋就是荷包蛋,应县叫"趷鸡蛋"。吃完饭天已经是完全黑下来了。我说我走呀,大姐说黑洞洞的你敢走?不敢叫姐夫送送你。我说敢。马岚庄在我们下马峪的东南方向,距离着四里地。

天黑是黑了,可我还能看得见南山的黑影子,也能感觉到脚下的路。

我不是往下马峪返,我是往钗锂村姥姥家走。马岚庄到姥姥村是七里路。

我小时候我们一家三口,跟下马峪到姥姥村,或是跟姥姥村回下马峪,走的就是这条路。我爹一路都驾马着我,也就是我骑坐在我爹的肩膀上。那时是三口人,这阵子却是我一个人,是我一个人,是我一个人,而有一个人再也不会在这条路上行走了。我边走边流泪。

我流着泪,我快快地大步大步地向前走着。

我流着泪,就走就大声地呼喊着:"爹爹——爹爹——"

我流着泪,举起双拳,向着南山,死命地呼喊着:"爹爹——爹爹——"

南山在回应着我:"爹爹——爹爹——"

我一路就这么呼喊着,过了一个村,又一个村,来到钗锂,站进了姥姥院的大门洞。

已经是半夜了,大门从里上着,我拍了两下门后,听到里面是姥姥的声音,在问谁。我大声回答说:"我,姥姥——"

我喊了一声"姥姥"后,突然,控制不住自己,眼泪"哗哗"地往下流,扒在门上痛哭起来。

哭着哭着,又一屁股坐在地上,放声号哭起来。

门开了,舅舅打着手电,妗妗姥姥妙英都跑出来了,可我仍然是没起来,仍然是坐在地上放声地痛哭着,号哭着。

他们都知道这是发生了什么事,跟着我流泪。

哭着哭着哭着,最后是姥姥说:"妙妙,把你表哥搀起,搀起人家哇。"

妙妙哭着往起拉我,就拉就说:"表哥人家哇。表哥人家哇。"

第二日,是农历的年三十。

姥姥和妙妙留在家里看护着孩子们。舅舅妗妗姨父和我,返到下马峪。

院里已经摆上了花花绿绿的花圈纸扎,大哥指挥着人在搭席棚,垒大灶火台。

街外有人喊说:"来了个小卧车!来了个小卧车!"

我跟大哥出街迎看。

让我没想到的是,公交派出所小陈跟车里下来了。

她说一声"乃谦",下面不知道该说什么。而我,尽管已经知道她的爸爸是谁了,当我看见她,心里还是一热,嘴里笑了一下,眼泪在眼眶里打着滚,同时,也不由得握住了她向我伸出的手。

司机也下来了,小陈介绍说,我弟弟,薛明。

我们把姐弟俩让进家,他们站在我爹的遗像前鞠了三个躬。薛明说一看就是个慈祥的老干部。

七妗妗过来了,我说这是七妗妗。小陈问大妈呢?我说不在这里,刚才到东头大爷家了。

院里有人喊"甫谦",大哥又返出去了。

小陈说是孙主任派她来的,说着,掏出个信封。里面是钱,还有个名单。我看见,是机关的干警捐赠的。局领导每人十块,下面的每人五块。另一张是公交派出所的,每人三块,小陈二十。

小陈说,原计划还要带个花圈来,可没法子带,拿了一个缎面幛子。我展开看,是孙主任的字。落款是"矿区公安局全体干警敬挽"。

小陈跟我说弟弟送我回去后,让他再来,看这里用车需要做什么。我连连地摇头,说不要不要,说没什么做的。她说那你跟大妈什么时候回大同,让他来接你们。我说不要不要,我们定不下时间,我们完了还要到姥姥家。

我心想,我如果用你的车的话,那天我表哥跟二虎也不至于在卡车上面差点儿冻死了,我也不用跟我妈还有玉玉三个人挤在副驾座里了。

她说:"你要这样客气的话,那我们这就走了。"

我说:"那你们也得吃完午饭再走。"

她说:"不了不了,你们忙吧,不添麻烦了。我们进城里去吃。"

我没有硬坚持着留他们,把他们送出院门。望着他们的车拐出巷口,我"唉"地叹了一声,返回了家。

大哥一听说小陈走了，手指着我说："咋就放走了，咋就让走了。"我说："我让他们在，可他们硬不在。"大哥说："你保准是杀鸡问客地让了让。人家一看没诚心，走了。"外面有人喊他问什么事，他答应着往出走，就走还就指着我说"这个招人，这个招人"。

每天的临明，我妈都是手扒着棺材，悲伤地啼哭。

"唉——那货呀，那货，我叫你你咋不理我呀，那货呀！"

"唉——苦命的那货呀，那货！"

每天的这个时候，我都会被我妈的哭声哭醒。随着那悲痛的哭声，我在被窝里，悄悄地流泪。

每回都是玉玉过去，托扶着我妈肩膀，把我妈止住，"姨姨，姨姨，甭哭啦。您哭坏了身子，姨哥谁管呀。"

这时，我在被窝里哭得更厉害了。

城里的曹成谦也回来了，我妈教我叫他二哥。

他是接到了大哥的电话，专门跟城里赶回来的。他还找了小货车，拉回两个大花圈，是在城里定做的。比村里的匠人们做得讲究，也高大。进不了院门，就在街外摆着。

二哥说，这是大哥让定做的，是为在开追悼会时用。我看看上面的字，一个写的是"下马峪革命委员会敬挽"，一个写的是"下马峪党支部敬挽"。

二哥把我叫进西房，指着墙上说，招人你看你给啃的牙印子。

炕上两边的山墙，距离炕二尺多的地方，净是一处一处的牙印子。

他前年到红九矿看我的时候就跟我说过,说你小时候还不会站的时候,就好趴在墙上啃泥皮。我说我妈咋也不管我?他说五大妈不管你,人们都说啃墙皮的孩子脑子灵,五大妈就不管你。实际上好啃墙皮的孩子们是缺钙。

墙上还有我用铅笔画的画儿,有飞机有轮船,轮船下面画着水,水里面有鱼。二哥问我你现在除了爱好音乐,爱好玩乐器,还喜欢画不了?正说着,玉玉在地上惊叫,说"斧子斧子"。玉玉在地上坐着小板凳拉风箱,她指着风箱旁的斧子喊叫。

她说:"打炭斧子本来是在地上平放着,可刚才'蹭'的一下,就给站起来了。"

我妈跟七妗妗听着玉玉叫喊,跟东房跑过来。玉玉又把刚才的话说了一遍。大家都看斧子,那斧子确实是在风箱旁边,头朝下,把儿朝上,四面无靠地立着。

七妗妗说:"是姐夫回来了。"

玉玉说:"是姨父还没走。"

她们说完,都看我妈。

我妈说:"净瞎白嚼。"

我想起玉玉小时候就有过这样的事。她五岁那年她妈去世,打发完后,我妈就把我跟她领到下马峪。那天到房后姑姥姥家串门,我跟她在地上耍得好好儿的,她突然就转身往外跑,就跑就"妈妈"地喊,一直喊着跑到街门外。我们一家人也都跟着跑出来,可街门外一个人影儿也没有。

我有点生气地说："玉玉你老这个样子。净瞎白嚼。"

她说："我又不是瞎白嚼。"

二哥说："可能是斧子刚才受到了震动，碰巧就立起来了。"

正月初六发的引。

那天，大哥在下马峪村的当街，以村党支部和革委会的名义，为我爹开追悼会。我原来只知道我爹是一九四四年离开下马峪，参加革命工作，先是在应县周边活动，后来到了大同地区跟小日本儿打游击。他在追悼会上讲话我才又知道，我爹还是下马峪的第一任党支部书记。

大哥他还讲了我妈和我爹的一个趣事。说我爹参加工作打游击前，在村里偷偷发展党员，经常是在大野地里开会，我妈以为他们是在野地里赌博，跟踪着想捉个现行，结果呢，捉是捉住了，可人家根本就不是赌博。

大哥看着我妈说："老人白下辛苦了。"

台下的人们都笑。

在那个悲伤的场合下，我的心里也有了一点笑意。我问我妈记得这事吗？我妈说早忘了。

追悼会上还有个姓赵的老汉发言，说是我爹的学生，解放前在我爹手里念过私塾。他说家里至今还保存着我爹为他抄写的几本书。

会场下面，还有几个老汉跟我说过，说我爹教过他，家里也保存着我爹给他们抄过的书。

250

我跟他们说我想要这些书,他们说回去找找。后来有找到的,也有说找不到了,我收集到十二本。是我爹用蝇头小楷抄写的《五言杂字》《百家姓》《千字文》等手抄本儿。

这些书,让我想到,家里是不是还有别的我爹的啥东西。我细细地搜寻,在长条供桌的三个抽屉背后,发现了一样东西,把三个抽屉都取下后,才看出,是一把大片刀。我妈说这是你爹打鬼子时用过的,后来有了二把盒子,把刀留在家里,让我防身。

我还专门用尺子量了量,大片刀算上手柄全身长二尺八,最宽的地方是一寸半,最厚的地方是三个铜钱那么厚,重量是我们下马峪家里的菜刀的三倍。

我妈说:"你爹可会耍这把刀呢,耍得'嗖嗖'的,红缨带'唰唰'的。"我妈还说,"这刀的钢好。"她说,"那年有人想抢我们,你爹跟车上把这把刀猛地抽出来,一挥手,胳膊粗的树干,听不到个响声,就掉地了。吓得那几个人捩头就跑。哼,想抢你爷,爷还不知道想抢谁。"

后来我才问清楚,我妈说的是一九六二年困难时期的事。我妈在我爹公社开了一片荒地种菜。秋天她跟我爹拉了一车山药蛋、白菜、萝卜等东西,步行着给我往大同送。路上有四个后生,手里握着木棒拦在当路,让把车留下。我爹从车上抽出长刀,耍了几下,把那几个人吓跑了。

我像是得了宝一样,把大片刀和那十二本手抄本儿包在了一起,是用我的肥大的白孝衣包裹着的。

过完一七,正月十四,大家商量,玉玉还跟我妈在村里,说等到过了三七再回大同,让我赶快到矿区公安局去上班。

我说我想去看看姥姥。七舅舅说要用自行车带我,我说我想步走。七舅舅就带着妙妙头走了。

我跟七妗妗相跟着回了钗锂。一伙孩子们在西河湾耍,有个小男孩儿看见我们,跑过来,妗妗跟我说:“这是四灰子。中平。”

在姥姥家,所有人都好像是商量好了似的,一律不说我爹去世的事。

舅舅让我给中平取个大名。中平是我表弟,他跟我表哥都是“世”字辈儿的,我想想说叫个“张一世”吧。舅舅说,好,就叫个张一世。

正月十五,我在姥姥家过了我的第二十四个生日后,独自一个人带着我的孝衣包包,回到大同,进了圆通寺。

把显眼的红对联撕掉,开开家门。家里灰桌子冷板凳的。

看了一眼炕上我爹躺过的那块地方,我的心不由得一阵阵发紧。

6. 遗孀补助

正月十六我跟姥姥家往大同返时,进应县城去了二哥家。二哥家在城北。女儿春梅四岁了,眼睛大大的,长得真好看。她两手揪托起身上穿着的花罩衫,跟我说:“叔叔叔叔,您看我妈给我买了个大哈拉。”那样子真可爱。我抱住亲了她一下。

我特别地喜欢小女孩。村里四哥有两个女儿,大的叫永清,也是四岁。正月初九他请我们到家吃饭,四嫂让永清给看住妹妹。永清顾着耍,抢白她妈说:“我的营生还忙不完,管你那闲事呀才。”一个小女孩说出这样大人口气的话,真让我喜爱。我想抱抱她,可人家还不让,说"顾不得顾不得,等我忙完你爱咋抱"。

我在二哥家住了一晚。二嫂说五大爷去世了,怀仁每个月都应该给五大妈生活补助。二哥说这叫遗孀补助。二嫂说好像是一个月八块。二哥说像五大爷这样的抗日干部,少说也是十块。二嫂说招人你这次就到怀仁问问他们。二哥说不问他也给呀,一分也短不了。二嫂说那也是问问好,有时候他们吃装着以为你不懂得,就不给你了。

二哥说那年想在云冈照个相没照成,咱们到木塔前留个影吧。

木塔前面破破烂烂,几只鸡在塔基座下刨刨看看地刨看着找吃的。这座世界最高,历经十多个皇帝给题过匾的,有着二十二层楼房高的木塔前面,却没有家照相馆。最后找到了县工会的张恩世。小时候他跟我在姥姥村里的大庙书房一块儿念过书。是他帮着找了个人,才给我跟二哥在应县木塔前拍了个照片。

在二哥家住了一晚,第二天一大早我赶住了第一趟回大同的长途汽车。

中午我到了五舅舅家。忠义在神头电厂上班,他是过大年放假回来,才知道我爹去世了。但我们仍然是谁也不多说这个伤心的事。

几个月的时间,使得我疲劳极了,我只想好好地睡一觉。这个时候,舅舅家表哥家老王家二虎家,觉得都不是个能让我好好地睡一觉的地方。

走吧,到单位,到我的政工办吧。

在五舅舅家吃过午饭,我说我下午到单位呀。

可我骑着车出了西门外时,脑子一闪念,一拐弯,向南骑去。

到雨村。

我不知道怎么地一下子想到了雨村,想到了方悦家。

那晚,我跟方悦都喝醉了。我醉得醒来后不知道自己是在哪里。

方悦笑着说:"招人你睡了十二三个钟头。睡好了没?"

我不好意思地说:"睡好了。"

方嫂笑着说:"兄弟起来吃饭哇。没睡好黑夜接着睡。"

方悦笑笑地说:"先吃饭哇。没睡好黑夜再好好儿睡。"

我在雨村待了两晚上一白天。走的时候方悦说,招人你多会儿想来就来哇么,哥的家就是你的家。

回了单位,孙主任问我去过平鲁没?我说没去过。他说你一了儿出去海散海散,换换环境换换心境。我说噢。他说有个出差到平鲁的事,你跟着去吧。我说噢。

到平鲁是外调。公安局外调必须得是两个人。外调啥,我不知道,也不问。心想需要说的时候人家跟你说呀,人家不说你也甭问。是到平鲁的一个小村村里。山旮旯儿。村里没水。喝的水是天上下来的雪水和雨水。一下了雪,村人们第一件紧要事就是赶快把雪一担一担地倒进井里。旱井,很深。那个村有个没经过商定,但人人都在执行的做法是,无论你谁不想活,你也不能跳进井里去寻死。

为了省水,上笼蒸饭时,给我们两个客人一人蒸一碗水。笼里蒸着莜面推窝窝,还蒸着半小碗儿胡麻油加黑酱。一打笼就闻到了胡麻油和黑酱的香味道。走哪也再没闻到过那么香的味道了。莜面推窝窝蘸胡麻油黑酱，好吃，太好吃了。

我们在那个没水的村待了两天，总共走了一个星期，回到单位。

跟平鲁回来，接到怀仁庞会计的信，让我到怀仁缝纫社去整理我爹的东西。

我爹锁着一个卷柜，里面都是我爹的东西。办公桌的三个抽屉一个小方柜都没锁着，里面都是办公事的东西。有二十多个工作日记本，在小方柜里撂放着，都是在公社时代的工作笔记。我说这个我拿走。贾主任说这个我们留着也没用。

一卷旧行李，三个布包，一个大提兜。另有一条磨得没了毛的旧军用毛毯。这是我爹的全部遗物。

庞会计给了我个信封说，这是你妈的遗孀补助。以后缝纫社每个月给你妈八块补助，这是这两个月的，你数数。我没数，把信封装兜里。这时我想到，我爹一个月工资八十三，自己留十三块，给我妈七十块。那以后我妈手头上再也没有这七十块了。

庞会计说给问了个顺脚车，有卡车上大同拉货，明天早晨早早走。他说你今天就在曹书记办公室住上一夜。

他要领我到他家吃饭，我说不了，我到县剧团找我同学去呀。我说我黑夜也不想在这里住。他说那你明儿早早儿来，我也来。我说噢。

第二天一大早，我跟同学郭振元来到缝纫社，庞会计也早就来了。他说招人，咱们夜儿个忘到小厨房儿，去整理你爹做饭的东西。

他跟宋大爷共用着一个小厨房。我说不要了,都留给宋大爷去吧。

庞会计指着房顶悄悄跟我说,上面放着几块木板,是做完棺材剩下的,那该是你们家的了,拉走吧,以后有个用呢。我说我不要了,他说买也买不到,咋就能不要。他帮着我同学,两个人上房把几块木板都递下来了。

他说听曹书记说你一个月开五十多块,少是不少,我才是三十来块。可以后你得养活你妈,得娶媳妇,得……要钱的地方多着呢,不当家不知道……他有点伤感。

卡车来了。我们把东西装在了车上。

临走,庞会计又跟我说:"招人,我跟你说个话,是个坏话也是个好话。你爹以后不在了,你的手脚可不能还是那样大,以后你们家全凭着你了,你妈又没工作……听着没?"

我说:"听着了,庞叔。"

车快开呀,他又拉开驾驶室门,说:"我也该退休了。你妈以后的生活补助,我让他们给你寄单位。两个月寄一回。"

跟怀仁回来,孙主任跟我说你一了儿再海散海散去吧,先跟着到到北郊区郭家窑村。这次他们事先告诉我,是有个涉嫌军婚案,让我跟着做问话记录。

涉嫌军婚的被告,是我们分局忻州窑派出所的内勤民警。原告是部队的当兵的,当兵的结婚一个月后回了部队,妻子跟着他的父母在郭家窑村里居住。而原告的妻子正是我们内勤民警的小姨子。原告说我们的内勤民警到郭家窑看望小姨子时，黑夜没走。原告的父母证明说，我们的内勤民警和小姨子在那一黑夜里，发生了破坏军婚的事。部队法院让我们矿区公安局给予协助，先初步查查是怎么一个事。

我们这次到郭家窑是要做做对原告父母问话笔录。

我们不能在当事人家吃饭，问完后，村里给我们派到了另外一家去吃饭。通过饭菜，我们看出这家不是普通的农民，一问，是北郊区委的退休干部。他说他解放前就在这里打游击。一听打游击，我就说我爹在解放前也是在北郊打游击，他问你爹叫个啥，我说曹敦善。他说："呀呀呀，你是楚修德的儿子。"我说："我爹叫曹敦善。"他说："知道知道，打游击时候我们都要变名字。你爹改名叫楚修德。解放后才又恢复成原来的名字。"跟我一块儿来办案的同事说我："小曹真失笑，一个当儿子的，居然不知道爹叫过啥名字。"我说："我爹没跟我说过这。"老干部说："我还到过你家。是在城里一进西门路南的一个寺院住着吧？"我说："就是。圆通寺。"他说："你爹常说'大人不争，小人不让'，不好跟人争。可最后呢，叫好争的小人们把他挤到了怀仁。"

说着说着，知道我爹去世了。他说人到了年龄该退休就得退，要不为啥政府要规定个退休年龄呢。他又问怀仁给你妈多少遗孀补助。我说一个月八块。他说不对不对，十二块十二块，你找他们去哇，十二块。

我妈跟玉玉在下马峪给我爹过完了三七，又返到姥姥家住了一个多月，才回来。我把庞会计给的叫作"遗孀补助"的十六块给了我妈。说这是两个月的，以后每两个月给往来寄一回。

我没有跟我妈说"十二块"这样的话。我知道我妈的性格，她要是知道怀仁欺骗了她的话，那她一定会到怀仁去大闹一场才算。我心想着，我先给庞会计去个信，问问是怎么回事。

街道知道曹大妈把个能挣钱的老革命的老伴没了，照顾我妈让给看水管，一个月给八块钱。水管就在我们院，让我妈给打扫打扫，再一个是甭让孩子们给耍水。

那天我回家，小南房炕上多了一个两岁多的小男孩。

玉玉跟我说，二虎院房背后有个女人，让姨姨给看孩子，一个月给十二块。

我妈赶快抢着说："妈挣一个是一个，少拖累俺娃。"

我听了这话，心里觉得一阵阵的难受。

过了些时怀仁来信了，但不是庞会计写来的。是怀仁手管局革命委员会的公用信纸。关于遗孀补助的答复，一是，有地区差别，怀仁要比大同少；二是，你父亲是在缝纫社去世的，是小集体单位。

什么？小集体单位？

我爹爹怎么是个小集体单位的退职人员了？

怎么会是这样？

我打问了好多的人，好多的机关部门，都说你父亲是从公社退休后到的缝纫社，而不是退休前从公社调到了缝纫社的。都说无论如何你父亲是政府部门的国家干部，不是小企业的从业人员。

我再次去信，说我父亲一九四四年参加工作，是抗战干部，在公社当领导当到了六十岁，退休该回家了，你们说让到缝纫社给带带新同志，就去了缝纫社继续工作，多工作了三年，六十三岁去世。他怎么就成了手管局下面一个小集体单位的人员了？

　　这封信写去后，一直没有回信答复。倒是又收到了缝纫社寄来的两个月的补助，仍是十六元。

　　两个月加两个月又加两个月过去了。

　　我妈终于知道了属于自己的这个叫作是"遗孀"的生活补助，比别的同样情况的"遗孀"，每个月少了四块钱。

　　那两天我单位事多，没回家。那天上午玉玉突然到了我们公安局找我，她说你快回家，姨姨要到怀仁砸缝纫社。

　　她跟我说，你大概还不知道，缝纫社给姨姨的生活补助每个月少了四块。姨姨非常生气，说不在这四块钱上，说这是明欺负人。说不给他们点颜色看就不姓张。说爷爷脑袋别在裤腰上跟着曹敦善转山头打游击怕过个谁，今天你来欺负你爷爷，瞎了你的狗眼。说不给你爷爷涨那四块钱，非把你缝纫社摊平不可。

　　我妈比我爹小七岁，五十六了。可就是这个年龄，她也能一巴掌把无论你是谁的嚼牙打下几个。

　　玉玉说姨姨今天是误了车了，明天一大早要去怀仁呀。

　　幸好是玉玉跑到矿区公安局告诉了我，要不的话，这可能真的要出事。我妈在气头上，啥事也能做出来。去了打坏人家的人怎么办？或者是让人家把她打一顿怎么办？再或者是让人家叫了派出所的人把她控制起来怎么办?

我说:"你回去吧。看叫姨姨知道你是来了我这里的。"

她说:"那咋办呀?"

我说:"反正今天她是走不成。后晌我就回去了。"

玉玉赶快走了。

这个事幸好是玉玉跑来告诉了我。要不的话,后果真的不敢想。

中午我就返回城里到了五舅舅家,叫着五舅舅一起到了圆通寺。经过说服、劝导,最后决定由我出面到怀仁。

我也是真的在第二天去了怀仁,也真的是去找了手管局革委会的领导,但生了一肚子气,没有结果。

我再次庆幸不是我妈来,要是我妈,那个领导的嚼牙就不会再长在他的腮帮上了。我没力量去打谁,再说我也不想去打谁。

我出了事,我妈谁管?

我忍了个肚疼。我在剧团郭振元那里住了一夜,返回来了。

我哄我妈说:"怀仁答应了,以后像您这种情况,大同给多少,怀仁也给多少。从下个月就给,以前的也都要补上来。"

我妈说:"敢不给。吓不死他。"

又一个月怀仁该寄遗孀补助的时候,我给了我妈六十块,说已经涨成十二块了,连以前那几个月的也补上来了。我妈说你得拧他,你不拧他他能好好儿给你?我说对着呢,得拧。

我妈笑了,为维护了曹敦善的尊严而笑了。

我也笑了。因为我妈笑了,我也就笑了。

从那以后,我妈的遗孀补助就由我来给补齐。

再以后,我妈打听的大同的遗孀补助又涨成了十六块,两年之后又是二十五块。我也都是赶快按这个数儿给涨上来。

我给我妈的"遗孀补助"补差的这个情况,就连两个舅舅和玉玉我也没跟说。除了我,谁也不知道。我怕别人给说漏了,那要是叫我妈知道了,可是闯下天大的祸了。

7. 缘 分

到太原给我爹看病前,我就知道老王在年后的正月要跟牛金花结婚。银柱还跟我说:"前年二虎人结婚时,你给写了《七律》致贺。有一句我还记得是'喜闻团囡啼声朗'。老王结婚你也应该有诗吧?"我说:"有。现在保密,喜宴上揭晓。"实际上我也真的是已经准备好了,是带有打油味道的两阕《调笑令》,抄在了纸上,喜宴要笑新媳妇时,让老王和牛金花二人一替一句地朗诵。我还特别地告诉银柱,第二阕最后一个字"伴",一定要叫他们读成儿化音。

一过年农历就是癸丑牛年了,老王的对象又叫个牛金花,我就把她的姓名都写在了里面。这两阕打油《调笑令》是这样的:

癸丑

癸丑

牛年小牛配偶

　　金枝金叶金黄

　　金花看中老王

　　王老

　　王老

　　家中喜添王嫂

　　王嫂

　　王嫂

　　当年怀揣宝宝

　　大宝名叫大牛

　　二宝唤作二牛

　　牛二

　　牛二

　　乐坏牛王老伴(儿)

　　我爹年前去世,我们回下马峪安葬就要上车走的那阵子,我掏出十五块钱给老王说你的婚礼我不能帮忙了。老王说那也不能留这么多。当时婚礼的礼钱一般是两块,也有三块的,好朋友就是五块。我说别说了,我把钱给他填在上衣兜里了。他还要往出掏,二虎拦住不让他掏。我又把早已经在稿纸上抄好的《调笑令》给了银柱,说我不能参加他们的婚礼了,你给拿上耍笑他们吧。

　　正月十七我跟老家返回来,本想着去去他家,问问他们朗诵《调笑令》没有。可我心里又想到，自己一个重孝在身的人，别到人家新婚喜房。老王不讲究万一人家牛金花讲究，就没去。去了趟雨村后，直接到单位上班了。

自从我父亲有病，断断续续地加起来算，我有四个月没上班。那些运动类的简报，孙主任又物色住了一个姓韩的六八届大学生来写，是跟区政府政工办借用的。小韩想调进公安局工作，就尽力地操办着这份简报。

小韩说："天下文章一大抄，就看你会抄不会抄。小报看大报，大报看'梁效'。"

他写这样的文章不心烦，说很愉快。

孙主任知道我不想整天写那些"运动"类的简报，就把小韩继续留下来。让我出了两趟差，回来后又说，正好治安办公室新组建了个临时的"自行车打钢印"办公室，人手不够，你跟着一起做吧。

山西省公安厅不知道是跟哪儿学了经验，要给全省所有的自行车的脚蹬三筒那个地方，打一个十二位数号码的钢印。谁的车打完钢印后，还要发一个小本本，本本上记着你的名字、车型、号码，证明这个车是你的。

这也是让偷车小偷给逼的，想出了这么个笨办法。

活儿不重，没技术性，但量很大，跟外单位还抽借了很多人。以前冷冷清清的公安局大院儿，人来人往挺红火。

我负责写这方面的简报，这种有实际内容的简报我会写，而且还不是天天要出简报,我的工作没负担。

我五舅舅给我妈在他们雁塔服装厂找了点临时做的,就是在包装车间铰线头。再高级的技工,用缝纫机做出的活儿,总要有好多的线头,必须得把线头铰掉才能熨烫打包。我妈就戴着个老花镜,跟一伙女工们给铰线头。一个月二十四块工资。但必须三十天都得上班。误一个班儿扣两块钱。我妈怕让扣了钱,一个班儿也不舍得误。她也怕迟到,老迟到怕人家不要她,她就每天早晨早早地就起身。

雁塔那儿离我们家少说也有五里路,我每天都用自行车带着送我妈。我认出包装车间的主任就是我写的《高小九题·值班》里的小毕姨姨,可怕人家认不得我,我没跟她打过招呼。

我送完我妈再骑车到新平旺。那天一进院,见打钢印的几个临时工在逗一个十多岁大的女孩唱"我家的表叔数不清",我也站在跟前听。我能听出她是想唱什么,但基本是都不在调子上。

有个临时帮忙的女工问我说快过五一劳动节呀,不知道咱们放不放假?我说不用问,那两天更忙,肯定不放。

刚才唱京剧的女孩问我说:"叔叔您说五一劳动节是个几号呢?我爹教过我,可我想不起来了。"

哇,这么大的女孩不知道五一劳动节是几号,还是爸爸教过而她是给忘了。很明显,这个女孩是个弱智。我就说:"那你应该能想起三八妇女节是几号吧?"她摇摇头说忘了。人们都笑。这时,背后张局长的门"哗"地被推开,他很生气地把女孩喊进屋。

那个临时工告诉我，我才知道，原来她是张局长的女儿。她悄悄说，张局长好像是在生你的气。我说生我个什么气？

下午我回城里到市局"打钢印办"送完简报，早早就回了家，我妈还没有回来。我骑车赶快到雁塔去接。去得早了些，她们还没收工。我坐在一进门廊垛着的衣包上，听她们说笑。平时她们老是在说灰话，可这次听着她们是在说缘分。

我听出是杨姐的弟弟结婚一年后，发现妻子跟她的同学在三年前就开始有奸情了，而且是那个同学现在还找着各种借口要来家瞅空子。杨姐气得说，说啥也得跟她离。人们尽问说有孩子吗？杨姐说，有是有个孩子。

女工们都劝说，有了孩子了，能不离最好是不离，凑合着过哇。杨姐说那就让我弟弟戴绿帽子哇？有女工说那让你弟弟也给她戴。你弟弟是老师，学校有的是女的，让你弟弟给她戴三个五个十个八个。

人们都笑。

"您说，张姑，她会给咱们戴，咱们不会也给她戴？"刚才提建议说"也给她戴"的那个女工，跟我妈说。

"为了孩子，反正也是不离好。"我妈说。

我想想，我妈的这个观点跟从前的不一样了。

小毕姨姨说："男女相好，是个缘分。谁给谁戴，戴了几顶，那也是有个缘分在里头。不是说你想跟谁相好，谁就能跟你好。老天爷早就给你安排好了。缘分到了，自然而然就相好在了一起。缘分不到，强努是不行的，努到头了儿也是个不行。"

265

有人问："毕主任你呢，缘分到没？"

小毕姨姨说："我灰说能行。哪有个缘分。也可想等个缘分，可贵贱等不到。"

我妈说："小毕，我看到了。"

杨姐说："哇，毕主任，张姑说你到了。"

我妈说："我说的是啥到了，我说的是到点了，咱们回家哇。"

人们都笑。

缘分缘分，慈法师父活着的时候就常说这个缘分。这些日，我常常想小毕姨姨说的这个缘分。

到了打印办，也是在想这个缘分。

小陈在我办公室门前喊我，我过去了。她说我一下子想起你跑家，我该给做一张我们公交派出所的工作证，这样你乘坐公交车就不用花钱了。我说当然好。看到我玻璃板下压的一张光头相片，她说这个好，好像个明星。我说文工团去省里会演，在太原的五一相馆照的。

她看见床下的脸盆里泡着的衣服，要给我洗。我说别别别，我昨天刚泡的。她笑着说哎呀呀，都昨天啦，还是刚泡的。我说多泡两天好洗，她说那就发霉呀。她端着要到茶炉房，我拦她。她说："你有时候太过客气。"挤开我出去了。

望着她的背影，我心想，谁叫你的爸爸是个他呢？看来老天爷没给咱俩安排着小毕姨姨说的那种缘分。

我越想越觉得缘分重要。就拿好朋友二虎来说，他跟他们宣传队的小谭搞了两年没搞成。宣传队结束后回了维修班，跟一个班组的小郝搞成了,很快结了婚。小彬也跟帽厂的一个姑娘结婚了,对象姓王,长得喜喜色色的。昝贵跟苛岚县调回大同医药公司没半年,也结婚了,找了个铁路医院的护士。这都是缘分。

星期日早晨,把我妈送到雁塔厂门口,碰到了小毕姨姨。她跟我妈说张姑,快叫招人带我到到小南街门市部。我妈说我,俺娃送送小毕姨姨。我原来以为小毕姨姨认不得我,可她刚才还叫我招人。

我说小毕姨姨你还是我小时候见你的那个样子,一点儿也没变。她说,哇,招人你还记得小时候?我说记得。她说记得啥?我说你们在小南街值过班儿,我跟着在大案上睡了一觉。

她说:"招人,姨跟你说个话你信不信?"我说:"信不信啥?"她说:"姨姨一直记着你光白牛的那个样子。一直没忘记。常常能想起。你信不信?"

"光白牛",就是没穿衣服的光身子。"白"读音"博"。

我不知道信还是不信。我说:"你骂我小屁孩。"她"哈哈"地放声笑。

她说:"当时你是十岁。"我说:"你还知道我是十岁?"她说:"我问过你妗妗。"我说:"那时你多大?"她说:"二十二。其实,也是个小孩。要不,为啥看见你光白牛心里还咯噔了一下,而且是一直就忘记不了了。"

我没作声。

她说:"招人,这就是缘分。"

我没作声。

她说："今年是牛年。你二十四我三十六,咱们今年都是本命年,而且还是重要的一个本命年。这个本命年是有说法的。为啥以前咱俩没碰着过,在这个重要的本命年给碰着了。招人,缘分。"

她又在说缘分。我没作声。

她说着说着,声音住了,半天没言语。我以为她下去了,往后看看,她还在车后坐着。

过了一会儿,她说招人,你是不是也有点喜欢小毕姨姨?我没作声。她说你不作声,就是也有点。

我还是没作声。她说你要是再不作声,就是不喜欢小毕姨姨,那我就下去呀。

车子晃了一下,她好像是要往下跳。我不知是什么原因,还想让她继续坐在我后面,就跟我说缘分呀缘分呀这样的话。我怕她往下跳,赶快说"有点有点"。

她在后面一下子拦腰抱住了我,紧紧地靠着我。

我让她抱得一下子觉出很激动很兴奋。回了家,我也一直是很激动很兴奋。

激动兴奋的当中,我一下子做出个决定,骑着车就到了花园里。二楼一单元一号住着周慕娅。在院里碰到她二姐,说四女儿在矿上没回来,你进屋坐坐。我说不了,以后再来。说着我又骑着车,一口气到了红九矿。

周慕娅一个人在宿舍看《红楼梦》,她说你来干啥?我说想跟你说句话。她说说吧。我说咱们结婚吧。她的脸"唰"地红了,愣了一阵后说我不管,你问二姐去。我当下又骑车回了花园里。

二姐说:"四女儿还没回来。今儿看样子是不回了。"

我说:"我刚才去矿上见她了。我跟她说咱们结婚吧,她说我不管,你问二姐去。"

二姐笑了说:"她不管?叫问我?"

我说:"她刚才就是这么说的。"

二姐说:"好。结哇。"

我看她。

二姐说:"多会儿结,时间你们定。我们这里,彩礼不要,条件没有,房子我们也给准备好了,东风里四楼二单元八号。"

我有点没听清刚才她都说了什么,慢慢地回想着。

她又补充,说我们早就跟圆通寺周围八乌图牛角巷的邻居们打问好了,你是个孝顺父母的孩子,有这一条就够了。四女女又说你,聪明有智慧,爱好文学,才艺多多,我们也相信她的看法。你的缺点我们也知道,死性,不活泛,跟你爹一样,太过原则。

听了这样的话,我才相信她不是在跟我开玩笑。

我提着黄挎包站起来。二姐说,你不是想看看《脂砚斋重评石头记》吗?上回没拿,这次拿去吧,但要保护好。《脂砚斋重评石头记》是用蓝色布面函套裹着的线装本,她亲自给我装在黄挎包里。我按按黄挎包说,一定保护好。

我走出门,她又把我喊住让等等。一会儿出来,给我手里放了一把钥匙,说,叫上你的老王二虎二虎人四蛋五虎和小彬,拾掇房去哇。

我爹去世一年后,我跟周慕娅结婚了。

8. 北温窑

我爹活着的时候,多次督促我,让我向党组织递交入党申请书。我爹去世后,人们常问我说,你爹去世前有没有给你留下什么遗嘱?我说没有。我爹才六十三,无论谁都没有想到他会这么早就离开我们。他不会说遗嘱的事,我们更不会问他。后来想想,我爹让我"向党组织递交入党申请书",这不是遗嘱的话,也该算是遗愿。这个遗愿我一定要完成。于是我就写了个申请,给了我们机关支部王书记。他说,好的,我会跟张局长汇报你的这个想法。张局长是分管党务的局领导。

没过几天,张局长把我喊到他办公室。我以为他是要说我入党的事,但不是,他是让我给他誊抄一封信。其实他的字写得挺好看,他是想变变笔体,让对方看不出是他写的。他的信是在骂一个人。

过了些时,当第二次又把我喊进他办公室,又让我给誊抄他的信时,我拒绝了。我说我不给您抄这种信了。他的脸"唰"的一下子变成了恼怒的样子,狠死地把信团成一团,揭开铁炉盖儿,把信塞在了炉子里。

当时天还不冷,炉里是空的,没有生火。

看着这团白纸,我一下子愣住了,愣了一下,转身走了。

这事过了有半个多月,王书记找我谈话,转达张局长的意见,说考验我的时候到了。

我一听,吓了一跳。

后来,才知道是怎么回事。是区委给公安局下任务,让派一个人到北郊区北温窑村,给插队知青带队,时间是一年。他说,按说你父亲刚刚去世,你母亲就你一个孩子,这个事应该是让别的同志去才合适,可张局长说,就叫小曹去哇,他不是想入党吗? 考验考验他。

我妈有玉玉跟做伴,北郊走一年,又不是说有多远,这当中也常能回来。

我想想说,行。

王书记说有什么要求没有?

我想想说,给我妈拉一车炭。他说行,你找孙主任吧。

孙主任说,给你找个大些的车。第二天他就找了解放牌大卡车,给我妈拉了足足有五吨块煤。

我妈高兴地说,以前是你爹给妈拉炭,可从来没拉过这么多。我妈问卡车司机,多少钱,要给掏。我说,妈这不要钱,单位给的。

我给叫来老王和二虎他们,给下炭,垛在了厕所旁,垛了快有房高。

我妈给做好吃的。

过了两天,孙主任又找那种小嘎斯车,送来表皮板,说当生火柴。我妈说,净是松木的,有松油,火旺,闻着好闻的。

我又找来了老王和二虎他们,给架在了煤垛上。

自我爹去世,我妈这是头一次这么高兴。

有足够的炭来烧,我妈比有了啥也高兴。

看着我妈高兴,我更高兴。

　　过完国庆,我就上任了。是矿区用大卡车把我们连行李带人,一块儿送到了北郊区委的所在地,新荣。东胜庄公社又派拖拉机把我们接送到了各个点儿。天擦黑的时候,我到了北温窑。

　　北温窑七十户人家,二百一十来口人。在大同的西北角,再往北走三里路,就是内蒙的地界了。

　　这个村实在是个穷村。有的人家的孩子们冬天没鞋穿,有的人家全家几口人盖一床烂羊皮被子。

　　我没见过也没听过,解放三十多年了,还有这么穷的村子。

　　但人们的脸面都是笑笑的。

　　我在北温窑待了一年。

　　我的长篇小说《到黑夜想你没办法》里温家窑的地理环境,完全是这里。碾房呀水井呀的地理位置,跟真的一样。西沟呀南梁呀完全就是这里的真实地名。书里的人物和人物故事,百分之三十是发生在这里的。

　　而我的中篇小说《部落一年》,百分之百写的就是这里。

　　因此,我在这篇文章里不想再多写北温窑了,但是发生在腊月二十三的那件事,我想把它从《部落一年》里复制下来,放在这里,因为这是我参加公安工作以来,独立地非常漂亮地侦破的一个刑事案。

　　阴历的腊月二十三,一大早,我正在宿舍刷牙,凤凤敲门进来了,叫我去她家吃派饭。其实我头一天就知道了。我很喜欢去她家吃派饭,因为她家干净。她家炕上的牛皮纸补丁裱糊得方方正正有边有角,一看就是出自凤凤这个十六岁少女的巧手。她的三个弟弟的手和脚都干干净净的,没像村里别的孩子那样,积着厚厚的污垢。我知道,这也是凤凤的功劳。

　　我一进门就把准备好的纸包儿打开,放在炕上。里面是五块米黄色的麻糖,我这是头一天专门下公社给买的。

　　凤凤没有爹。她爹在两年前修大寨田时,让石头给砸死了。

　　正吃着早饭,民兵连长圣根把我喊出院,悄悄地又是很紧张地说:"村里有了贼。财旺家让偷了。你来,你来。"说着把我拉出街门。门外有个六十多岁的老汉,穿戴整齐,不像这个村的人那么破烂。他说曹队长我家让偷了,把准备的年货都偷了。我问丢了啥?他说丢了两袋白面、三十斤大米、两扇羊肉、一颗猪头,还有一布袋冻豆腐。

　　好家伙!这还了得。在警察的眼皮底下偷东西,简直简是反呀。义不容辞责无旁贷的使命感,要求我一定得把这个案子破了,给罪犯点颜色瞧瞧,也好显显我公安人员的本事。

　　我说,走!看看去。圣根问我要不要叫公社群专的人。我说用不着,有我就行。圣根说需要人言语一声,咱们叫民兵。我说用不着,有你就行。

我在矿区公安局是秘书办公室写材料的,是个文职人员,可在人手不够的时候也抽调到侦破组办过案子,不算是外行。再说,我也好看个推理破案的侦探小说,我自信能把这个案子破了,而且会破得很漂亮。

我把自己当成福尔摩斯,把圣根当成助手华生。我像小时候玩捉特务那样神秘兮兮,严肃认真。

财旺家东下房房顶积着一层薄薄的让风吹干了的雪。当我在上面找到了光着脚丫的足迹后,马上就判断说:案犯是个女的而不是男的。当足迹从矮墙头下到街外的土路上消失后,我又有了重大的发现。我"勘查"出,路面上掉有白色的羊脂颗粒,虽然只是米粒儿大小,可它们没逃过我的眼睛。

什么叫蛛丝马迹?这就是蛛丝马迹。

往前又找找,还有。于是我又做出了新判断:从羊肉上掉下来的白脂颗粒,能把我们领到案犯的家。

尽管那白色颗粒时有时无断断续续,但那些油脂颗粒还是把像狗似的在地下爬来爬去的我和圣根给引进了一个街门。抬起头,我看见凤凤从堂屋端出一案板刚出锅的粉条,要在院里晾冻。她这是在给我准备午饭。帮她开堂屋门的小弟弟站在门外,一下一下地伸出舌头舔舐着我早晨给他的那块麻糖。看见我和圣根,他问凤凤说:"姐,你看他俩不站着走路,咋就那样地往里爬?"

知道我们这是爬进了凤凰的院，我一下子给愣住了。

凤凰把摆放着粉条的案板搁在鸡窝顶上，笑笑地走过来问说："你俩找啥？"她这么一问，我就像当场被抓住的小偷，立马觉出身上在冒汗。正不知该如何回答，背后有人喊我。是个男知青，他说伙房出了事儿，让我赶快回去。我脑子里没多想什么就跟着知青急急地走了。

街外有好多的人，都靠墙站着。

他们都盯着我，眼光很怪异，我跟他们打招呼也没人理我。

知青伙房并没发生什么事。知青们把我骗出来是有事要告诉我。

他们说，财旺又不是咱们村的人，他是上头有关系把他硬塞进了咱们村。村里人知道财旺家里丢了东西都说活该。别人家过年连副羊杂碎也吃不起，想吃顿馍馍也没白面。财旺家倒好，整扇整扇地丢肉，整袋整袋地丢白面，活该！那么多的好吃的都是从社员群众嘴里克扣下来的。财旺的女婿是公社革命委员会管水利的大官儿，财旺常去公社取这取那地往回拿东西。知青还告诉我说，民兵连长圣根分管着治安，他不管不行，您管他这闲事干啥？还有的说，财旺仗着有靠，连刘书记也不放在眼里，从不参加劳动，年底照常要分红。您去过他家吃过派饭吗？肯定没去过。人家说有病，多个人就做不行饭了，不让霜降给往家安排人。

知青们正你一句他一句地跟我说着，圣根来叫我，说财旺要叫咱俩搜凤凰的家。我说他算老几，给我下达任务。我推说知青

275

这儿有事走不开,没去。圣根说,要不我给去应付应付。

我悄悄吩咐一个知青,去打探结果。半个钟头后,那个知青回来报告说,圣根也没给搜,财旺让霜降给公社打电话,霜降说电话坏了,那家伙自己拿起给摇通了。又一个钟头后,知青报告说公社来了个骑洋车的人,把凤凤家翻了个遍,屋里屋外、柴火棚、山药窖都搜了,什么也没搜出来,那个人又骑车走了。听到这个消息,知青们都在拍手,有的还欢呼着往高蹦。

中午十二点多,凤凤的小弟弟叫我去吃饭。既然来叫,我也就得去,要不,显得我做贼心虚,好像承认自己做错了什么似的。

公社那个人心狠,搜查时把凤凤家和院翻了个乱七八糟,连裱糊在炕上的牛皮纸也给撕扯破了。家里可能是再没有整张的牛皮纸了,凤凤把破布剪成条,粘贴那些破缝。我一下想起,我妈给我包行李的那块塑料布我擦洗后闲着没用,就回宿舍取来,给他们平展展地铺了半炕。

看着凤凤那感激得不知说什么才好的样子,看着那三个男孩子挤在炕沿边就抚摸塑料布就不住口地说"真好,真好"的高兴样子,我的心里反而滋生出一种酸酸的难受的感觉。

吃饭时,我们谁也没提这件事。

下午,矿区来了辆小货车,接我和八个知青回家过年。

回家我跟我妈说了这件事,让我妈狠狠地数落了一顿。

我妈说俺娃真不懂事,穷的过,不穷谁想偷。

她说，我看你连个知青小孩也不如。再说，低头不见抬头见的，你是得罪那人干啥。大年时节的，捉贼又不是你的工作，你是知青带队的，管好你的知青就行了。你真是狗扑耗子多管闲事。

9. 户籍警

北温窑给知青带了一年队回来，孙主任跟我说张局长还要继续考验你，让下基层。我心想，考验我，下基层，该不是让到最远的王村派出所吧？那个所距离大同一百多里，让当所长也没人想去。我问是下哪个基层，孙主任说忻州窑派出所。

忻州窑派出所离家虽说是不太远，但得倒车，很麻烦。我说刑警队工作挺辛苦，要不让我到刑警队吧。孙主任说不能，忻州窑派出所那里正缺个人。

我想起了，涉嫌军婚的那个民警就是忻州窑派出所的内勤，他的那个事虽然没判定是违法，但也属于说不清的那种不妥当，最后受到了纪律处分，调离了公安系统。

我想了想后，跟孙主任说，那我就下忻州窑派出所吧，要不张局长会说我挑肥拣瘦，不听组织安排。

我又说，我不想让他说出我个不以为然来，我想完成父亲的遗愿，我想入党，要不的话，我对不起我父亲。

孙主任说，那你就去吧，但你还是局机关政工办的人，下忻州窑所是临时协助他们工作。等再有了合适的内勤，你不想在那里，还回来。他拉开卷柜门，够出一本厚书说，到了那里你有时间把这本书翻翻。我看了看,书名是《预审工作》。他说预审工作很重要,可却是咱们局力量最弱的部门,你先下所去锻炼锻炼,争取早日把组织问题解决了,回来把预审的重担担起来。

于是,在一九七六年的农历二月二,我到了忻州窑派出所,以协助的名义,当了户籍内勤。在民警眼里,当户籍内勤是很有权的一项工作,所里的警察都想望着这个岗位。

局里给派出所的说法是让小曹去试用,转不转成正式内勤,看工作情况再定。

我想起我最初签到是第六名,就是让我到忻州窑派出所。临时也好,试用也好,看来我跟这个所是有点缘分的。

忻州窑所是个小所,连我四个人。所长田丰德,另有老魏和老赵两个外勤。

正式来所上班的第二天,我在办公桌前整理东西。快中午的时候,门口站进个五十来岁的男人,可他再没往屋里走,就在一进门那儿站着。笑笑的笑模样,露出嘴里的一颗金牙。我办公桌对面是外勤老赵,老赵这一阵不在屋。我以为他是跟外勤约好了,来找老赵。我就比画着老赵的椅子说,您坐吧。他还不动,还在那里笑笑地站着。

我有点纳闷,可看他的样子不像是个有病的人。我没理他,继续整理我的。

"你是曹乃谦哇?"他说话了。我"是是"地点头。

"我是你冈呢。"他说。我抬头看他。

"我叫曹平谦。应县下马峪的。"他说。

"哇——是冈冈。"我站起,向他迎过去。

我们下马峪叫哥哥时的发音是"冈冈",而我姥姥村发音是"嘎嘎"。

"走哇。到冈家认认门去。"他说。

平谦哥的爱人是街道干部,我们派出所又跟街道是在一个大院,他就很快地知道来了个内勤叫曹乃谦,就来跟我认弟兄了。

我们真的是本家弟兄,血管里流着同一个祖宗的血液。

我回家跟我妈说平谦,我妈居然能知道他爷爷的名字。

他是井下掘进工,三班倒。倒到了白班,只要是家吃好的,就来叫我。几乎每次都是炖猪肉烩豆腐,炸油饼。我不好意思老去白吃,就给他的三三四四买些学习的用具。我总觉得买这些比买吃的好。

街道大院还有幼儿园,就在派出所隔壁。我在办公室常能听到女老师在教小朋友唱歌。我喜欢小朋友,跟小朋友做邻居,我很高兴,半点也不觉得他们吵了我。

那天上午办公室没什么事,我翻看《预审工作》。听到老师在教《卖报歌》,可在教唱的当中,老师好像是很不满意什么,声音很响亮地指责小朋友。我就合住书,想过去看看怎么了。

走出派出所,就听到老师在大声地跟小朋友们说:"我唱我的热啊热啊热啊。你们唱你们的热啊热啊热啊。明白热啊吗?"小朋友齐声回答说:"明白热啊——"老师说:"那好。重试试。"说完,老师又重唱：

"热啊热啊热啊,热啊热啊热啊,我是卖报的小行家。预备——唱。"

小朋友们都跟着她唱："热啊热啊热啊,热啊热啊热啊,我是卖报的小行家。"

老师一拍手,有点急,说:"我跟你们说的是,我唱我的热啊热啊热啊,你们唱你们的热啊热啊热啊,可你们贵贱是听不明白。"

我听明白了。小朋友们没听明白,我听明白了。我进去了。

小朋友们见进了个警察叔叔,小板凳"砰啪砰啪"地响着,往直坐。

老师认得我,说:"小曹你看,我的舌头不好,可孩子们贵贱是听不懂我的意思。"

我说:"来,我教大家。大家坐好。"小朋友们又都重新往直坐坐。我想起了我小时候,在郑老师课堂时,同学们都是这样坐得直直的。一动都不动。

我说:"来,你们跟我唱。啦啦啦,啦啦啦,我是卖报的小行家。"

小朋友跟我一起唱:"啦啦啦,啦啦啦,我是卖报的小行家。"

老师高兴地拍手说:"就是这样唱,就是这样唱。你们以后就是这样唱,大家听明白热啊吗?"

小朋友们齐声回答:"听明白热啊——"

那以后,我常去教小朋友唱歌。

那个老师姓靳,三十多岁,除了不会发"L"的音,别的都正常,对孩子们也好。她说小曹真是个好警察,有对象吗? 我跟她开玩笑,说没有。她说我给你介绍我外甥女儿,呀啊大眼,可吸人呢,呀啊乎呀,可吸人呢。

呀啊大眼?

我想了想,噢,俩大眼。

呀啊乎呀?

想想,对,俩虎牙,不过我倒是喜欢虎牙的女孩。

过了些时,她跟我说小曹你哄人呢,你都有孩子热啊,还让我介绍。我差点把外甥女介绍给你。我说是你要给我介绍你外甥女,又不是我要让你给介绍。她说小曹真是个红火人,小朋友可喜欢你呢。我也可喜欢你呢。你要是没结婚多好,我外甥女真的可吸人呢,你是没见。

老赵在外面喊我说有人办户口。她说,你没做的就过我这儿哇么。我说好。

有个矿工在我办公室站着。半个左脸上的一片洗不掉的那种黑,让我知道他是井下爆破工。见我进来,他跟下衣兜里掏出一盒红牡丹香烟。我说我不会抽烟。他不知道该把香烟装起来,还是继续拿在手上。犹豫了一下后,给放在了我的办公桌上。我指着香烟说你装起来,装起来。他没听我的,而是开始说他的事。

他说儿子结婚好几年了,没房。说单位给分房呀,可他的条件不够。他说只要把他妈的户口上在了跟他一个户口上,就能分到房。我说你妈户口现在在哪儿,他说在口泉镇,也是市民。他把他妈的户口本拿给我看,我一看就是口泉镇的非农户。我说那你迁移过来就行了。他说口泉镇派出所说,得咱们派出所给出个准迁证才行。我说行,我给你开。我给他出具了一个准迁证,盖好户籍专用章,撕下来给了他。

他拿在手里看看说:"就这?行了?"

我说:"您还要啥?"

他说:"是,那个,你还要啥?"

我说:"我这里没有要的。"

他说:"那我这就能走?"

我说:"您啥意思?"

他说:"不是说,那个,还要收,费?"他跟另一个衣兜里掏出一个手绢包,要往开展。

我说:"不要不要。行了您走吧。"

他疑疑惑惑地又把手绢包装起来,手按着衣兜,转身慢慢地走出我办公室。

老赵进来了,看见了我桌子上的红牡丹。我说那个工人给的,你拿走抽去吧。老赵高兴地装起来说,你不抽烟你不知道,一盒红牡丹三块六呢。

我到北温窑给知青带队时,把姥姥跟村里接来了,跟我妈做伴。

我每次从东风里骑自行车出发,先到圆通寺,把自行车打在我妈家门前,进小南房问候问候姥姥。问候过姥姥,再问问我妈有什么事没。我妈每回都催我说"俺娃快快儿走哇。给人家迟啦"。我这才急匆匆地再步行到西门外,乘坐六路或者是一路公共汽车,到了矿务局的新平旺总站。再倒车乘坐五路,到忻州窑。五路终点站就在忻州窑矿办办公大楼门前的广场。

大同矿务局所有的矿都在山沟里,办公楼和广场在沟底。矿工宿舍、家属居住区、学校等等的,都分布在山坡上山顶上。我们派出所就在北山山顶。

我下了车,再步行爬坡,爬到半路还得在一个小平面上停下来,缓缓,再往上爬。到了派出所,就是气喘吁吁的了。即使是冬天里,也是头冒着白气满身汗。

我认真地看过手表。从东风里家出发,到了派出所,一路都顺畅的话,得两个小时。这也就是说,我来回花在路上的时间是四个小时。这还必须得是躲开上班的高峰时段。在高峰时段想往车上挤,那可得点本事和力气。我的身架子单薄,又没力量,再一个是身为警察,还有点不好意思地硬往上挤。曾经有过三趟车都没挤上去的事。误一趟车十五分,误三趟车,那四十五分就过去了。我有一次下午四点就跟派出所提前走了,回了东风里家快晚上的八点了。

我妈常常是不高兴地说我,你干啥回这么迟?妻子更是因了我的回得迟而不高兴。

我在派出所里的工作倒是不忙,矿小人少没什么事。而对于我来说最轻松的那就是一个月一次的值班了。一个星期里,住在办公室,睡懒觉能够睡到早晨七点半。

又一个值班时的中午,我躺在床上看《预审工作》,正看得有点迷糊时,有人敲派出所的门,在外面喊着说他拾了个小女孩儿。我开开门,他说这个小女孩在沟底的五路车站那儿哭了一中午了,没人管。他说这幸好是夏天,要冬天的话,冻也不愁给冻死。我说谢谢你了,你叫啥名字在哪工作?他说,问这做啥呢?谁碰着也得管管,说完转身急急地走了。他那意思是做好事不留名。实际上我是想详细问问,看有没有啥找到家长的线索。

小女孩不哭了,脸脏乎乎的,我想用温毛巾给她擦擦不让擦。不让擦甭擦你不哭就行。我问什么话她都不回答,我想到她是不是还没吃中午饭就丢了。我抱着她到食品店买了二两动物形状的小饼干。她果然就大口大口地吃。把她抱回派出所,给她对了温开水,她也是大口大口地喝。但怎么问话也不回答。我一下子想起,她该不是个哑巴?十聋九哑。我在她的耳边大声地说:"你说话!"她半点反应也没有。

哦,是个哑巴。

但她的眼珠却是在机灵地转动着,看我的一举一动。是个哑巴,但不是个愣子。这一点我肯定了。

听到院外有送来小朋友的声音,我想起了幼儿园。我就把小哑女交给了靳老师,让她给看哄着。我得想办法找家长。田所长也来了,我们想到了各种找家长的办法,同时启动。靳老师下班呀,到我办公室说要不我给把她领回家?我说别了,万一家长来领呢。

天黑了没人来领她。我说走吧吃饭去吧。

办公室没个啥玩的，我把她抱到平谦哥家，找了点三三四四耍过的耍活儿。嫂子说，咋弄呀，黑夜就把她留这儿哇。我倒是想留，可小哑女哭着抓住我衣服不松手。我只好又把她领到派出所。夜里就跟我在值班室的小炕上睡。

三天过去了，还没有人来认领她。我说靳老师，你给她洗洗澡吧。就是给她洗澡的时候，靳老师发现了她的背心上缝着个布条，上面写着女孩的出生时间：一九七一年十月初一。

这说明哑巴女的家长不是无意地丢了她，而是有意地不要她了。要这样的话，等着有家长来认领她，已经是没可能了。田所长请示了局领导，最后决定，让我值完班后，在星期一早早地回市里，把她送给市民政局。

原以为是很简单的事，可市民政局不收，说要矿区公安局出具证明，证明孩子的来历。我赶快抱着孩子到了矿区公安局，我写了个过程让孙主任加盖了公章。下午又返到了市里，民政局又说要最初捡到孩子的那个人的证明。到哪儿找这个人去？

我有点生气了，说："我反正是要给你们留在这儿，你们爱咋处理我不管。"说着我把孩子往办公室地上放，可哑女拼命地号哭，死命地抱住我不撒手。

我想往开掰小哑女的手，可在使力的同时，看见了她那惊恐又带点乞求的眼光。我的心不由得颤抖了一下，把手松开了。

我把她抱回圆通寺。

我妈说："行了,没人要,我养活。尔娃哑不哑也总是一条命呢。"

小哑女在我妈家待了一个多月,公交派出所的小陈,终于在忻州窑村,把她的家人找到了。我才又把她带回矿上,交给了她的姥姥。

又一个大年过去了,我让孙主任给问了张局长我入党的事。张局长说前边排的好几个都是老同志了,他年轻轻的再等等哇,看下批的哇。我只好是再等下批。

这等等的一年当中,我帮着表嫂的兄弟跟对象领了个结婚证。她弟弟的户口在内蒙齐夏营,对象的家长不同意这门亲事,把户口本藏起来,他们领不上结婚证。

之后我又给表弟忠义通过关系在矿上拉了一卡车松木表皮板,叫做是表皮板,实际上很厚。表弟快结婚呀,能用它打家具。

上面的这两宗儿事,也算是我对亲戚们的一点贡献。我妈表扬我说:"哪么也比你那个担大粪不偷着吃的老子强。"

为了躲开高峰时间,那就得迟到早退,可这样,就不是张局长眼里的好警察了。连最起码的上下班时间你都不能遵守,你能通过考查吗? 果然是,下一批入党的人里,还是没我。

妻子的二姐说我,看你这个组织问题在矿区是解决不了了,回哇,回市局哇。

我跟孙主任说了想往市局调的意思,孙主任说那要回的话那就到我叔叔二处吧,我说给他让他招呼你。

一九七八年十月,我调回了大同市公安局。在内保处工矿科当外勤。内保处就是二处。

走之前,我专门又到到幼儿园,去跟靳老师和小朋友们再见。靳老师听我说走呀,哭了,说以后再没有人帮我教小朋友唱歌了。后来她突然抬起头,就擦泪就说,你哥哥在这里你莫非以后不到到你哥哥家?我说到呢。她说你要是到你哥哥家莫非不到到幼儿园?看看小朋友?

我说:"到,一准到,专门来幼儿园看你。"

她笑了,有点害羞的样子,转身问小朋友们说:"小曹叔叔刚才说以后还要到幼儿园看大家,大家听着热啊吗?"

小朋友们齐声回答:"听着热啊——"